लोहे का बक्सा और बन्दूक़

[पहला कहानी-संग्रह]

लोहे का बक्सा और बन्दूक़

मिथिलेश प्रियदर्शी

लोकभारती प्रकाशन

लोकभारती प्रकाशन
पहली मंजिल, दरबारी बिल्डिंग, महात्मा गांधी मार्ग
प्रयागराज-211 001
वेबसाइट : www.lokbhartiprakashan.com
ईमेल : info@lokbhartiprakashan.com

शाखाएँ : 1-बी, नेताजी सुभाष मार्ग, दरियागंज
नई दिल्ली-110 002

अशोक राजपथ, साइंस कॉलेज के सामने
पटना-800 006

36 ए, शेक्सपियर सरणी, कोलकाता-700 017

पहला संस्करण : 2022

मूल्य: ₹495

मुद्रक : बी.के. ऑफसेट
नवीन शाहदरा, दिल्ली-110 032

LOHE KA BAKSA AUR BANDOOK
Stories by Mithilesh Priyadarshy

ISBN : 978-93-92186-67-7

पिता की भूमिका वाले भैया के लिए
माँ के लिए
गीता दी, चिन्तु दी, जूली और पुष्पेन्द्र सर के लिए
वर्धा के साथियों—दिनेश, अनिल, चन्द्रिका, प्रसून, प्रशान्त,
दिलीप जी, हरप्रीत और कविता के लिए
सुशील सिद्धार्थ, अनिल सर,
सपना मैम और गोपाल दा के लिए

क्रम

हत्या की कहानियों का कोई शीर्षक नहीं होता

कोई भी अपने परिवार और दोस्तों के लिए ख़तरनाक नहीं होता, लेकिन बीमा पॉलिसी की तरह इसमें भी नियम और शर्तें लागू होती हैं। मैं कभी अपने परिवार और दोस्तों के लिए ख़तरनाक नहीं था, पर सच यह था कि फ़िलहाल मेरे कमरे में फ़र्श पर खुली आँखें और अधखुला सिर लिये जो आदमी बेजान पड़ा था, मेरा दोस्त था।

ख़तरनाक मैं कभी नहीं था, मुझसे बेहतर यह कौन जानता है? लेकिन पूर्व के ग़ुस्से, भय और बचाव में की गई कुछ कार्रवाइयों ने मेरी छवि को कुछ ऐसे गढ़ दिया था कि लोग मुझसे हर सम्भव तरीक़े से बचते थे। मुझे घर नहीं बुलाया जाता था। मैं शादी जैसे बड़े मौक़ों में भी लोगों की अतिथि सूची से ग़ायब था। कहीं कोई संयोग से मिल जाता तो मुझे आश्चर्य होता, उसने शादी कब की? बच्चा कब किया? वे मुझसे मिलने आने से बचते थे। जन्मदिन, प्रमोशन या ऐसे ही जान-बूझकर पैदा किए गए मौक़ों की पार्टियों में जब मैं उन्हें बुलाता, शराब के लती लोगों को छोड़ कोई नहीं आता। यह जानते हुए भी कि मैं नौकरी करता हूँ, लोग कितनी भी बुरी स्थितियों में हों, मुझसे उधार नहीं माँगते। मैंने अपने तईं सब करके देख लिया था। लोगों से जब भी मिलता माहौल को ख़ुशनुमा बनाने के लिए बेज़रूरत हँसता। उन्हें

पहले से रटकर रखे गए चुटकुले सुनाता। खाना बनाने की जाने कितनी विधियाँ मैंने उनके लिए सीखी थीं, लेकिन मुझे लेकर लोगों के मत इतने दृढ़ थे कि किसी पर कोई ख़ास असर नहीं पड़ा था।

एक तो यह उस समाज की वजह से भी था, जिसमें मैं पैदा हुआ था। इसमें लोग एक-दूसरे से ऐसे जुड़े हुए थे कि मैं कितने भी नए शहर में चला जाऊँ, मेरे पहुँचने से पहले मेरी प्रोफ़ाइल पहुँच जाती थी। हर कोई किसी-न-किसी तरह एक-दूसरे को जानता था। इस समाज का कोई अगर ग़लती से मेरी कम्पनी में निकल आता, फिर यह संघर्ष कई गुना बढ़ जाता।

एक दिन लंच ब्रेक में ऑफ़िस की एक लड़की ने, जिससे मेरी नज़दीकियाँ बढ़ रही थीं, जो आगे आने वाले शनिवार की शामों में मेरे बियर मग की साझीदार बन सकती थी, हँसकर पूछ दिया, "विजय, तुमने बचपन में एक साँड़ का मर्डर किया था? इज़ इट ट्रू?" मैं हँस दिया। मुझे हँसता देख अपनी आँखें आख़िरी हद तक बड़ी करते हुए उसने कहा, "हाऊ क्रूएल यू आर...दे आर जस्ट लाइक आवर गॉड।"

चार दिनों बाद ऑफ़िस की ऐसी ही एक दोपहर उसी टेबल पर नूडल्स की लड़ियों को सुलझाकर खाते हुए उसने पूछा, "सॉरी विजय, बट आई हर्ड योर यंगर ब्रदर डाइड इन एन एक्सीडेंट?" यहाँ से सात सौ मील दूर एक छोटे-से शहर में क़रीब बारह साल पहले हुई एक अनजान मौत की बाबत एक चंडीगढ़ की लड़की मुझसे बिना किसी सन्दर्भ के यह पूछ रही थी। मैं जानता था, यह सब उसे कौन बता रहा था? वह एचआर में दरभंगा का कोई राहुल झा था। मैं उसे नहीं जानता था, पर जिस तरह ऑफ़िस में मुझे देखकर वह नज़रें चुराता था, मुझे पता था, मेरे पीछे वह कौन-सी कहानियाँ सुना रहा है? मैंने कहा, "हाँ...वह मेरा छोटा भाई था। रेलवे पुल से एक ट्रेन के सामने कूद गया था।" मैं उसका चेहरा देख रहा था। वह मेरे जवाब से शायद सन्तुष्ट नहीं थी और जैसे कुछ और पूछना चाहती थी, पर कोई ठीक वाक्य नहीं मिल पाने की वजह से चुप थी।

ऑफ़िस के ठीक नीचे फुटपाथ पर एक शाम जब मैं लाल मिर्च की तीखी चटनी में लिथड़े गर्म मोमोज़ खा रहा था, वह वहाँ से गुज़री। मैंने उसे मोमो खाने के लिए आवाज़ दी। वह पलटी, मुस्कराई और आँखों से ही मना करके आगे बढ़ गई। मैंने कहा, "नीरू, एक तो खा लो। इसका स्वाद तुम्हें तुम्हारे घर तक पहुँचा देगा।" वह आ गई। कुछ मिनट यूँ ही मोमो वाले लड़के को देखती रही, फिर बोली, "मैंने सुना विजय, तुमने एक पुलिसवाले को मारा था?" इसके पहले कि मैं मुस्कराता या इनकार में सिर हिलाता या चौंकता या चेहरे पर कोई दूसरे भाव लाता, उसने कहा, "इज़ ही अलाइव ऑर डेड?" पता नहीं क्या हुआ कि मुँह में लगी लाल चटनी की आग अचानक दिमाग़ ने पकड़ ली। मैंने मोमो सहित पेपर प्लेट को फेंक दिया और उसकी कलाई पकड़कर कहा, "न वो ज़िन्दा है, न मरा है। ग़ायब हो गया। क्यों, राहुल ने नहीं बताया? पूछना उससे?" वह अवाक् थी और जैसे कलाई छुड़ाकर भाग जाना चाह रही थी। मैंने कहा, "और अपने छोटे भाई को भी पुल से नीचे मैंने ही धकेला था। और सुनो, उस साँड़ को भी मैंने ही मारा था।" मैंने उसकी कलाई छोड़ दी। उसने अपनी कलाई पर पड़ी मेरी उँगलियों के निशान देखे और डरकर भाग गई।

यह मेरा कोई पहला अनुभव नहीं था। नीरू तो तब भी किसी पिता सरीखे दरोग़ा की तरह पूछताछ कर रही थी। कुछ तो मुँह पर ही कह देते कि तुमसे डर लगता है। शादी के लिए आए एक परिवार के मुखिया ने मेरी माँ को लगभग डाँटते हुए कहा था, "बताइए...लड़के के बारे में हम लोग इतने अँधेरे में थे?" वह दाँतों से जीभ काट रहा था। अपने दोनों कान छू रहा था। बोला, "बाल-बाल बच गए। बेटी के साथ अनर्थ हो जाता।" जाते हुए उसने मुझसे धीमे-से कहा था, "तुम अब तक बच कैसे गए जी?"

लोगों की अफ़वाहों ने मेरी शादी नहीं होने दी थी। जाने कैसे लोगों को मेरे बारे में पता चल जाता, और बात बनते-बनते बिगड़ जाती। ऑटोमोबाइल की नौकरी में किसी से प्रेम होने की उम्मीद बहुत कम थी। यह संयोग था कि मुझे इस कम्पनी में नीरू मिल गई थी, लेकिन मोमो के दिनवाली घटना

के बाद नीरू से माँगी गई कई माफ़ियों के असरहीन होने और ऑफ़िस के हर गॉसिप में मेरे प्रसंग शामिल होने के बाद से मन बहुत विचलित हो गया था। यह विचलन तब अपने चरम पर चला गया जब कम्पनी ने एक साथ तीन सौ लोगों को निकाल दिया। तीन सौ में मैं और नीरू भी थे। कम्पनी की गाड़ियाँ नहीं बिक रही थीं और हमें देने के लिए उनके पास पैसे नहीं थे, ऐसा उन्होंने कहा। हालाँकि इसका अन्देशा हमें पिछले साल से था। पर अन्तत: जब यह हुआ, मेरी ज़िन्दगी नेटवर्क चले जाने के बाद डिब्बा बने किसी मोबाइल की तरह हो गई थी।

मुसीबतों ने जैसे मेरा पता जान लिया था। नौकरी जाने के बाद सबसे बड़ी उलझन थी लोन चुकाने की, जो अतिउत्साह में गाज़ियाबाद में एक फ़्लैट बुक करने के लिए लेना पड़ा था। वर्तमान फ़्लैट का किराया, नए फ़्लैट का लोन, खाना और बियर, मुझे कम-से-कम पैंतीस हज़ार रुपए हर महीने चाहिए ही चाहिए थे। फूटी बाल्टी से पानी रिसने की तरह बचत खाते से पैसे निकलते जा रहे थे, जिस पर मेरा कोई नियंत्रण नहीं था। नौकरी के सिलसिले में लोगों से मिलने मैं सुबह ही निकल पड़ता, पर मुझे देखते ही न्यूनतम से लेकर अधिकतम जान-पहचान वाले भी छिप जाते। जिन्हें मैं पकड़ने में सफल होता, वो मुझसे भी ज़्यादा दयनीय शक्ल बनाकर कहते, उन्हें भी नहीं पता उनकी नौकरी कब तक है?

मैं अचानक बेकार और ख़ाली हो गया था। झाड़ू लगाने, जींस धोने, सब्ज़ी भूनने में घंटों लगाता। आठ-आठ सीज़न तक फैले उबाऊ वेब सीरिज देखता, पर समय इतना बहुतायत में था कि ख़त्म ही नहीं होता। जिस सोमवार से मुझे मच्छरों से भी ज़्यादा चिढ़ थी, अब कब गुज़र जाता, पता भी नहीं चलता। शनिवार का पता शाम को ठेके पर चलता, जब और दिनों के मुक़ाबले वहाँ भीड़ ज़्यादा होती और ठंढी बियर ख़त्म हो जाती। शनिवार की ऐसी शामों में जब मैं मग में गर्म बियर ढाल रहा होता, लगता, साथ में कुछ और मग होने चाहिए थे। सबसे ज़्यादा बेसहारा रविवार होता। उसकी बेहतरी के लिए मैं कुछ नहीं कर पाता। उसे न दोस्तों की पार्टियाँ दे पाता, न किसी कहकहे वाले

का साथ। वह बेचारगी के साथ आता और मुझे दिन भर सोता देख ख़ाली हाथ ख़ामोशी से चला जाता।

लेकिन अक्टूबर के इस आख़िरी रविवार की शाम सब कुछ किसी तटीय तूफ़ान की तरह अचानक हुआ था। इंजीनियरिंग कॉलेज के वक़्त का सामान्य जान-पहचान वाला एक क्लासमेट आया था। जैसे वह आया था, वापस चला जाता तो यह एक सुखदायी रविवार माना जाता। वह चला जाता तो मैं उठता और बिखरे बियर के केन, आलू के चिप्स, सिगरेट के टुकड़े आदि इकट्ठे कर झाड़ू देता, पोछा लगाता, फिर इत्मीनान से सो जाता, लेकिन वह यहीं था, नीचे फ़र्श पर मरा पड़ा हुआ और अब इन चीज़ों के साथ उसे भी हटाने की माथापच्ची करनी थी।

वह घर आने से पहले शुक्रवार की शाम मेरे फ़ेसबुक के इनबॉक्स में आया था। "क्या इंजीनियर, कैसे हो? पहचाना?" इंजीनियर मुझे कॉलेज के वो लड़के बुलाते थे, जिन्हें मैंने पटाखों के बारूद और माचिस की तीलियों के फ़ास्फ़ोरस से कामचलाऊ बम बनाकर रैगिंग से बचाया था। मुझे पूरे दो मिनट लग गए थे याद करने में कि ये नरेश शेर कौन है? फिर मैंने उसकी प्रोफ़ाइल तस्वीरें देखनी शुरू की। शुरुआती राम, हनुमान, ब्राह्मण श्रेष्ठ, हिन्दू सम्राट् आदि की तस्वीरों के बाद उसकी अपनी तस्वीर दिखी। वही फ्रेंच कट दाढ़ी, गदबदा शरीर और ज़रूरत से बड़े कान। वह नरेश झा था, जो पता नहीं कब नरेश शेर में बदल गया था।

वह कॉलेज की रैगिंग की पहली रात थी। कोई सिक्कों से कमरे की लम्बाई-चौड़ाई नापकर उसका क्षेत्रफल निकाल रहा था तो कोई केवल माँ पर आधारित पचास गालियाँ लिख रहा था। नरेश से बचपन की कोई बात बताने के लिए कहा गया था। कोई ऐसी बात, जिससे उस वक़्त उसके दिमाग़ में भरे गोबर का पता चल सके। उसने अक्षय कुमार की फ़िल्म 'सबसे बड़ा खिलाड़ी' के एक गाने 'भोली-भाली लड़की खोल तेरे दिल की प्यार वाली खिड़की' के बारे में बताया कि इसे सुनने के बाद उसे लगा था, हीरो अपनी हीरोइन से चड्ढी उतारने के लिए कह रहा है। उसकी इस बात पर सारे

सीनियर जमकर हँसे थे और गाल पुचकारते हुए प्यार से उसे अपनी तरफ़ बिठा लिया था। यह हम सबके लिए डाह से मर जानेवाली बात थी। मेरा नम्बर आने पर एक सीनियर ने नरेश से कहा, "इसकी रैगिंग तुम लोगे" और नरेश ने मुझसे मेरे पीछे जल रहे ट्यूबलाइट को 'मैं गाँडू हूँ' कहते हुए मुँह से फूँककर बुझाने के लिए कहा। मैं पीछे मुड़ा और शॉल के भीतर छिपाए अपने घरेलू बम निकाले और वापस पलटकर पटक दिया। धुएँ और शोर के बीच यह उससे मेरा पहला परिचय था। मैंने उसका कॉलर पकड़ रखा था और वह बम के किसी छोटे छर्रे से हाथ पर आई खरोंच को सहला रहा था। उसने मुझे माँ की गाली दी और धक्का देकर भाग गया।

उसके बाद आगे के दिनों में किसी की रैगिंग नहीं हुई। मैंने अपने बम की रेसिपी सबको सिखा दी थी, सिवाय नरेश झा के। इसका जवाब उसने कॉलेज में सरस्वती पूजा के दिन दिया। हम नाच रहे थे और बम फोड़ रहे थे। वह अचानक हमारे बीच आकर नाचने लगा। मेरे एक दोस्त ने उसे अपनी कुहनी मारकर घेरे से बाहर करना चाहा। वह मुस्कराया और जेब से कट्टा निकालकर हवा में फायर कर दिया। यह एक तरह का जैसे शक्ति सन्तुलन था, जिसे सबने स्वीकार कर लिया। हम अपने गुटों में ख़ुश थे और लकीरें नहीं लाँघते थे।

एक रात हॉस्टल में भीषण छापा पड़ा। किसी तरह हम अपने असलहे पाख़ाने की टंकियों में फेंकने में सफल रहे। हम निशस्त्र होकर वापस एक ही पृष्ठ पर आ गए थे। यह सफ़ेद कबूतरों को उड़ाए जाने की तरह था। इसी के साथ हमारे बीच का शीतयुद्ध लगभग ख़त्म हो गया था। उसने कहा था, "इंजीनियर, शर्ट जींस के भीतर डालकर मत पहना करो। तुम्हारी टाँगें लम्बी हैं और कमर के ऊपर का हिस्सा छोटा। तो अजीब लगता है।" मैंने उससे कहा था, "अपने कानों के आसपास के बाल मत कटवाया करो। तुम्हारे कान बड़े हैं। बालों को कान के ऊपर चढ़ने दिया करो। बालों से ढके कान बड़े नहीं दिखते।"

यह ठीक बात है कि मैं आज भी क़मीज़ अन्दर करके नहीं पहनता और

इतने सालों बाद भी नरेश के कान बड़े बालों के नीचे छुपे हुए थे, लेकिन उसके साथ दोस्ती-यारी के ऐसे भावुक क़िस्से जोड़ने का कोई मतलब नहीं था। ऐसे रिश्ते उस तक आते-आते दम तोड़ देते थे। उसके साथ यह सम्भव ही नहीं था। दिल, पैसे, सम्मान आदि किसी मामले में वह दुरुस्त नहीं था। उसने कभी किसी पर फूटी कौड़ी नहीं ख़र्च की थी। जहाँ गुटखा खाता, सैकड़ों रुपए उधार थे। पैसे रहते, पर देता नहीं। किसी लड़के के कमरे में बन रहे मुर्गे, मछली की महक वह दूर से सूँघ लेता और बिना बुलाए पहुँच जाता। उसने किसी एकलौती शाम भी ख़ुद के पैसों से खाना नहीं खाया था। उसने कई मर्तबा खुलेआम कहा था, वह अपने पैसों से शराब नहीं पीता। पी भी ले तो उसे चढ़े न। मुँह पर मुझे 'इंजीनियर' कहता और पीठ पीछे 'इंजीनियर की झाँट'।

जहाँ तक हमारे बीच बने सन्तुलन की बात थी, यह उसी दिन ख़त्म हो गया था जब उसे ज्ञान, शील और एकता का प्रचार करने वाले एक विद्यार्थी संगठन का अध्यक्ष बना दिया गया था। वह बीसियों लड़कों के हुज़ूम में चलता। अपने नेताओं को हवाई अड्डा छोड़ने-पहुँचाने वाली भीड़ का अहम हिस्सा होता। धरने, जुलूसों में पुलिस की तरफ़ से उसके दल को प्रदर्शनकारियों के हौसले तोड़ने, लाठियाँ भाँजने, आगजनी आदि के लिए बुलाया जाता। वह कक्षाओं में कम दिखता और सड़कों और अख़बारों में ज़्यादा। कुछ महीनों में ही उसके नाम का जलवा ऐसा चलने लगा था कि लड़के-लड़कियाँ मैदान क्या, कक्षाओं में भी अलग-अलग बैठने लगे थे।

एक दोपहर वह अपने दोस्तों के साथ किसी नौजवान जोड़े से उठक-बैठक करवा रहा था। दोनों रो रहे थे। मैंने कहा, "जाने दो बे। राधा-कृष्ण हैं। क्यों रुला रहे हो?" उसने बाएँ हाथ के अँगूठे और तर्जनी का गोला बनाकर दाएँ हाथ की मध्यमा को उसमें डालकर निहायत अश्लील अन्दाज़ में हँसते हुए कहा, "कामसूत्र का अध्याय लिखने की कोशिश कर रहे थे। इनके ज़रिए बाक़ियों को सन्देश दे रहा हूँ। इसको राजनीति कहते हैं इंजीनियर। तुम नहीं समझोगे। तुम बम बनाओ। ज़रूरत पड़ेगी तो माँग लूँगा।"

राजनीति तो उसने की थी, वह भी मेरे साथ, जिसका पता मुझे कॉलेज छोड़ते समय चला था। पहली बार जब छापा पड़ा, मुझे लगा था, निशाना पूरा हॉस्टल है। सबके कमरे के हीटर, हॉकी-डंडे और नरेश का कट्टा—सब साथ जाएगा, लेकिन उस दिन असली निशाना मैं था। बाद के दिनों में जब भी मैंने बम बनाए, रात को छापा पड़ा। अन्ततः मैंने ऊबकर बम बनाना ही छोड़ दिया। यह नरेश की करतूत थी। वार्डन को वही सूचित करता था। सीनियर के साथ हुए दो झगड़ों में, जिसमें मैं निलम्बन की कगार पर पहुँच गया था, इसी का किया-धरा था। दस हज़ार का भारी जुर्माना भी मुझे इसी की वजह से भरना पड़ा था।

अचानक इतने सालों बाद इनबॉक्स में उसका मैसेज देखा तो मुझे आश्चर्य हुआ। मैंने सोचने में दो दिन लगा दिए कि यह मुझसे मिलने क्यों आ रहा है? उसने कहा था, "दारू नहीं पिलाओगे, इंजीनियर? तुम्हारे हाथ का मुर्गा खाए भी कितने बरस हो गए?" मैंने उसे पता दे दिया। रविवार की शाम जब वह आया, उससे गले मिलते हुए मैं समझ नहीं पा रहा था, मैं ख़ुश होऊँ कि क्या करूँ? इसमें दो राय नहीं था कि मैं उसे पसन्द नहीं करता था, पर उसके आने से मेरा महीनों का अकेलापन दूर हुआ था। वह मेरे लिए मकड़े की तरह था। मकड़ों के जाले लगाने से मैं ख़ुश होता क्योंकि उसमें मच्छर फँसते, लेकिन बाद में मैं उन्हीं मकड़ों को मार देता क्योंकि उनके जालों से दीवारें भद्दी दिखतीं।

बातों की रेल निकल पड़ी। मैंने पूछा, क्या चल रहा है तो उसने बताया, "दिल्ली में पार्टी का सोशल मीडिया विंग देखता हूँ।"

"हूँ।" मैंने सिर हिलाया।

"तुम बताओ, अभी भी बम बनाते हो?"

"बनाऊँगा तो पटकूँगा किस पर?" मैं मुस्कराया।

वह ठठाकर हँसने लगा। बोला, "सही मायने में तुम्हारे बमों की ज़रूरत अभी है। देश के ख़िलाफ़ काम करनेवाली बहुत-सी खोपड़ियाँ इधर बढ़ गई हैं। तुम्हारे बम इनका सही इलाज हैं। क्या तो धाँसू बम बनाते

थे, इंजीनियर। तुम्हारे बम के एक छर्रे का निशान हाथ पर लिये अब भी घूम रहा हूँ।" उसने अपने बाएँ हाथ पर पड़े मटर के दाने भर का चिह्न दिखाते हुए कहा।

मैंने मुस्कराते हुए माफ़ी वाली नज़रों से उसे देखा।

"इंजीनियरिंग कॉलेज से निकलकर सीधे यहीं आ गए थे?" उसने दीवार पर लगी एक ग्रुप फ़ोटो देखते हुए पूछा।

"नहीं, सबसे पहले बैंगलौर गया था। फिर हैदराबाद। फिर यहाँ।" मैंने बताया।

उसकी नज़र एक तरफ़ कोने में फैले कई डम्बल्स पर गई तो हँसते हुए बोला, "डम्बल्स तो दिख रहे हैं, लेकिन तुम्हारे शरीर पर उसके निशान नहीं दिख रहे।"

"कसरत रोज़ नहीं करता हूँ। ये बियर पीने के बाद सुबह पसीने के साथ हैंगओवर उतारने के काम आते हैं।" मैं हँसा।

"भाभी और बच्चे कहीं निकले हैं क्या? दिख नहीं रहे?" उसने सोफ़े पर से ही भीतर झाँकते हुए पूछा।

"शादी नहीं हुई अभी।" उसके सामने भुनी हुई मूँगफलियाँ और खीरे के कतरे रखते हुए मैंने कहा।

"मतलब शादी करनी है या नहीं?" उसने हँसते हुए कहा तो मैंने भी हँस दिया। उसे किंगफिशर की केन पकड़ाते हुए कहा, "और ठंडी चाहिए हो तो बताना।"

"इस देशी पर कब से उतर आए, इंजीनियर?" वह एक साथ चौंकता और हँसता हुआ बोला।

"जब से नौकरी गई।" मैंने कहा।

"हैं...तुम्हारी नौकरी चली गई..., कैसे भाई?" वह हो-होकर हँसता हुआ बोला, जैसे किसी ने गुदगुदी लगा दी हो।

मुझे समझ में नहीं आया, वह मेरी इस बात पर हँस क्यों रहा था?

"अर्थव्यवस्था के बारह बजे हैं। कम्पनियों की हालत ख़स्ता है। नौकरी

तो जानी ही थी।" मैंने कहा।

"कैसी बात कर रहे हो, इंजीनियर? लोगों को नौकरी से तब निकाला जाता है, जब कम्पनी को लगता है, कर्मचारी की कार्यक्षमता कम्पनी के अनुरूप नहीं है। उसे रखना फ़ायदे का सौदा नहीं है।" वह बियर की एक बड़ी घूँट गटकता हुआ बोला।

"मतलब, कम्पनी केवल नकारे लोगों को निकालती है?" मैंने इतने ठंडे तरीक़े से कहा कि सामनेवाले को भीतर उठे ग़ुस्से का पता नहीं चले।

"देखो, हर बात के लिए अर्थव्यवस्था और राजनीति को दोष देना ठीक नहीं है, इंजीनियर। पूरी दुनिया आज हमारा लोहा मान रही है, लेकिन लोगों को नकारात्मकता में जीने की आदत हो गई है।" उसने महज़ पाँच घूँट में केन ख़त्म कर दिया था और दूसरी निकालने ख़ुद ही फ्रिज की ओर चला गया था।

लौटा तो बोला, "मैं तुमको फ़ेसबुक पर फॉलो करता रहता हूँ। बुरा मत मानना भाई, लेकिन तुम भी बहुत नकारात्मकता फैलाते हो। एक आदमी जो हमारा मुखिया है, नष्ट हुए देश को पटरी पर वापस लाने में दिन-रात लगा हुआ है। जब हम खर्राटे ले रहे होते हैं, वह जागकर अधिकारियों के साथ मीटिंग में व्यस्त होता है। अभी हम लोग बियर पी रहे हैं, वह फ़ाइलें निपटा रहा होगा। बावजूद इसके, अपने देश के लोग सोशल मीडिया पर उसका मज़ाक़ उड़ाते हैं। गालियाँ देते हैं। ख़ुद को राष्ट्र की सेवा में इस क़दर झोंक देनेवाला आदमी क्या न्यूनतम सम्मान का भी हक़दार नहीं है?" उसने जैसे एक साँस में कहा था। मैंने हल्का-सा सिर हिला दिया।

"देखो, बहुत साफ़ बात है इंजीनियर। देश बदल रहा है। लोगों को इस बदलाव में सहायक होना चाहिए। जो इससे नहीं जुड़ना चाहता, उसके यहाँ रहने का कोई मतलब नहीं है।" उसने आख़िरी घूँट लेकर बियर का दूसरा केन भी ख़त्म कर दिया था। जब वह लहराता हुआ तीसरा लेकर आया, बोला, "घर तो बहुत धाँसू है। ख़रीदा या किराये पर है?"

"किराये पर है। अपना घर ग़ाज़ियाबाद में बुक किया है।"

"अरे, क्या बात इंजीनियर! बहुत ख़ूब...बहुत ख़ूब! कितने में?"

"बत्तीस लाख में।"

"अरे यार, तुम तो छुपे रुस्तम निकले।" वह हँसा।

"क्या छुपा रुस्तम? लोन चुकाना है और नौकरी नहीं है।" मेरा मन उदास हो गया था।

मुझे उदास देख उसने कहा, "चिल करो इंजीनियर, सब ठीक हो जाएगा। पर एक बात कहूँ, बुरा मत मानना। अभी जो तुम अर्थव्यवस्था डूबने की बात कर रहे थे न, इसके पीछे यह भी एक बड़ा कारण है। हम लोग लोन ले लेते हैं और चुका नहीं पाते और बेचारे बैंक को हर्ज़ हो जाता है। फिर बैंक बचाने के लिए सरकार को अपनी जेब से पैसा देना पड़ता है। बाद में लोग कहते हैं, अर्थव्यवस्था डूब गई।"

कुछ सेकेंड के ठहराव के बाद वह फिर बोला, "इसलिए मेरा बहुत स्पष्ट कहना है कि आदमी को उतना ही पैर फैलाना चाहिए, जितनी चादर हो। क्यों ग़लत बोल रहा हूँ?"

मूँगफली के साथ का काला नमक ख़त्म हो गया था। मैं उठकर लाने चला गया। लौटा तो देखा, वह बियर गटकने में मशगूल था। सामने दीवार पर थोड़ी ऊँचाई पर लटका एक पुराना ग्रुप फ़ोटो दिखाते हुए मैंने उससे पूछा, "पहचान रहे हो, उसमें कौन-कौन है?"

वह उठा और नशे से भरी आँखें मींचकर देखने की कोशिश करने लगा। फिर बोला, "समझ में नहीं आ रहा है, कौन-कौन है?"

"देखो...देखो उतारकर देखो।" मैंने तस्वीर के ठीक नीचे रखी कुर्सी की ओर इशारा करते हुए कहा। वह झूमता हुआ चढ़ गया और सेकेंड के पाँचवें हिस्से की बात होगी जब कुर्सी एक आवाज़ के साथ टूट गई और वह भहराकर नीचे रखे डम्बल और उसके लोहे के प्लेट्स पर सिर के बल गिर पड़ा। और जब वह गिरा, वापस नहीं उठा।

जैसा कि आमतौर पर होता है, लोग हत्या के बाद घटनास्थल से बदहवास

हो भागते हैं, मुझे कहीं जाने की कोई जल्दी नहीं थी। यह मेरा घर था और यहाँ कोई नहीं आने वाला था। मुझे दिक़्क़त इस बात से थी कि उसे इस तरह निर्जीव देखना थोड़ा अजीब लग रहा था। कुछ देर पहले तक वह ज़ोर-ज़ोर से बोल रहा था और अब अचानक इतना सन्नाटा। दूसरी बात, वहाँ बेतरतीबी से पसरे ख़ून को देख मुझे परेशानी हो रही थी, जिसने मेरे ड्राइंगरूम का नक्शा बिगाड़ दिया था। फुटमैट ख़ून से सन गया था। ख़ून सूँघकर जाने कहाँ से छोटी मक्खियाँ आ गई थीं, जबकि मेरे भले मकान मालिक ने मेरी शिकायत के बाद सारे स्लाइडिंग डोर के साथ लोहे की जालियाँ लगवा दी थीं। इन शैतान मक्खियों से नफ़रत का बड़ा कारण यह था कि आप चिढ़कर भी इनका कुछ नहीं बिगाड़ सकते। ये मच्छर मारने वाले रैकेट की करंट दौड़ती जालियों से भी साफ़ बचकर निकल जातीं। मैंने उसकी बॉडी के पास मच्छर भगानेवाली अगरबत्तियाँ जला दीं, लेकिन वह दृश्य कुछ अटपटा था मछली की दुकान में मरी मछलियों के पास जलाई जानेवाली धूप बत्तियों की तरह। मैंने अगरबत्तियाँ हटा दीं।

उसके गिरकर मरने के तुरन्त बाद मैंने उसकी मृत्यु का समय नोट किया था, छह बज कर ग्यारह मिनट। यह सिर्फ़ मैं जानता था। किसी भी पोस्टमॉर्टम रिपोर्ट में घड़ी के काँटों का यह मिलन हू-ब-हू दर्ज होना सम्भव नहीं था। हो सकता है, उसकी मृत्यु का समय शाम पाँच बजे, जब वह चिप्स कुतर रहा था से लेकर सात बजे के बीच बताया जाए या फिर छह से आठ बजे के बीच। कुल मिलाकर मेरे पास एक घंटे के आसपास का वक़्त था और मुझे जो करना था, जल्दी करना था।

एकबारगी लगा, पुलिस को कॉल करूँ और सारी जानकारियाँ दे दूँ, लेकिन उन शैतानों को मैं क़रीब से जानता था। बताने के बाद क्या होता? एक अन्तहीन मानसिक पीड़ा। सच कहने के बाद भी मार-कुटाई, गालियाँ, अपमान के सिलसिले। उसके बाद काले कोट पहने दूसरे शैतानों का प्रवेश। न्याय दिलाने के उनके फ़रेबी आश्वासन। पैसों की उनकी निर्लज्ज लोलुपता। कुल जमा मेरे बचत खाते में दो लाख रुपए रह गए थे। हत्या से बचने के

लिए यह रकम आज के महँगाई वाले ज़माने में काफ़ी कम थी। और सबसे बड़ी बात, रिश्वत देना भी चाहता तो किसको देता? क्या गारंटी थी कि मैं पुलिस को पैसे देता और वह मुझे बचा लेती? और वकीलों के लिए तो दुनिया की कोई रकम छोटी पड़ जाए। जज ईमानदारी, सच्चाई और बुद्धिमत्ता के मामले में सबसे ओवररेटेड लोग थे। इनकी ज़ाहिलियत, बदनीयती और भ्रष्टाचार कोर्ट की अवमानना वाले कठोर नियम के पीछे छिपी हुई थी। इनसे न्याय की उम्मीद करना बैंकिंग का फ्रॉड करने वालों से पैसे लौटा देने की उम्मीद करने की तरह था। इन्हें अगर मैं घटना को हर्फ़-दर-हर्फ़ बता देता, तब भी ये नहीं मानते। मैं अपने सहित दूसरे धर्मों के सभी ईश्वरों की शपथें लेता, मिन्नतें करता, रोता तब भी ये नहीं मानते। इनके लिए ऐसे सच रोज़ की बात थी। ठीक अस्पताल में असीम दर्द से कराह रहे मरीज़ के प्रति किसी पुरानी नर्स की अनदेखी और रुख़ाई की तरह। जेलों में पहले से इतनी भीड़ और बदतरी थी कि समझदार आदमी किसी भी जुर्म में वहाँ जाने की बजाय फाँसी की सज़ा माँगना पसन्द करे।

घर में बताने का कोई फ़ायदा नहीं था। माँ इतना रोती, जैसे मैं ही मर गया हूँ। स्कूल जाना छोड़ देती और बदहवासी में जाने किसको-किसको कॉल कर देती। लोग मेरी प्रोफ़ाइल में एक हत्या और जोड़ लेते। सबसे ज़्यादा मुझे मेरा मौसा कोसता, जो पिता की मौत के बाद से माँ के साथ रह रहा था। पिता की मौत के कुछ महीनों के बाद मौसी की मौत हुई थी करंट लगने से। कैसे वाला सवाल सबने पूछा था और मौसा ने सबको बताया भी था। बस, एक रात जब मैंने पूछ दिया, "कैसे मौसा, आख़िर कैसे?" तब से उस आदमी ने मुझसे बात करनी बन्द कर दी थी। मौसा के अलावा मुझे वो लोग भी कोसते जो ताउम्र कइयों की हत्याओं का मन्सूबा पाले बूढ़े हो गए थे। मुझे 'नीच हत्यारा' कहकर वो लोग भी गालियाँ देते जो अपने लिंग के उत्थान के दिनों से दुनिया की सभी लड़कियों को ज़बरन खाना चाहते थे और अब बुढ़ापे में अशक्त हो जाने से चिड़चिड़े और क्रोधी हो गए थे। ये सभी अपने जवानी के दिनों से झूठ फैलाने की मशीन थे। और

अब तो इनके पास मोबाइल भी था। इस घटना की महक पाते ही इनके मोबाइल के सन्देशों में मैं कहीं चाकुओं से गोदकर हत्या कर रहा होता, कहीं तकिए से साँस घोंट रहा होता तो कोई मुझसे पाँच-दस राउंड गोलियाँ चलवा रहा होता।

इन सब मुसीबतों से बचने के लिए मेरे पास दो ही विकल्प थे। बॉडी को ग़ायब कर दूँ या फिर कोई ऐसी कहानी गढ़ूँ, जिस पर पुलिस सहजता से नहीं तो मारपीट मिश्रित गहन पूछताछ के बाद ही सही यक़ीन कर ले और मैं हत्या जैसे आरोपों के झमेले से बच जाऊँ। बॉडी ग़ायब करना अगर सबसे सुरक्षित तरीक़ा था तो सबसे कठिन भी। बॉडी नहीं मिली, मतलब अपराध नहीं हुआ, लेकिन इस नए शहर में ऐसा कर पाना मेरे लिए नामुमकिन था। मुझे उन लोगों से नफ़रत थी जो लाश ग़ायब करने के लिए उसे कहीं जला देते थे, छोटे टुकड़े करके अलग-अलग जगहों पर फेंक आते थे या एसिड से भरे ड्रमों में उसे नष्ट होने के लिए डाल देते थे। दूसरे दिन अख़बारों में इन्हें पढ़ना कितना वीभत्स लगता था? मैं यह सब नहीं कर सकता था।

मुझे इस कहानी को विश्वसनीय बनाना था। एक ऐसी कहानी, जो स्वाभाविक लगे, लेकिन दुर्घटनाओं की ऐसी कहानियों की अपनी एक सीमा होती है। दुर्घटनाओं की जब समीक्षा होती है, कई सवाल सामने आते हैं। आदमी कोई पानी का बुलबुला या गुब्बारा नहीं होता कि गर्दन झटककर कोई कह दे, फूट गया। जान इतनी आसानी से भी नहीं जाती। कोई कारक होना चाहिए। गोली से मरा, मतलब किसी ने गोली चलाई। यह कोई रेल दुर्घटना नहीं थी न ही कोई नया बना पुल गिर गया था। वह जैसे भी मरा, मेरे कमरे पर मरा। मेरी उपस्थिति में मरा और मैं इससे इनकार नहीं कर सकता था।

मैंने एक झटके में उन तमाम फ़िल्मों को याद किया, जिनमें ऐसी परिस्थितियाँ थीं, लेकिन उन सबके तरीक़े मुझे बहुत घिसे-पिटे लगे। जब कुछ नहीं सूझा तो मुझे लगा, मेरा खेल ख़त्म हो गया। अब या तो तिल-तिल

कर मुक़दमा झेलूँ या एक झटके में मर जाऊँ। मैं किचन में गया और गैस खोल दिया। थोड़े डर और रोमांच के बीच मुझे यह तरीक़ा ठीक लगा। नरेश का दाह-संस्कार भी हो जाता और मुझे सांसारिक झमेले से मुक्ति मिलती, लेकिन फिर मुझे ऊपर और नीचे के फ़्लैट में रहने वाले बच्चों की याद आई जो यदा-कदा लिफ़्ट में मिलते थे। सिलेंडर ब्लास्ट होता तो केवल हम दोनों की कहानी ख़त्म नहीं होती। मैंने झट-से गैस बन्द कर दिया, लेकिन इस ब्लास्ट वाले विचार से मेरे मन में एक नया विचार पैदा हुआ। सिलेंडर का विकल्प कुकर हो सकता था।

सबसे पहले मैंने फ़र्श पर बिखरे ख़ून को फ़िनाइल से साफ़ किया। फिर किचन में आकर मैरिनेट किए हुए मुर्गे को वापस फ्रिज में रखा, जिसे बियर पीने का बाद नरेश के लिए पकाना था। फिर मुफ़लिसी के दौर में ख़रीदे गए एक पुराने और घिस चुके लोकल कम्पनी के कुकर, जिसके सेफ़्टी वॉल्व पर भरोसा नहीं किया जा सकता था, निकाला और उसमें मसूर दाल की खिचड़ी चढ़ाई। कुकर की सीटी को अदरक कूटनेवाले पत्थर की छोटी ओखली से दबा दिया। गैस को तेज़ कर दिया और नरेश को वहाँ लाकर कुछ ऐसे खड़ा किया कि उसका अधखुला सिर सिटी के ठीक पास हो, लेकिन अचानक ध्यान गया, कुकर फटने से किचन के स्लाइडिंग डोर के गिलास टूट सकते थे। मैंने जल्दी-से उन्हें जैसे-तैसे कम्बल से ढक दिया। फिर याद आया, धमाका होगा तो आवाज़ से पूरी बिल्डिंग जान जाएगी। मुझे धमाका चाहिए था, लेकिन नियंत्रित परिस्थितियों में। मैं धमाके की आवाज़ को दबाने के लिए कुछ उपाय ढूँढ़ने लगा। पर तुरन्त सूझा, मैं यह क्यों कर रहा हूँ? मुझे तो दिखाना ही है कि कुकर का धमाका हुआ और उसी दुर्घटना में इसके सिर का पिछला हिस्सा फट गया। ऐसे में आवाज़ छिपाने की क्या गरज़? और धमाका होगा तो स्वाभाविक तौर पर गिलास टूटेगा ही। नहीं टूटेगा तब शक होगा। मैंने स्लाइडिंग डोर से जल्दी से कम्बल हटा लिए और नहाने के लिए वॉशरूम में घुस गया। मैंने अपनी सबसे अच्छी चड्ढी पहनी क्योंकि धमाके के बाद सहायता की गरज़ और बदहवासी दिखाने के

लिए मुझे भीगे बदन ही भागकर 503 वाले पड़ोसी का दरवाज़ा पीटना था, लेकिन 503 वाले को नॉक करने का आइडिया मुझे ठीक नहीं लगा, क्योंकि कोई भी सवाल कर सकता था कि जब आप महज़ सात क़दम दूर ठीक सामने 504 नम्बर वाले फ़्लैट का दरवाज़ा खटखटा सकते थे तो अठारह क़दम दूर 503 को नॉक करने क्यों गए? अब उसको क्या बताऊँगा कि सामने 504 नम्बर फ़्लैट वाला आदमी कितना बदमाश है और 503 में रहने वाली भाभी कितनी मीठी? भाभी एक अच्छी गवाह साबित हो सकती थी। जबकि सामने 504 वाला सम्भव है, मुझ पर शक करता। वह मुझसे पहले से ही उखड़ा रहता था। मैं जब भी अपने म्यूज़िक सिस्टम पर क़व्वाली या ग़ज़लें बजाता, वह मुझे आवाज़ कम करने के लिए टोकने चला आता। वह इतना ख़राब आदमी था कि क़व्वाली सुनने भर से उसने मुझे मुस्लिम मान लिया था।

मैं देह पर साबुन मलकर कान बन्द कर कुकर के फटने का इन्तज़ार कर रहा था। मुझे बचपन में फोड़े गए सुतली बम की याद आ गई, जिसके पलीते में आग लगाकर मैं कान बन्द कर दूर खड़ा हो जाता। पापा पीछे से कहते, "जब इसकी आवाज़ सुननी ही नहीं है, तो पैसा क्यों बर्बाद किया?" मैंने अपने कानों से हाथ हटा लिए। सौ से उल्टी की तरफ़ गिनना शुरू किया कि अचानक चौरासी पर किचन से एक ज़ोर की आवाज़ आई। वॉशरूम का दरवाज़ा खोला तो देखा, ओखली नीचे लुढ़की पड़ी है और कुकर सीटी दे रहा है। मैंने शोर करती सीटी को दबाने की कोशिश की, लेकिन शक्तिशाली भाप का ज़ोर देख लगा कहीं यह मेरे सामने ही न फट जाए।

खिचड़ी पकने की ख़ुशबू ने मेरी भूख के एहसास को बढ़ा दिया था। मैंने दो-तीन सीटियाँ लगने दीं। सोचा, खा लूँ फिर इसे निपटाऊँगा। क्या पता, पुलिस तुरन्त हत्या के नतीजे पर पहुँचकर मुझे बन्द न कर दे। फिर जाने अगला निवाला कब मिले? मैंने इसे अपने आख़िरी भोजन की तरह लिया और इसे भव्य बनाने में जुट गया। घी, जीरा और मिर्च से खिचड़ी में तड़का

लगाया। पापड़ सेंका। बैंगन का भुर्ता बनाया। दही निकाला। आम का अचार लिया। यह सचमुच एक दिव्य भोजन था। मैंने मैरिनेट किए हुए चिकेन को उन जासूसी दिमाग़ वाले लोगों के विश्लेषण ख़ातिर छोड़ दिया जो ऐसी चीज़ों को देखकर इस नतीजे पर पहुँचते हैं कि हत्या की मंशा और योजना के साथ चलनेवाला हत्यारा चिकेन मैरिनेट करने के लिए नहीं रखेगा।

पेट भर जाने से देह किसी अजगर की तरह हो गई थी, लेकिन देर करने पर पोस्टमॉर्टम रिपोर्ट में मेरी गढ़ी हुई कहानी और मृत्यु के असली कारण तथा समय के बीच फ़र्क आ सकता था। मैंने चावल निकाले। फिर लगा, बिना सब्ज़ी और दाल के चावल पहले पकाना किसी को बेतुका लग सकता था। साथ ही, हादसे को ज़्यादा भयावह और नुकसानदायक बनाने में चावल उस स्तर पर शायद सफल नहीं हो पाता। मैंने चावल वापस रखकर दाल को लिया और ज़्यादा मात्रा में हल्दी मिलाई। पीली दाल फैलकर सबूतों को ढकने में सहायक हो सकती थी। अब बड़ी चुनौती थी, कुकर के फटने लायक परिस्थितियाँ बनाना। मैंने कुकर की सीटी निकाल दी और एक कील लिया, जिसकी मोटाई सीटी की नली के आसपास थी। मैं चाह रहा था कि कील को किसी तरह उस छेद में इस क़दर फँसा दूँ कि भाप का अधिकतम आवेग भी उसे हिला न सके। मैं हथौड़ी मारकर छेद में कील ठोकने ही वाला था कि लगा, ढक्कन के चिथड़े उड़ जाएँ, तब भी सम्भावना थी कि कील उसी में रह जाए और अगर ऐसा हुआ तो यह कील मेरी ताबूत की आख़िरी कील होगी।

मैंने कुकर गैस पर चढ़ा दिया। किचन के ठीक सामने वॉशरूम था। मैंने नरेश को इस बार किचन के प्लेटफ़ॉर्म के सहारे कुछ इस तरह खड़ा किया कि उसकी पीठ की तरफ़ कुकर था और सामने वॉशरूम, जैसे वह खाना पकाते हुए मुझसे बातें कर रहा हो। एक मरे हुए आदमी को अपने हिसाब से खड़ा करना बेहद मशक़्क़त वाला काम है, यह मैंने उस रोज़ जाना। मैंने उसका बायाँ हाथ लिया और हथेली को ज़बरदस्ती सीटी पर टिका दिया। उसके हाथ के भार से सिटी दब गई। अब बस भीतर गैस

जमा होने भर की देर थी।

मैं भागकर वॉशरूम में गया। ख़ुद को शॉवर के नीचे भिगोया। शरीर पर साबुन मला और पैन पर बैठकर इन्तज़ार करने लगा। अगले आनेवाले दस मिनटों में सब कुछ बदल जानेवाला था। मुझे नहीं पता था, इस बार मैं बच पाऊँगा या नहीं? मेरा दिल जैसे डूब रहा था।

जाने कैसे इन पलों में नीरू याद आ गई। मैं उसको भेजे अपने माफ़ी के मैसेज पढ़ने लगा। दस मैसेज के बाद भी उसने कोई जवाब नहीं दिया था। मैंने सोचा, पता नहीं मेरा आगे क्या हो, उसे उसके सवालों के जवाब दे देने चाहिए।

"नीरू, इस मैसेज के बाद आगे और मैसेज करके तुम्हें परेशान नहीं करूँगा। यह ग्यारहवाँ और आख़िरी मैसेज है। मैंने उस साँड़ को मारा क्योंकि उसने अपनी सींगों पर पापा को उठा रखा था। वह रास्ते में बैठता था। माँ उसे पूजा के बाद सिन्दूर लगाती और रोटी खिलाती। पापा उसे रोज़ रास्ते से हटाते। वह जानवर था और एक दिन भड़क गया। उसने पापा को उठाकर दीवार पर दे मारा। सब तमाशा देख रहे थे। मैंने बगल के मुर्गे की दुकान से छुरी उठाई और इसके पहले की वह पापा को दुबारा पटकता, मैंने छुरी उसकी गर्दन में पिरो दी। गो-वध का आरोप लगाकर मुझे उस दिन वहाँ खड़े लोगों ने बहुत मारा। मैं उनकी मार से बच गया क्योंकि बगल में दर्द से चिल्लाते पापा सिर फटने से मर गए। दो साल बाद भाई एक धक्का-मुक्की में मुझसे पुल से गिर गया। उसने एक लड़की का बलात्कार किया था और हम लोगों से उम्मीद कर रहा था, हम मुक़दमे में उसकी मदद करें। वह वकील को देने के लिए माँ के गहने छीनकर ले जा रहा था। माँ ने कहा, "ये नीच मर क्यों नहीं जाता" और भाई मर गया। मेरे धक्के से भाई को नीचे गिरते कइयों ने देखा था, पर किसी ने थाने में नहीं बताया। दूसरे दिन लड़की की माँ ने अख़बार में कहा था, "भगवान ने उस पापी को सज़ा दे दी।" लगा, मैं ही भगवान हूँ।

जहाँ तक उस पुलिस वाले की बात है, तुम उसकी फ़िक्र मत करो।

वह दुष्ट आदमी ज़िन्दा है। बस, पागल होकर कहीं निकल गया है। उसने माँ को गाँजा उगाने के अपराध में पकड़ लिया था, जिसे उन्होंने शिव पर पत्तियाँ चढ़ाने के लिए रोपा था। उसने माँ से रिश्वत में बीस हज़ार रुपए माँगे। नहीं तो गाँजे के एक बड़े केस में मेरा नाम डालने की धमकी दी। मैंने उसे बाँधकर उसके गुप्त रूप से रखे गाँजे के तीन बोरे उसके सामने ही जला दिए। अब पता नहीं गाँजे के धुएँ से या अपनी लाखों की सम्पत्ति जलने से वह पागल हो गया। बस यही जानो, अगर वह पागल नहीं होता तो मुझे मार देता।

मैंने मैसेज से पुलिस वाला हिस्सा हटा दिया। उस मामले की फ़ाइल अभी पूरी तरह बन्द नहीं हुई थी। नीरू के लिए पुलिस वाली कहानी कुछ ज़्यादा ही अविश्वसनीय हो जाती। मैसेज को एक सरसरी निगाह से देखकर मैंने उसे भेज दिया। एक छिपकली पहले मिनट से मुझे यह सब करता देख रही थी। मेरी कहानियों के लिए उसकी आँखों में दिख रहे अविश्वास से घबराकर मैंने उसे भगा दिया, लेकिन वह ज़िद्दी वापस आकर मुझे वैसे ही घूरने लगी। मैंने दीवार से सिर टिकाकर आँखें बन्द कर ख़ुद को एकदम ढीला छोड़ दिया। लगा, जैसे मेरा शरीर किसी गहरी झील की तली में बैठा जा रहा हो। मैं पानी में फूलकर दुगुना हो गया था। सुन्दर छोटी मछलियाँ जिन्हें कल तक मैं चाव से खाता था, आज बेहद आहिस्ते-से मेरा ध्यान रखते हुए मुझे नोंच रही थीं। टन्न की आवाज़ से ध्यान टूटा। शायद नीरू का जवाब था। देखा तो भेजे गए मैसेज के फेल्ड होने का नोटिफिकेशन था। मैंने राहत महसूस की और पूरा मैसेज मिटा दिया।

इसके ठीक दो मिनट बाद एक तेज़ धमाका हुआ। मेरे बनाए किसी भी बम से ऐसी भीषण आवाज़ नहीं आई थी। कुकर का कोई टुकड़ा वॉशरूम के दरवाज़े से टकराया था। किचन की रंगत बदल गई थी। दीवारों पर जैसे किसी ने चारों तरफ़ पीले रंग का गाढ़ा पेंट फेंक दिया था। दाल में लिथड़ा नरेश नीचे लुढ़का पड़ा था। मैंने कुकर के चिथड़ों में से एलुमिनियम का एक बड़ा और तीक्ष्ण टुकड़ा चुना और नरेश के अधखुले सिर में उसे ठोक

दिया। इसके पहले कि मैं यह सब निपटाकर पड़ोसी का दरवाज़ा पीटने बाहर जाता, कई लोग मेरा दरवाज़ा पीट रहे थे। अपने पीछे दाल से लिथड़े पैरों के निशान छोड़ता हुआ मैंने जैसे ही भागकर दरवाज़ा खोला, लोग बिना किसी औपचारिकता के भीतर घुसते चले आए थे। वो मुझसे दर्जनों सवाल कर रहे थे, लेकिन मैं संज्ञाशून्य ख़ून से सने उस डम्बल को देखे जा रहा था, जिसे मैं हटाना भूल गया था।

सहिया

जोवाकिम लिंडा की शादी थी।

कोरई पहाड़ के इस तरफ़ वाला जोवाकिम लिंडा।

1

कोरई पहाड़ के उस तरफ़ वाले जोवाकिम लिंडा को तो पुलिसवालों ने पहले ही मार दिया था। यह बताना ज़रूरी है, नहीं तो लोग उसी तरफ़ वाले जोवाकिम लिंडा के बारे में समझ जाते हैं।

उस तरफ़ वाला जोवाकिम लिंडा जब ज़िन्दा था, एक बार डाल्टेनगंज का एक स्थानीय पत्रकार घूमता-घामता उसके बारे में पता करने कोरई पहाड़ की तरफ़ आया। अब तक उसकी कोई तस्वीर सार्वजनिक नहीं हुई थी। गोपूजी उर्फ़ मंगलजी उर्फ़ जोवाकिम लिंडा, पता नहीं कितने नाम थे उसके? जितने नाम उतनी कहानियाँ। आसपास के गाँवों में भी लोगों को ठीक-ठीक ख़बर नहीं थी। पत्रकार ने सोचा था, किसी से कम-बेशी दो-चार बातें भी पता चल जाएँ तो लिखने भर सामग्री हो जाएगी, लेकिन जब वह लौटा, उसके पास एक एक्सक्लूसिव इंटरव्यू था। जोवाकिम लिंडा का इंटरव्यू। नक्सल कमांडर जोवाकिम लिंडा का इंटरव्यू।

"आप सरकार से क्या चाहते हैं?"

जोवाकिम—"कुआँ या चापाकल, जो बन जाए। गाँव में एक कुआँ था, वो धँस गया। वो मेरा दादा के समय का था। अब कुआँ नहीं है तो पूरा गाँव नाले, सोते का पानी पीता है। बरसात में सब तरफ़ का पानी पीला और गन्दा हो जाता है तो सबको पतला झाड़ा शुरू हो जाता है।"

"हैं...बस? और कोई दिक़्क़त नहीं है?"

जोवाकिम—"हम लोग जब बड़ा अस्पताल जाते हैं तो डॉक्टर लोग ठीक से देखता नहीं है। दवाई भी बाहर का लिख देता है।"

"और कुछ बात, जो आप हमसे बताना चाहें?"

जोवाकिम—"शहर का लोग हम लोग से अच्छे से बात नहीं करता है। सूप, टोकरी, ठईया का दाम ठीक से नहीं लगाता है। करील, खुखड़ी, लकड़ी, केंद, जामुन—सब उन लोग को फिरी में चाहिए।"

"है...आप यह सब बेचने शहर जाते हैं? और पुलिस आपको पकड़ती नहीं?"

जोवाकिम—"हमेशा शहर नहीं जाते। बेचने लायक कुछ हुआ तब जाते हैं। और जब जाते हैं, बसकरील, फुटकल, कटहल, खेखसा, केंद-पियार जो भी होता है, नाका वाला सिपाही थोड़ा रखवा लेता है। फिर कुछ नहीं कहता।"

"हैं...मतलब, आप केवल इन्हीं छोटी बातों के लिए लड़ रहे हैं?"

जोवाकिम—"हम पहले नहीं लड़ते हैं। कोई लड़ाई करता है, तब लड़ते हैं।"

यह तेरह साल का कोरई पहाड़ के इस तरफ़ वाला बातूनी जोवाकिम लिंडा था, जिसका जीवन इस इंटरव्यू के बाद बदल गया। बकरियों को जंगल ले जाने के लिए इकट्ठी कर रही एक लड़की से पत्रकार ने जब जोवाकिम लिंडा का घर पूछा था, उसने हाथ के इशारे से बता दिया। जंगल में घुसते ही अनजाने भय से हड़बड़ाए पत्रकार ने अति उत्साह और जल्दबाज़ी में कुछेक सवाल पूछे और लौटकर लिख दिया—'तेरह साल के बच्चे के हाथ

में माओवादी कमांड।'

इतनी कम उम्र के माओवादी लड़ाके की कहानी छपते ही खलबली मच गई। दूसरे दिन दो गाड़ियों में पुलिस के जवान भरकर कोरई पहाड़ की ओर चल पड़े।

कोरई पहाड़ के दूसरी तरफ़ के जोवाकिम लिंडा को ख़बर मिल गई थी। बीच रास्ते पर ही नाले के पास पुलिस और माओवादियों में जमकर मुठभेड़ हुई। एक लकड़ी काटने गई आदिवासी औरत, फ़ालतू का उछलता-कूदता एक छोटा पाड़ा, अपनी धुन में घास में खोई एक नील गाय और भटककर चलती एक लंगड़ी बकरी के साथ कुछ इधर से हताहत हुए, कुछ उधर से। मुठभेड़ इतनी ज़ोरदार थी कि आसपास के पेड़ों पर रहनेवाली चिड़ियाँ सदमे के मारे अगले कई हफ़्तों तक अपने घोंसलों में नहीं लौटीं। दोपहर से शुरू हुई गोलाबारी अँधेरा घिरने तक चली। फिर जैसे ही अँधेरा हुआ, माओवादी जंगलों में खो गए।

इससे पहले कि अगले दिन पुलिस का खोजी अभियान शुरू होता, कन्धे पर रायफल टाँगे अपने तीन दर्जन साथियों के साथ लड़ाका जोवाकिम लिंडा रात दस बजे किशोर जोवाकिम लिंडा के झोंपड़ीनुमा घर का दरवाज़ा खटखटा रहा था। जोवाकिम के पिता सहमे-से उठे। सामने हथियारबन्द एमसीसी दस्ते को देखकर जैसे उनके शरीर का सारा नमक सूख गया।

ढिबरी की पीली रौशनी में रहस्यमय लगता, रायफल गोद में लिये क़रीब सैंतीस साल का गठीले, लोहे-सा सख़्त शरीरवाला कमांडर जोवाकिम लिंडा खटिया पर बैठा था। उसके ठीक सामने सिर झुकाए अँगूठे से ज़मीन खोदता तेरह साल का घुँघराले बालोंवाला दूसरा जोवाकिम लिंडा खड़ा था। एक-दूसरे से अनजान दोनों जोवाकिम पहली बार आमने-सामने हुए थे। कहने को दोनों कोरई पहाड़ के इस तरफ़ और उस तरफ़ रहते थे, लेकिन थी वह पहाड़ भर की दूरी, जिसे पार करने में क़रीब दो घंटे लगते थे। वह भी पैदल। बड़े जोवाकिम को इसी इंटरव्यू के बाद पता चला था कि उसके नाम का कोई और भी है।

पिता सोमू लिंडा समझ गए थे, आज उनका बेटा गया। वह गिड़गिड़ाते हुए एक अनाड़ी बच्चे की ग़लती मानकर उसे बख़्श देने की विनती कर रहे थे। उन्होंने खेत जोतने से इनकार करनेवाले ढीठ बैलों को दी जानेवाली गालियाँ जोवाकिम को दीं और पूँछ मरोड़ने की तरह उसका कान मरोड़ दिया, "बोलते हैं पादरी, लेखे बेसी मत बोला करो, लेकिन इसको तो भूँकने में सियारों की बराबरी करनी है। शहर का आदमी लोग ऐसे ही मतलबी होता है। समझा दिया न...। गूलर पेड़ में तुमको उल्टा लटकाएँगे तब समझेगा।"

बड़े जोवाकिम ने सोमू लिंडा को आँखों से डाँटा और किशोर जोवाकिम को अपने पास बुलाया, "बहुत अच्छा बोले तुम। तुम्हारी ग़लती नहीं है, लेकिन तुमको खोजते हुए कल पुलिसवाले आएँगे। इसलिए तुमको भागना पड़ेगा।"

उसने अँधेरे में ग़ायब होने से पहले जोवाकिम के पिता से कहा, "तुम्हारा बेटा बहुत होशियार है। इसको यहाँ से भगा दो, नहीं तो वो लोग इसको छोड़ेंगे नहीं। जब तक तुम उन्हें पूरी बात समझाओगे, वो इसे मार देंगे या जेल में सड़ा देंगे।"

वहीं ताड़ के पत्तों की चटाई पर आधी सोई आधी जागी जोवाकिम की माँ जेल की बात सुनकर सुबकने लगी। वह अपने पति को गालियाँ दे रही थी कि बेटे के बप्तिस्मा में उसे कोई दूसरा नाम नहीं मिला था रखने को। उसने फ़ादर को भी गालियाँ दी, जिन्होंने यह नाम सुझाया था और गालियाँ देती हुई वह वापस सो गई।

दोपहर चढ़ते-चढ़ते पुलिस बाढ़ की तरह गाँव में चढ़ आई थी। अलग-अलग पेड़ों की छाँव में कुल बारह घर थे—मिट्टी, बाँस और लकड़ियों से बने हुए। जैसे ही गाड़ियाँ रुकीं, जवान घरों के आगे-पीछे फैल गए। बच्चे, बूढ़े, महिलाएँ—सभी को घरों से निकालकर कतारबद्ध किया जा रहा था। अपने मालिकों को इस तरह शान्त सिर झुकाए खड़ा देख सबसे ज़्यादा आश्चर्य कुत्तों को हो रहा था। वे कभी पुलिसवालों पर भौंकते, कभी पूँछ

हिलाते अपने मालिक के पास जा खड़े होते। बकरियाँ जंगल ले जाए जाने के इन्तज़ार में आसपास घास टूँगकर समय काट रही थीं।

जोवाकिम लिंडा की तलाश में पुलिस ने सारी झोंपड़ियों को छान मारा था। लोगों के बर्तन बाहर फेंक दिए थे। बाँस की अलगनी पर टँगे कपड़े ज़मीन पर बिखरे पड़े थे। जवानों ने पास के मकई के खेत को तहस-नहस कर दिया था। कुछ जवान गाजर उखाड़ रहे थे। कुछ ने पके पपीतों के लिए पूरा पेड़ हिलाकर कच्चे-पके सारे पपीते गिरा दिए थे। मुर्गे के पीछे भागने वाले एक जवान ने आज पहली बार जाना था कि ख़तरे का अन्देशा होने पर मुर्गे उड़ते भी हैं।

कुछ देर बाद एएसआई ने पुलिस कप्तान को रिपोर्ट किया, "जोवाकिम भाग गया, सर।"

पचपन के क़रीब, पर चुस्त-दुरुस्त दिखते पुलिस कप्तान को डाल्टेनगंज आए कुछ ही महीने हुए थे। इस आदमी के बारे में कहा जाता था, शरण पांडे की जिस भी माओवादी इलाक़े में पोस्टिंग हुई, नक्सली जोहार करके जगह छोड़ गए।

"तो गोपूजी...मंगलजी...जोवाकिम लिंडा जो भी है...यहाँ नहीं है? उं...?" पुलिस कप्तान ने बहुत ठंडे अन्दाज़ में सामूहिक रूप से पूछा, जैसे उसे सारी कहानी पता हो। बस, वो गाँववालों के मुँह से सुनना चाहता हो।

"हियाँ जोवाकिम नै रहहउ। के बोललौ तोरा इसब?" पीछे से किसी औरत ने कहा।

पुलिस कप्तान ने उसकी तरफ़ देखकर तेज़ आवाज़ में पूछा, "क्या बोली, फिर से बोलो?"

"सर...जोवाकिम लिंडा इस गाँव में नहीं रहता। उसका घर कोरई पहाड़ के उस तरफ़ है। दोनों गाँवों का नाम कोरई होने से बहुत सारे लोग धुकमुका जाते हैं। अगर आपको छोटकी कोरई जाना है तो घूमकर जाना पड़ेगा। सीधे पहाड़ चढ़कर जाएँगे तो बहुत समय लगेगा।" गाँव के पाहन ने कोमल लताओं की तरह झुकते हुए विनम्रता से कहा। गाँववालों ने पाहन

को पहली बार झूठ बोलते सुना था। उन्हें उसका यह चेहरा हमेशा के लिए याद रह जाना था।

"तुम्हें कैसे लग गया कि हम लोग इस गाँव से बिना जोवाकिम को लिए जाने वाले हैं? तुम्हारा परिचय?" पाहन की बातों से पुलिस कप्तान चिढ़ गया था।

"मेरा नाम जय केरकेट्टा हुआ, सर। इस गाँव के पाहन हैं हम।" वह विनम्रता के उसी दुहराव में बोला। साठ साल के आसपास चेचक के दाग़ों से भरे चेहरेवाला जय केरकेट्टा पिछले कई सालों से गाँववालों के लिए पुजारी, शिक्षक, नेता, वैद्य और बाहर की दुनिया से जोड़े रखने की भूमिका वाला आदमी था। वे सब जय केरकेट्टा की आँखों से ही दुनिया देखते। गाँव में कमबेशी वही पढ़ा-लिखा था और राँची तक घूम आया था। बसकरील, खुखड़ी कुछ भी बेचने शहर जाना हो, पहले लोग जय केरकेट्टा से भाव पूछते।

पुलिस कप्तान ने पाहन को अपने पास बुलाया, जैसे उसे पीटने वाला हो, "तो तुम पाहन हो...पवित्र आदमी...और तुम्हें भी नहीं पता है, गोपूजी कहाँ है?"

"सर...गोपूजी पहाड़ के उस तरफ़ रहता है। छह-सात घर का गाँव है। बड़ा-बड़ा सखुआ पेड़ से घिरा हुआ...दूर से ही सरना का झंडा दिख जाएगा आपको।" जोवाकिम लिंडा की जगह गोपूजी का नाम लेकर पूछने से पाहन को राहत मिली थी और उसे भीतर से झूठ बोलने जैसा नहीं लगा था, क्योंकि जोवाकिम लिंडा का नाम लेने पर उसके सामने गाँव के अपने ही बच्चे का चेहरा घूम जाता।

पाहन पुलिस कप्तान के ठीक सामने खड़ा था किसी सज़ा के इन्तज़ार में। उसके मुँह से उठते भभके की गन्ध पाकर कप्तान ने पूछा, "तुमने बीच दोपहर शराब पी रखी है?"

पाहन ने सिर झुकाकर कहा, "शराब नहीं, थोड़ा हँड़िया सर।"

पुलिस कप्तान ने पाहन को छोड़ शिनाख़्त परेड की तरह लोगों के पास

से गुज़रना शुरू किया। अचानक उसके क़दम एक व्यक्ति के पास जाकर रुक गए। उस आदमी के चेहरे पर एक शान्त हाहाकार था। यह सोमू लिंडा था। जोवाकिम लिंडा का पिता।

"नाम तुम्हारा?" पुलिस कप्तान ने अपनी भौहें उचकाकर पूछा।

"सोमू लिंडा...सोमू लिंडा।" वह एक फँसती, घरघराती आवाज़ में बोला। दो बार बोला क्योंकि उसे लगा, पहली बार बोलने पर आवाज़ नहीं निकली थी।

"जोवाकिम किसका बेटा है?" पुलिस कप्तान ने पूछा। यह जान निकाल देनेवाला सवाल था, जिसके जवाब में सोमू लिंडा ने बस इनकार में सिर हिला दिया।

"इसे पहचानते हो?" पुलिस कप्तान ने अख़बार में छपी एक तस्वीर उसकी नज़रों के सामने लहराते हुए बोला।

सोमू लिंडा ने ग़ौर से तस्वीर देखी। यह उसका अपना जोवाकिम था।

यह वही तस्वीर थी, जो उस पत्रकार ने अपने मोबाइल से ली थी जो बाद में जोवाकिम लिंडा के इंटरव्यू के साथ छपी थी। उस रोज़ पत्रकार लगातार सवाल करता जा रहा था और बातूनी जोवाकिम को एक नए आदमी से बात करने में मज़ा आ रहा था, लेकिन धीरे-धीरे वह उसके सवालों से ऊबने लगा और जैसे ही उसने अपने दोस्तों को देखा, बोला—"वह नदी नहाने जा रहा है।" हड़बड़ाए पत्रकार को अचानक याद आया, उसने तस्वीर तो खींची ही नहीं। और जब तक उसने तस्वीर ली, जोवाकिम दौड़ पड़ा था। पुलिस कप्तान के हाथ में वही तस्वीर थी। एक दौड़ते लड़के की पीछे से खींची गई 'ब्लर' तस्वीर, जिसमें उसकी पूरी देह हवा की तरह हिली हुई थी।

सोमू लिंडा ने कहा, "इसमें कुछ पता नहीं चल रहा है, सर।" उसकी घरघराती आवाज़ तस्वीर देखने के बाद जैसे बिलकुल दुरुस्त हो गई थी। चेहरे पर मौजूद कम्पन ग़ायब हो गया था।

"तुमने भी हँड़िया पी रखा है क्या जी?" पुलिस कप्तान ने नाक सिकोड़ते

हुए पूछा।

सोमू लिंडा ने सहमति में सिर हिला दिया। यह सवाल अगर बाक़ियों से पूछा जाता तो वे भी ऐसे ही सिर हिलाते।

पुलिस के आने की सम्भावना को देखते हुए सात बजे सुबह ही गाँव में एक बैठक बुलाई गई थी। सोमू लिंडा ने हाथ जोड़कर सबसे इसका हल निकालने की विनती की थी। बैठक शुरू होते ही लोग दो पक्षों में बँट गए थे।

"सब सच-सच बता दिया जाए।" जोवाकिम के पिता और कुछ महिलाओं सहित एक धड़े ने कहा।

"नहीं, इसमें बहुत ख़तरा है।" जोवाकिम की माँ, पाहन और कुछ महिलाओं सहित दूसरा धड़ा बोला।

"ख़तरा तो झूठ बोलने में भी है।"

"सच बोलने पर ज़रूरी नहीं कि पुलिस भरोसा कर ले।"

"झूठ बोलकर पकड़े जाने पर पुलिस बहुत मारेगी।"

"हमारे सच से पुलिस को कोई मतलब नहीं है। वह जोवाकिम को देखते ही बन्दूक़ चला देगी या पकड़कर जेल में बन्द कर देगी। फिर कोर्ट-कचहरी के चक्कर में पता नहीं कितने साल निकल जाएँगे?"

दूसरे धड़े ने इस बात के साथ एक उदाहरण भी दिया, जिसमें कई साल पहले उस क्षेत्र के एक शिक्षक को पुलिस के खोजी अभियान दस्ते ने ग़लती से गोली मार दी थी। पुलिस को पता था कि उनसे भूल हुई है, लेकिन ग़लती स्वीकार करने की बजाय इसे ढकने के लिए उन लोगों ने शिक्षक को एमसीसी का मुख़बिर साबित कर दिया था। पत्नी कचहरी दौड़ती रही, पर कुछ नहीं हुआ।

इस क़िस्से के बाद बैठक में सन्नाटा था। सिर्फ़ हवा के झोंके से हिल रही आम की पत्तियों की आवाज़ें आ रही थीं। पाहन ने सामने खेल रहे बच्चों को देखते हुए दृढ़ता से कहा, "सच बोलकर झमेले में फँसने से बढ़िया है, हम मना कर देंगे। हम सबको डर पर क़ाबू रखना पड़ेगा। पुलिस कितना भी

पूछे, बोलना है, जोवाकिम लिंडा पहाड़ के उस तरफ़ रहता है। यहाँ कोई जोवाकिम लिंडा नहीं है। नहीं है, मतलब नहीं है।"

'जोवाकिम लिंडा पहाड़ के उस तरफ़ रहता है' यह बात तो ठीक है, लेकिन 'यहाँ कोई जोवाकिम लिंडा नहीं है' पाहन की इस बात से कइयों के चेहरे पर तनाव व्याप्त गया था। उन्हें देखकर लग रहा था, झूठ बोलना इनके बूते का नहीं है।

पाहन ने एक तरीक़ा सुझाया। "सब थोड़ा-थोड़ा हँड़िया पी लो। पुलिस से डर नहीं लगेगा। बस, बेसी मत बोलना। कुछ नहीं समझ आए तो चुप रहना।"

उसके बाद सभी बड़े लोगों को हँड़िया दिया गया और अब सब कतारबद्ध सीधे खड़े थे। बर्तनों के फेंके जाने से अप्रभावित। गाजर, मकई, पपीते की तुड़ाई से अविचलित। शान्त।

पुलिस कप्तान ने कतार में खड़े बच्चों और किशोरों पर एक नज़र डाली। उसने एक जवान को अपने पास बुलाया और धीरे-से कुछ कहा। कुछ मिनट बाद जवान कप्तान की गाड़ी से बिस्किट का एक पैकेट लेकर लौटा। पुलिस कप्तान ने नौ-दस साल के एक लड़के की ओर बिस्किट बढ़ाते हुए पूछा, "जोवाकिम लिंडा कहाँ है?" लड़का सिर झुकाए खड़ा था। कप्तान ने बिस्किट थोड़ा और आगे बढ़ाया।

"ले लो...ले लो।" बगल में खड़े एसआई ने कहा।

अबकी लड़के ने जैसे ही बिस्किट की तरफ़ हाथ बढ़ाया, कप्तान ने हाथ पीछे खींच लिया और सवाल दुहराया, "जोवाकिम लिंडा कहाँ है?"

"नख्खऊ पता।" लड़के ने सिर नीचे गोते हुए कहा।

पुलिस कप्तान ने पाहन की तरफ़ देखा।

"बोल रहा है सर, उसे कुछ नहीं पता है।" पाहन ने भीतर-ही-भीतर राहत की साँस ली। बैठक में सभी बच्चों को बुलाकर सुग्गे की तरह सिखाया गया था, जोवाकिम के बारे में पूछा जाए, अपनी भाषा में बोलना है, 'नख्खऊ पता'।

पुलिस कप्तान ने लड़के को बिस्किट का पूरा पैकेट थमा दिया और

ऊँची आवाज़ में आदेश दिया, "सब कोई अपना-अपना राशन कार्ड लेकर आओ।"

सोमू लिंडा, पाहन समेत गाँव वालों के होश उड़ गए। राशन कार्ड में परिवार के सभी सदस्यों का नाम होता है। इन लोगों ने इतनी दूर तक नहीं सोचा था।

गाँव में अकेला पढ़ा-लिखा होने के कारण कार्ड सहित सबके दस्तावेज़ पाहन के पास रहते थे। राशन दुकान वाला कार्ड पर कुछ ग़लत न चढ़ा दे, इसलिए सब एक साथ पाहन को लेकर राशन उठाने जाते थे।

पाहन ने सारे कार्ड लाकर पुलिस कप्तान को सौंप दिए। पुलिस कप्तान ने कार्डधारी और उसके सदस्यों के नाम पढ़ना शुरू किया। जिनके नाम पढ़े जा रहे थे, उन्हें कतार से अलग एक तरफ़ खड़े होने को कहा गया। दो कार्ड बेनामी थे। उनका कवर और पहला पन्ना, जिसमें परिवार की जानकारी होती है, फटा हुआ था। पुलिस कप्तान ने दोनों कार्ड हवा में लहराए।

"ये किसके हैं?" बगल में खड़े थाना प्रभारी ने ज़ोर से चिल्लाकर पूछा।

पाहन और सोमू लिंडा दो क़दम आगे चलकर सामने खड़े हो गए।

"कौन-सा कार्ड किसका है?" थाना प्रभारी वापस चिल्लाया।

पाहन ने पहले कार्ड की ओर इशारा किया।

"परिवार में कौन-कौन है?" पुलिस कप्तान ने पूछा।

कतार से निकलकर एक बुज़ुर्ग और एक जवान महिला, दो बच्चे और एक जवान आदमी आगे आ गए। पुलिस कप्तान ने सोमू लिंडा की तरफ़ देखा, सोमू लिंडा ने जोवाकिम की माँ की ओर। और वह सिर झुकाए सामने खड़ी हो गई।

"कैसे फटा?" यह संयुक्त अभियान का अर्धसैनिक बल का एक अधिकारी था जो अब तक चुप था।

"बुतरू लोग फाड़ दिया।" पाहन ने बच्चों की ओर इशारा करते हुए कहा।

"और तुम्हारा?" उस अधिकारी ने सोमू लिंडा को डपटने के अन्दाज़ में पूछा।

"छगरी खा गई।" सोमू लिंडा ने गर्दन घुमाकर सामने चर रही बकरियों में से एक की तरफ़ इशारा करते हुए कहा।

जवान गाड़ियों में वापस भर रहे थे। पुलिस कप्तान ने पाहन को चेताते हुए कहा था, वो फिर आएँगे। अगर उन्हें जोवाकिम का कोई पता चला तो बताने की ज़िम्मेदारी उनकी। नहीं बताया, कुछ छिपाया या उसे पनाह दिया तो इसकी सज़ा पूरा गाँव भुगतेगा।

और जैसे नदी में डूबते किसी इनसान को किनारा मिला हो, सबकी टूटती साँसें बहाल हुई थीं। सोमू लिंडा झर-झर आँसुओं में था। उसने हाथ जोड़कर पाहन से पूछा कि उन्होंने अपना कार्ड क्यों फाड़ दिया था? पाहन ने मुस्कराते हुए सोमू लिंडा को अँकवार लिया, "एक से उनको शक़ होता।"

2

जीवन छुईमुई के पौधों की तरह फिर से अपनी पत्तियाँ खोलने लगा था। राहड़ पककर तैयार था। लोग उसकी कटाई में लगे थे। पुलिस गाहे-बगाहे आती। छापे मारती। पपीता, मकई, मुर्गियाँ—जो मिलता, बटोरती और जोवाकिम को ढूँढ़कर चली जाती।

एक हफ़्ते बाद सरहुल था। पाहन उसकी तैयारियों में लगा था। इस बार अखरा कमज़ोर रहनेवाला था। सबके ज़ेहन में जोवाकिम था। उसका अचानक रातोरात ग़ायब हो जाना समूचे गाँव को मायूस कर गया था। बीच दोपहर मवेशियों के साथ सुस्ताते संगी-साथी कहते, "जोवाकिम मौसी के पास चाईबासा चला गया है।" कोई कहता, "उसका बाबा कोयला खदान में कमाने के लिए उसको झरिया पेठा दिया।" पाहन का भतीजा कहता, केवल उसे पता है कि जोवाकिम जेल में है।

इन अटकलों के बीच जोवाकिम को गाँव से गए हुए चार साल हो

गए थे। गोपूजी उर्फ़ मंगलजी उर्फ़ जोवाकिम लिंडा पर इनाम की रकम बढ़कर पच्चीस हज़ार रुपए हो गई थी। किसी भी माओवादी घटना की ख़बर के साथ अख़बार में जोवाकिम की वही धुँधली-सी फ़ोटो छपती, जो उस पत्रकार ने ली थी।

इस बीच तीन पुलिस कप्तान बदल गए थे, लेकिन उनका आना नहीं बदला था। गाँव में अब तक चापाकल नहीं लगा था, पर दो मुठभेड़ों में सात मौतें, तीन पोकलेन, एक ट्रैक्टर और एक डम्फर जलने के बाद एक कामचलाऊ सड़क ज़रूर बन गई थी ताकि गश्ती दल की गाड़ियाँ कभी भी पहुँच सकें।

एक दोपहर मकई कोड़ते जोवाकिम के पिता के पास बगल के गाँव का एक बूढ़ा आया और बोला, "जोवाकिम मईर गेलौ।" सोमू लिंडा हाथ की कुदाली फेंक भागा। बातूनी बेटे को लेकर हमेशा चिन्ताग्रस्त रहनेवाले पिता के लिए यह ख़बर पहाड़ से धकेल देने सरीखी थी। उसका दिल बैठने लगा। अलस्सुबह ही उसने परही नाले के बाद वाले जंगल से गोलियों की आवाज़ सुनी थी। वह भरसक अपनी रुलाई रोकता बदहवास पाहन के घर की दिशा में भागा जा रहा था। वह जानता था कि एक दिन पुलिस उसके बेटे तक पहुँच जाएगी और मार देगी।

आने वाली बरसात को देखते हुए पाहन सूअरों के बाड़े की मरम्मत के लिए मिट्टी तैयार कर रहा था। उसने जब सुना, मिट्टी सने हाथों से ही सोमू लिंडा को अँकवार लिया और ढाँढ़स देने लगा। पीछे से जोवाकिम की माँ भी पहुँच गई थी। पाहन ने हाथ धोए, धोती पहनी और तीनों उसी वक़्त डाल्टेनगंज की बस पकड़ने चल पड़े।

दो घंटे में वे बड़े चर्च के सामने थे। यहाँ के पेड़ों पर पत्तियों से ज़्यादा पक्षी थे, जिनसे चर्च की ख्यात शान्ति से विपरीत पूरा अहाता कोलाहल से भरा था। हॉल में शाम की प्रार्थना शुरू थी। तीनों बाहर एक लोहे की बेंच पर बैठे भीषण बेचैनी के बीच प्रार्थना ख़त्म होने का इन्तज़ार कर रहे थे। और जब प्रार्थना ख़त्म हुई, एक लड़का सीढ़ियाँ फलाँगता, दौड़ता हुआ

उनकी ओर आ रहा था। कुछ ज़्यादा ही मुड़े हुए घुँघराले बाल, भोर के उजास में पसरे महुए-सी सफ़ेद हँसी, बाँस जैसे लम्बे-लम्बे पैर और साल पेड़-सी सुडौल देहयष्टि। यह जोवाकिम लिंडा था। महज़ चार सालों में वह एक सजीले युवक में बदल गया था। उसकी माँ उसे ऐसे देख रही थी, जैसे स्वप्न में अपने पुरखों को देख रही हो। सोमू लिंडा का चेहरा प्रसन्नता से गुलगुले की तरह मीठा हो आया था। ख़ुशी से रो पड़ने की हालत में आए अपने माता-पिता को देख जोवाकिम ने जब उनसे हाथ मिलाया, दोनों उससे चिपट गए। पाहन के चेहरे पर जीवन भर का सन्तोष था।

आज से चार साल पहले उस सुहानी बसन्त की बीच रात सोमू लिंडा और पाहन ने जोवाकिम को महफ़ूज़ रखने के लिए यही जगह चुनी थी। वे रात भर पैदल चलकर चर्च पहुँचे थे। दयालु फ़ादर ने उस तेरह साल के उदास और परेशान लड़के को अपने प्रार्थना समूह का हिस्सा बना लिया था और उसे नया नाम दिया था, एरिक लिंडा।

और कुछ ही दिनों में जोवाकिम बने एरिक लिंडा ने अपने बातूनीपन से सबको मोह लिया। उसने प्रार्थना के सारे गीत इतने लगन से सीखे कि विशेष प्रार्थनाओं में वह दल का हिस्सा बनकर आसपास के इलाक़ों में जाने लगा। पढ़ते-लिखते, मसीह के गीत गाते उसका मन जल्द ही चर्च में रम गया। चार साल कब निकल गए, पता ही नहीं चला। जोवाकिम की माँ ने सोमू लिंडा से कई बार चलकर बेटे को देख आने की बात कही, मगर फ़ादर ने हिदायत दी थी—"कुछ सालों के लिए बेटे को भूल जाओ। सब ठीक हो जाए, फिर आना।" दोनों ने मन मसोस लिया था। जहाँ रहे, अच्छे से रहे। बस, थाना-पुलिस से दूर रहे।

दूसरी सुबह जब शहर घुघनी-धुस्का खाते हुए अख़बार में परही नाले के पास हुई एक मुठभेड़ में गोलियों से बिंधे जोवाकिम की तस्वीर देख रहा था, दूसरा जोवाकिम अपने परिवार के साथ गाँव लौट रहा था।

3

गाँव लौटे इसी जोवाकिम लिंडा की शादी थी, टीक गाँव की सिसिलिया से। छोटी उमर की रोहू मछली-सी पतली और मैना जैसी आँखोंवाली सिसिलिया से। कोयल को डाँटकर उसका गीत सुधारनेवाली सिसिलिया से। गाँव में सबसे बारीक़, सबसे ख़ूबसूरत और सबसे तेज़ी से चटाइयाँ बुननेवाली सिसिलिया से।

जोवाकिम जितना बातूनी था, उसे देखकर माँ कहती कि उससे जो भी लड़की शादी करेगी, उसके कान बड़े होने चाहिए, क्योंकि उसे जीवन भर इस बातूनी लड़के को सुनना है। जोवाकिम ने जब पहली बार सिसिलिया को देखा। वह उसके छोटे कान देख हँस रहा था।

रिश्ता सिसिलिया के बाबा लेकर आए थे। वह कहते, "लड़का जिस दिन हल जोत लिया और लड़की ने जीवन की पहली चटाई बुन ली, समझो वो शादी की ज़िम्मेदारी के लिए तैयार हो गए।"

लड़की चटाई बुनने में पहले से माहिर थी। उसके गाँव में इस हुनर पर वहाँ के लोग कहते कि उसकी चटाई अगर डाल्टेनगंज बाज़ार पहुँच जाए तो लोग पलँग पर सोना छोड़ दें।

अब सिद्ध करने की बारी जोवाकिम की थी। उसने चुनौती स्वीकार की। कुल्हाड़ी, कुदाल उठाया और एक नई जगह पर पुटुस, पलाश साफ़ कर खेती लायक जगह बनाने में जुट गया। साफ़-सफ़ाई के बाद बस खेत जोतना बाक़ी रह गया था। दिक़्क़त यह थी कि जो बैल इस खूँटे से उस खूँटे तक जाने में उसकी बात अनसुनी किया करते थे, वे शराफ़त से खेत जोतने में दो दिन उसकी मदद कैसे करते?

खेत के पास आकर भी जब वे टस से मस नहीं हुए तो पिता ने उसे समझाया, "सबसे ज़रूरी है, बैल के भीतर अपने लिए इज़्ज़त पैदा करना। यह काम डंडे से नहीं हो सकता। डंडे डरा सकते हैं, पर एक सीमा तक। जिस रोज़ बैल दिक हो गए, वे अपने सींगों पर दुनिया को टाँग सकते हैं। इसलिए तुम्हें पहले उनका सहिया बनना होगा। उन्हें एहसास कराना होगा,

बुढ़ापे तक हरवाह उनके साथ चलेगा। जेठ के सूखे मौसम में भी उनके पेट की फ़िक्र करेगा। वह उनका वो सहिया चिड़िया बनेगा, जो उनकी पीठ पर चिपके ख़ून चूस रहे अठैलों से उन्हें मुक्ति दिलाती है।"

एक महीने के भीतर जोवाकिम ने बैलों का दिल जीत लिया था, इतना कि अब वो पूरी रात खेत जोत सकते थे। इसके लिए उसने ज़्यादा नहीं किया। बस, हर पहर उनकी फ़िक्र की। सुबह प्यार से सहलाया, थपथपाया, उनसे बातें कीं। दोपहर में उन्हें नहलाने ले गया। शाम को उन्हें मच्छरों से बचाया। उन्हें उन ऊँचे पेड़ों की फुनगीवाली कोमल पत्तियाँ खिलाईं, जिसका स्वाद वो सम्भवत: बुढ़ापे तक नहीं ले पाते। बारात जाने के दिन ख़ुश जोवाकिम ने बैलों के कानों में फुसफुसाकर कहा था, "लड़की लाने जा हीअऊ। अशीष दे।"

गीत गाते, माँदर बजाते जोवाकिम की तरफ़ से कुल सोलह लोग बारात आए थे—कुछ साइकिल से, कुछ पैदल। पैदल क़रीब तीन घंटे का रास्ता था, जो नाचते-गाते-सुस्ताते बात की बात में पूरा हो गया था।

लड़केवालों की तरफ़ से दुल्हन और उसके माता-पिता के लिए साड़ी, धोती और गमछा लाया गया था तथा मिठाई में लड्डू। सिसिलिया ने बाँस के छाप की लाल पाड़वाली साड़ी पहनी थी। उसके ऊपर चमकता हुआ एक लाल कपड़ा था। बालों का ख़ूबसूरत खोपा, जिसमें गुलैंची फूल सजे थे। जोवाकिम फुल पैंट-शर्ट में था। यह उसे फ़ादर ने विशेष प्रार्थनाओं के अवसर के लिए सिलवाकर दिया था। लमका आम-सी नाक, डोरी फल सरीखी आँखें और तेल से चमकते अपने घने घुँघराले बालों में वह जंगल का सबसे ख़ूबसूरत युवक लग रहा था। लग रहा था, किसी बाँके चमकीले मुर्गे ने उदारता दिखाते हुए उसे अपनी ख़ूबसूरती और रंग सौंप दिए हों।

शाम से शुरू हुई गहमागहमी बारह बजे रात तक चली। दो खस्सी कटा था। सखुआ पत्तल पर गरम भात और खस्सी। साथ में दो दिन से बनाया जा रहा हँड़िया। जिनको महुआ पीना हो, उनके लिए लोटे में झरने के पानी जितना साफ़ चुआया हुआ महुआ। यह आनन्द का चरम था। आधी रात तक

सब माँदर पर थिरकते हुए झूमर खेल रहे थे, गीत गा रहे थे। शादी का यह दिन जोवाकिम को जीवन भर याद रह जाना था।

देर रात सोने के बावजूद लोग सुबह चार बजे ही जाग गए थे। रात में बिना मौसम मूसलाधार पानी बरसा था। खेत में काटकर रखे तोड़ी, बटुरे के बर्बाद होने का डर था। सो, लोग हाथ-मुँह धोए और मुँह अँधेरे विदा ले लिए। सोमू लिंडा ने बेटे को जगाकर कहा, वो लोग जा रहे हैं। खेत में काम है। उसे जब मन करे, आ जाए।

मुर्गों ने जब बाँग दे-देकर अपने गले छील लिए, जोवाकिम उठा। आठ बज रहे थे। मन को छूनेवाली प्यारी हवाएँ चल रही थीं। मुँह धोने के लिए सिसिलिया की छोटी बहन पानी और करंज का दातून देने आई और लोटा रखकर शरमाकर भाग गई। जोवाकिम हँसने लगा। सिसिलिया का मँझला भाई मछली मारने गया था कि दो भी फँस जाए तो पहुना के लिए झोर-भात हो जाएगा। घंटे भर में ही उसने आठ मोटी गरई पकड़ी थीं, जिन्हें जोवाकिम की सास राख लगाकर धो रही थी।

दस बजे तक मछली-भात खिलाकर बेटी-दामाद को विदा किया गया। गोतिया की नब्बे वर्षीय ददसास मछली-भात के साथ जोवाकिम के लिए अपने हाथ का हँड़िया बनाकर लाई थी कि रास्ते में पेट ठंडा रखेगा। वह सिसिलिया को बहुत मानती थी। सिसिलिया ने चटाई का हुनर उनसे ही पाया था। वह सिसिलिया को तीन मिनट से ज़्यादा अपनी ढीली पड़ चुकी बाँहों में छिपाए रही। फिर एक झोले से उन्होंने दो बदरंग बोतलें निकाली, जिनमें कुछ भरा हुआ था। बोली, "रास्ता लम्बा है। समय ख़राब। इन्हें रख लो। रास्ते में बुरी आत्माएँ मिलें तो उन्हें चढ़ा देना।" सिसिलिया ने हौले-से पलकें झपकाकर उनके इस प्रेम और फ़िक्र के लिए प्यार जताया और बोतलों को ध्यान से झोले में एक तरफ़ रख लिया।

दोनों जन चल पड़े। आगे-आगे जोवाकिम, पीछे से सिसिलिया। माँ-बाबा, सगे-सम्बन्धी गाँव की सरहद तक छोड़ने आए थे। फिर गीली आँखें लिये सब लौट गए।

4

साल के ऊँचे पेड़ों के बीच बने पतले रास्ते पर दोनों बढ़ते जा रहे थे। धूप सुखद लग रही थी। छाँव में एक अपनापन था। हर पाँच मिनट पर सुग्गों का एक झुंड शोर मचाता हुआ निकल जाता। बीच रास्ते आराम फ़रमा रहे बटेर और पंडुक इनके क़दमों की आहट से चौंक रास्ता छोड़ देते। अभी एक खरहा इन्हें देखकर गिरता-पड़ता भागा था, जिस पर जोवाकिम की हँसी नहीं रुक रही थी। उसके बेवजह बात-बात में हँसने के पीछे सिसिलिया की उपस्थिति थी, जिससे उसका मन हुलस रहा था। पीछे चल रही सिसिलिया के पदचाप उसे संगीत की तरह लग रहे थे। ख़ुशी से उसका चेहरा ख़ूब पके काले शहतूत-सा हो गया था। उसकी चाल की बेपरवाही से लग रहा था, जैसे घर पहुँचने की उसे कोई जल्दी न हो। वह नहीं चाहता था, यह सफ़र ख़त्म हो। वह बार-बार कुछ पूछने-कहने के बहाने पीछे मुड़ रहा था। उसका वश चलता तो वह सामने देखने की बजाय सिसिलिया की तरफ़ ही देखता हुआ चलता।

"कोई दिक़्क़त तो नहीं है?" जोवाकिम ने पीछे मुड़कर सिसिलिया से पूछा। उसने हल्के-से सिर उठाया और नकार में हिला दिया। पिछले आधे घंटे में यह बारहवीं बार था, जब वह बहाने से बतियाने के लिए पलटा था। इसके पहले उसने मौसम के ख़ुशगवार होने पर सिसिलिया की राय जाननी चाही थी। उसके पहले उसने सुग्गों की बुराई की थी, जो जंगल में किसी की अफीम की खेती टूँगकर बौराए रहते थे और अपने पेट से ज़्यादा मकई खाते थे। उसके भी पहले उसने फुटबॉल के पेनाल्टी गोल के बारे में बताया था कि चर्च जाकर उसने सबसे बड़ी चीज़ यही सीखी। वह इसमें पारंगत हो चुका है। इन सबसे पहले उसने बातचीत की शुरुआत रास्ते के बारे में तस्दीक़ करने से की थी कि वे ठीक जा रहे हैं न? उसकी हर बात पर सिसिलिया सिर हिलाकर 'हाँ-हूँ' करती रही थी।

कुछ देर बाद जोवाकिम पुन: पलटा और सिसिलिया के हाथ में झूल रहे बैग की ओर इशारा करते हुए बोला, "लाओ, इसे दे दो।" यह

सिसिलिया की बड़ी बहन का तीन साल पुराना लेडीज़ पर्स था जो उसके पति ने फ़रीदाबाद से कमाकर लौटने के दौरान दिल्ली के किसी फुटपाथ से ख़रीदा था। जोवाकिम उसके हाथों को इस ज़रा भर के बोझ से भी मुक्त करना चाहता था। सिसिलिया ने पहले की तरह मना कर दिया। हालाँकि सामान के नाम पर उनके पास ज़्यादा कुछ नहीं था। कपड़ों, लड्डुओं और खाने-पीने की दूसरी चीज़ों से भरी एक खाँची और एक बक्सा जोवाकिम के पिता की साइकिल पर सुबह ही बाँध दिया गया था। बाक़ी जोवाकिम के हाथ में सास का दिया एक झोला था, जिसमें कुछ लड्डू, भीगे चने, भुनी हुई मकई, बुरी आत्माओं के लिए ददसास की दी हुई बोतलें और सिसिलिया के कुछ कपड़े थे। जोवाकिम ने लेडीज़ पर्स देने के लिए जब दोबारा इसरार किया तो सिसिलिया ने चुपचाप दे दिया।

जोवाकिम के पास बातें थीं कि ख़त्म नहीं हो रही थीं। कभी अपने गाँव के क़िस्से, कभी मामा घर के क़िस्से, कभी जंगल की कहानियाँ, कभी चर्च के अनुभव। सिसिलिया पीछे चलती हुई चुपचाप सुनती जा रही थी।

चलते हुए एक घंटे से ज़्यादा हो गए थे। सखुआ के पेड़ों की धारियाँ ख़त्म हो गई थीं। यहाँ जंगल थोड़ा कम घना था। झाड़ियाँ और छोटे पौधों की भरमार थी। एक बड़े बरगद की सुकूनदायी छाया देख दोनों रुक गए। धूप अब तीखी हो गई थी, लेकिन पीठ की ओर से लगने पर भली लगती थी। जोवाकिम ने बताया, उसकी माँ को यह धूप पसन्द है। यह चमड़े, घड़े, फुटकल, कटहल सब को प्यार-से सहलाकर सुखाती है।

सिसिलिया के खोंपे का फूल मुरझा गया था। जोवाकिम ने पास की झाड़ियों से धतूरे का फूल तोड़ा और सिसिलिया की ओर बेहद प्यार से देखता हुआ बोला, "तुम्हारे खोंपे का फूल सूख गया है। लाओ, नया लगा दें।" सिसिलिया ने उससे फूल ले लिया और ख़ुद ही लगा लिया। जोवाकिम मुस्कराता हुआ उसे देख रहा था। उसने झोले से सामान निकाला। दोनों ने भीगे हुए चने और लड्डू खाए, पानी पिया और दस मिनट सुस्ताकर चल पड़े।

5

दोपहर होने से जंगल में तनिक शान्ति हो आई थी। चिड़िया-चुनमुन खा-पीकर सुस्ता रहे थे। अभी दोनों ठीक से आधे घंटे भी नहीं चले होंगे कि जोवाकिम अचानक ठिठक गया। सामने क़रीब तीन सौ मीटर दूर एक बरसाती नदी दिख रही थी। वह चकराया, जितना अब तक चला है, इतने में तो सिमर गाँव का टूटा हुआ स्कूल आ जाना चाहिए था। वह तो उसी स्कूल की उम्मीद में चला जा रहा था। फिर यह नदी कहाँ से आ गई? उस टूटे स्कूल के पास पहुँच जाता तो वहाँ से घर पहुँचना आसान था, क्योंकि स्कूल से दाईं तरफ़ जाने वाला रास्ता सीधा कोरई पहाड़ की तरफ़ जाता था, यह उसके पिता ने बताया था। उसने सिसिलिया से पूछा। सिसिलिया ने आँखों से ही अनभिज्ञता ज़ाहिर की। उसने इस नदी और अपने गाँव की नदी के बहाव की दिशा से घर की दिशा का अनुमान लगाना चाहा, मगर असफल रहा।

जोवाकिम ने याद करना शुरू किया, कहाँ ग़लती हुई? उसके पिता से लेकर सिसिलिया की माँ और बड़े भाई ने भी कहा था कि परसबनिया से पश्चिम की तरफ़वाला रास्ता लेना है। परसबनिया मतलब पलाश के पेड़ों वाला जंगल, जिसे आसानी से पहचाना जा सकता था। उस वक़्त जोवाकिम ने ऐसे गर्दन हिलाई थी, जैसे वह इस रास्ते से भलीभाँति वाकिफ़ हो। उसने दिमाग़ पर बहुत ज़ोर दिया, लेकिन याद नहीं आया कि वह कहाँ से रास्ता भटक गया? वह बुदबुदाया, "हो न हो, यह महुए और हँड़िया के मिश्रित नशे का असर है जो सिसिलिया के मज़ाक़िया स्वाभाव वाले मँझले भाई ने भुनी मछली के साथ इसरार करके लोटे में दिया था।" वह ख़ुमारी उस पर अब तक तारी थी।

अब तीन विकल्प थे। या तो वापस मुड़कर परसबनिया से फिर शुरू करना चाहिए, मगर वह जंगल अब बहुत पीछे छूट गया था। जितना पीछे जाने में वक़्त लगता, सही रास्ता मिल जाने पर उतने में आदमी घर पहुँच जाता। दूसरा विकल्प था, नदी के साथ-साथ पश्चिम की तरफ़ चलना। शायद

यही नदी कहीं-न-कहीं उसके गाँव के पास वाली नदी से मिलती हो, जिसे पकड़कर गाँव पहुँचा जा सकता है, लेकिन इसमें भटकने का ख़तरा था। सबसे बड़ा डर था, पुलिस पिकेट मिलने का। उनसे सामना होने की किसी भी सम्भावना से जोवाकिम बचना चाहता था। सामुदायिक भवनों और स्कूलों में ऐसे कई स्थायी-अस्थायी पिकेट बने हुए थे। तीसरा विकल्प था, केहुनी भर पानीवाली इस नदी को पारकर सामने दिख रहे गाँव में चला जाए और वहाँ किसी से रास्ता पूछा जाए। जोवाकिम ने सिसिलिया से कहा, "भटकने से बढ़िया है कि गाँव में चलकर पूछते हैं।"

रात में बारिश की वजह से नदी का पानी मटमैला हो आया था। ट्रैक्टर लायक सड़क नहीं होने के कारण नदी की रेत बालू चोरों से बची हुई थी। बहाव के बीच पैर धँस रहे थे। नदी पार करते समय जोवाकिम ने सहारे के लिए सिसिलिया का हाथ थामना चाहा, पर उसने दोनों हाथों से अपनी साड़ी पकड़ रखी थी।

गाँव नदी के पाट से थोड़ा ऊपर की ओर बसा था, जहाँ से नदी पार करता हुआ इनसान आसानी से दिख जाता था। एक-दो लोग जिनकी नज़र इस नए जोड़े पर पड़ गई थी, वे कौतूहलवश इनके नज़दीक आने का इन्तज़ार कर रहे थे। यह गंझुओं का गाँव था, मैनीबेड़िया। बमुश्किल झुंड में दस-बारह घर दिख रहे थे। दोनों पहुँचे तो नज़दीक के पीपल पेड़ के नीचे बैठे लोग पास आ गए।

"एने केने जा हलहीं?" एक अधेड़ ने उत्सुकता से पूछा।

"जायला तो हलउ कोरई दने, पैइर रस्तवे भुला गेलीअउ।" जोवाकिम बोला।

एक टेढ़ी खड़ी औरत उँगलियों से बालों में जूँ टटोलती मुस्कराते हुए धीमे-से बोली, "नवा शादी?"

जोवाकिम ने थोड़ा लजाते हुए 'हाँ' में सिर हिला दिया।

एक बुज़ुर्ग जिनकी आवाज़ बतखों की तरह थी, उन्होंने प्यार से नाम पूछा, "नांव का बोल्हीं?"

“जोवाकिम लिंडा।”

“आउर गाँव?”

“कोरई।”

कोरई का नाम सुनते ही बुज़ुर्ग अचानक चुप हो गए, जैसे कुछ याद आ गया हो। बाक़ी लोगों के चेहरे के भाव भी बदल गए थे। एक-दो लोग वहाँ से छिटकने लगे थे। अजीब-सा रहस्यमयी माहौल बन गया था। फिर अचानक सन्नाटा टूटा। बाँहों पर गोदनों से भरी झूलती त्वचा लिये एक बुज़ुर्ग महिला जो अब तक सबकी बातें सुन रही थी, इस चुप्पी के बाद लाठी खटखटाती जोवाकिम के पास आई और उसने हाथ दिखाकर रास्ता बताना शुरू किया। जोवाकिम सिर हिलाकर हुँकारी भर रहा था। अन्त में वह सिसिलिया की ओर मुड़ी। प्यार से उसके सिर पर हाथ फिराया और कुछ बुदबुदाई। सिसिलिया सिर झुकाए, आँखें बन्द किए आशीष ग्रहण कर रही थी।

उसके बाद वहाँ से विदा लेकर दोनों नदी की ठीक उल्टी दिशा में चल पड़े। रास्ता मिल जाने पर जैसे जोवाकिम की जान लौट आई थी और वह पहले की तरह हँसने-बतियाने लगा था। उसे लग रहा था, सिसिलिया उसकी इस लापरवाही पर जाने क्या सोच रही होगी? वह अलग-अलग बातें बनाकर सफ़ाई दे रहा था, मगर सिसिलिया जैसे अब भी नींद में चल रही थी, 'हाँ-हूँ' करती हुई।

एक जगह जहाँ नदी मुड़कर उत्तर की तरफ़ जा रही थी, वहाँ दोनों ने उसका साथ छोड़ दिया और सीधे बढ़ने लगे, एक छोटे से फुटबॉल मैदान के आने का इन्तज़ार करते हुए, जैसा कि झुर्रियों में छिपी गोदनों वाली बूढ़ी महिला ने उन्हें बताया था।

और आधे घंटे में मैदान आ गया। वहाँ फुटबॉल का मैच चल रहा था। पेड़ों से घिरा एक छोटा-सा मैदान, जो मैदान कम टाँड़ ज़्यादा लग रहा था। जोवाकिम को दोहरी ख़ुशी हुई। एक, सही रास्ते पर आगे बढ़ने की ख़ुशी। दूसरी, उसके प्यारे खेल की झलक मिल जाने की ख़ुशी, जिसकी वह रास्ते

भर बातें करता आया था। उसने सिसिलिया से आग्रह के स्वर में पूछा कि पाँच मिनट यहाँ रुककर सुस्ता लें तो कैसा हो? सिसिलिया बिना बोले खड़ी हो गई। जोवाकिम ने वहीं एक महुए के पेड़ के नीचे सामान को रखा। मोटे पसरे तने पर फैली सूखी पत्तियों को हटाया और सिसिलिया की ओर मोहब्बत से देखते हुए बैठने का इशारा किया।

मैच जोरों पर था। क़रीब पन्द्रह-बीस लोग जुटे हुए थे। दोनों तरफ़ के गोलपोस्ट के खम्भे से हृष्ट-पुष्ट दो बकरे बँधे थे। ये विजयी टीम के इनाम थे। मैदान छोटा होने से दोनों गोलपोस्ट नज़दीक थे। इसलिए हर दो मिनट पर गोल हो रहे थे। जोवाकिम का मन आनन्द और उत्तेजना से पुलक रहा था। गेंद के हर मूवमेंट के साथ उसके हिलते पैरों और चेहरे पर आ-जा रहे भावों को देख लग रहा था, जैसे वह किसी भी क्षण मैदान में उतर पड़ेगा।

सिसिलिया निर्लिप्त भाव से अंकुरित चने में नमक मिला रही थी। एक चुटरी डरता हुआ उसके दिए लड्डू के दाने कुतर रहा था। मैच में हाफ़ टाइम हो गया था। खिलाड़ी सहित बाक़ी लोग सुस्ता रहे थे। जोवाकिम अनमना-सा धूल झाड़ता हुआ उठा और सिसिलिया की ओर देखते हुए चलने का इशारा किया।

जोवाकिम ने अन्दाज़ा लगाया, एक से दो के बीच कुछ बज रहा होगा। परछाईं पैरों के नीचे से खिसककर थोड़ी पीछे हो गई थी। अगर इसी गति से बिना रुके चलते रहे तो एक-दो घंटे में पहुँचने के आसार थे। सिसिलिया थकी हुई जान पड़ रही थी। जोवाकिम भी थका था, पर उसकी थकान ज़ाहिर नहीं हो रही थी। वह सिसिलिया के जिस मोहपाश में बँधा था, हँसने-बतियाने के चक्कर में उसे अपने थकने का पता ही नहीं चल रहा था। उसने सिसिलिया को हँसाने के कई प्रयास किए थे, पर अब तक वह चुप ही रही थी। बातचीत में उसकी तरफ़ से भागीदारी नहीं होने से जोवाकिम कई बार निराश हो जाता था, लेकिन उसका बातूनी मन इस निराशा से निकलकर एक बार फिर किसी-न-किसी क़िस्से में व्यस्त हो जाता। उसे लगता, शायद सिसिलिया थकी है इसलिए बातें नहीं कर रही है या सम्भव है, उसे नए आदमी से बात करने में संकोच हो रहा हो।

6

जोवाकिम इसी विचारक्रम में था कि कहीं से अपना नाम सुनकर चौंक गया। क़रीब सात-आठ लोग पेड़ों की तरफ़ से निकलकर अचानक सामने आ गए थे। उनमें से एक ने प्रश्न की शक्ल में उसका नाम दोहराया, "जोवाकिम लिंडा?"

जोवाकिम ने स्वीकृति में सिर हिलाया। सबने गमछे से मुँह ढक रखा था। सबके पास छोटी-बड़ी अलग तरह की बन्दूक़ें थीं। जोवाकिम के भीतर से मानो पसीने की सोत फूट निकली। वह डर से जड़ हो गया। एक ने जोवाकिम के हाथ से सामान छीन लिया। विरोध की गुंजाइश के ख़ात्मे के लिए उनके हाथ, मुँह और आँखों पर गमछे बाँध दिए गए।

दूर तक कोई आबादी नहीं थी। उनके इस तरह अचानक पकड़े जाने का गवाह केवल एक टेटगा था, जो एक पत्थर पर बैठा सिर हिला रहा था। दो मैना थीं जो इस अप्रत्याशित धर-पकड़ से डरकर उड़ गई थीं।

जिस रास्ते पर वे बढ़ रहे थे, वह पाँच सम्मिलित पतली पगडंडियों जितना चौड़ा था, दोनों ओर पेड़ों, जंगली बेरों और करोंदे की झाड़ियों से घिरा हुआ। कुछ दूर सीधे चलकर वे बाईं ओर मुड़े और जंगल की गहनता में गुम हो गए।

लगातार चलते हुए जहाँ वे पहुँचे, वहाँ ताड़ के पत्तों और बाँस से बनी एक झोंपड़ी थी। उसकी जर्जर हालत देख लग रहा था, कोई इसे बहुत पहले छोड़ गया था। उनकी आँखों और मुँह से गमछे हटा दिए गए थे, लेकिन हाथ बँधे रहे। दोनों को झोंपड़ी के भीतर डालकर बाहर से दरवाज़ा बन्द कर दिया गया।

यहाँ ऊँचे पेड़ों की वजह से दिन में भी शाम होने का भान हो रहा था। दरवाज़ा बन्द होने से भीतर अँधेरा-सा हो गया था। सातों जन बाहर खड़े किसी बात पर बहस कर रहे थे। आँख-मुँह से गमछे हटाए जाने पर लम्बी साँसें लेते हुए जोवाकिम ने बँधे हाथों से ही सिसिलिया को टटोलने का प्रयास किया। वह बगल में ही थी। जोवाकिम जैसे ख़ुद से बड़बड़ाया, "इन्हें मेरा नाम कैसे पता चला?"

"नदी किनारे वाले गाँव में जब हम रास्ता पूछ रहे थे, लाल कमीज़वाला आदमी जिसने अभी हमारा झोला छीना, वहीं खड़ा था।" सिसिलिया सुबह से पहली बार कुछ बोली थी।

सिसिलिया की अप्रत्याशित आवाज़ सुन कर जोवाकिम अँधेरे में उसका मुँह देखने की कोशिश करने लगा। उसे भय के बीच एक अलग क़िस्म की ख़ुशी महसूस हुई। उसने उसे छूने के लिए अँधेरे में अपने बँधे हाथ बढ़ाए। यह सिसिलिया का माथा था, जिसका उसने पहले-पहल स्पर्श किया। एक दुःख और अफ़सोस की लम्बी लहर उसकी आत्मा से गुज़र गई। अभी ढंग से उसने उसकी आँखें भी नहीं देखी थी। उसकी हँसी में हँसी मिलाना बाक़ी था। उसका प्रेम बाक़ी था। अखरा में हाथ पकड़कर नाचना बाक़ी था। उसकी बुनी मुलायम चटाई पर नीम के नीचे लेटना बाक़ी था। हाट में सब्ज़ियाँ लेकर साथ बैठना बाक़ी था। कितना कुछ तो बाक़ी था।

सिसिलिया ने अँधेरे में भी उसकी मृत्यु सरीखी चुप्पी भाँप ली। उसने धीमे-से कहा, "वो लोग हमें मारेंगे नहीं। मारना होता तो मार दिए होते।"

जोवाकिम को यक़ीन नहीं हो रहा था कि यह सिसिलिया है। उसे यह आवाज़ दूर किसी अँधेरी खोह से आती हुई लग रही थी।

"फिर हमें पकड़ा क्यों?" जोवाकिम ने पूछा।

"यह तब पता चलेगा जब किसने पकड़ा है, इसका पता चले।"

"मतलब?"

"मतलब ये एमसीसी के लोग नहीं लग रहे।" सिसिलिया ने कहा।

"क्यों?"

"एमसीसी के लोग नहीं पकड़ेंगे। उनको तो ख़ुशी थी कि उनके लीडर के नाम का कोई और भी है। दो जोवाकिम लिंडा होने से थोड़ा भरम बना हुआ था।"

जोवाकिम अचरज से भर गया। इसका मतलब सिसिलिया उसके बारे में पहले से जानती थी। उसे पता था कि वह कौन है? उसका इंटरव्यू, उसका चर्च में छिपना, कमांडर जोवाकिम लिंडा के मारे जाने पर घर लौटना, उसे

सब पता है। सिसिलिया के मुँह से अपना नाम सुन उसे मीठी गुदगुदी हुई। इस मुसीबत की घड़ी में भी उससे अपने बारे में सुनना उसे भला लग रहा था। उसने अनुमान के स्वर में कहा, "लेकिन हो सकता है, एमसीसी वाले मुझसे ग़ुस्सा हों क्योंकि मेरे कारण उनका अगुआ मारा गया।"

"तुम्हारे कारण कैसे? तुम्हारी फ़ोटो एक धोखे की तरह थी। पुलिस तुम्हारा फ़ोटो लेकर जोवाकिम लिंडा को खोजती फिरती थी।"

सिसिलिया कुछ क्षण के लिए रुकी, फिर अपनी ही बात काटती हुई बोली, "लेकिन हो सकता है, ये एमसीसी वाले ही हों। एमसीसी ने अब तक नहीं माना है कि मुठभेड़ में मरनेवाला आदमी उनका लीडर जोवाकिम लिंडा था। उन्हें तुम्हारे बारे में पता था। तो हो सकता है ये तुम्हें दुनिया के आगे कर दें कि असली जोवाकिम लिंडा, उनका लीडर अभी ज़िन्दा है। पुलिस पर बढ़त लेने के लिए ये लोग ऐसा करते हैं।"

यह सुन कर जोवाकिम की मानो साँसें रुक गईं। देर तक दोनों में से कोई कुछ नहीं बोला।

"मगर इनकी संख्या देख नहीं लगता कि ये एमसीसी के लोग हैं। इतने कम जन जेकेपी में ही हो सकते हैं।" सिसिलिया ने जैसे ख़ुद से कहा।

"झारखंड क्रान्ति दल?" जोवाकिम ने पूछा। उसे याद आया, एक बार आधी रात उसके गाँव के पास से जेकेपी का दस्ता गुज़रा था। वो किसी को ढूँढ़ रहे थे। वो दर्जन भर लोग थे। उन्होंने बीच रात पाहन को जगाया था और खाना बनवाया था।

"हाँ...एमसीसी और झारखंड क्रान्ति दल में कट्टर दुश्मनी है। इसके कुछ जन पहले एमसीसी में थे। पैसों में गड़बड़ी करने के बाद वहाँ से बन्दूक़ चुराकर भाग गए और कमाई की फ़िराक़ में लगे जंगल के नए लड़कों को लेकर नया दल जेकेपी बना लिया। जेकेपी वालों को केवल रुपया कमाने से मतलब है। इनको शहर में घर बनवाना है और गाड़ी ख़रीदनी है। पुलिस की तरह अगर इन्हें भी दो जोवाकिम के बीच का भरम हुआ, तब हमारा बचना मुश्किल है।" सिसिलिया ठंडे स्वर में बोली।

रास्ते भर चुपचाप चली आ रही सिसिलिया के मुँह से अचानक ऐसी बातें सुन जोवाकिम चकित था, "तुम्हें यह सब कैसे पता?"

सिसिलिया की तरफ़ से कोई आवाज़ नहीं आई। जोवाकिम ने अपना सवाल दोहराया।

"कोरई पहाड़ के उस तरफ़ वाला जोवाकिम लिंडा मेरे दूर के रिश्ते का मामा था। उसे चेहरे से कोई नहीं जानता था। साल-दो साल में अपने लोगों के साथ जब वह उधर से गुज़रता तो हमारे घर आता था। वह मुझे 'सिसो' बुलाता था। मेरे लिए गुड़ में पगे मीठे लक्ठो लाता था। दल के कुछ लोगों के खाने की ज़िम्मेदारी हमारे घर पर भी होती। जब वह आता, माँ के साथ बैठकर ख़ूब बतियाता। माँ उसकी फुफेरी बहन थी। सीधे रिश्ते में नहीं, माँ के फुआ घर के पड़ोस में इसका घर था। माँ बचपन में इसके साथ बकरियाँ लेकर जंगल जाती थी। कुछ साल पहले उसने बाबा को तुम्हारे बारे में बताया था कि एक अच्छा लड़का है कोरई में। सिसो को उस लड़के बारे में बताना।" सिसिलिया की आवाज़ भर्रा गई थी।

जोवाकिम को अभी सबसे ज़्यादा अफ़सोस सिसिलिया को नहीं देख पाने का हो रहा था। उसने अनुमान से सिसिलिया के कन्धे पर हाथ रखना चाहा। चाहा कि उसे गले लगा ले, पर बँधे हाथों अँधेरे में असफल रहा। उसने तय किया, वह बाहर बैठे लोगों को सारी बातें बताने की कोशिश करेगा चाहे वे समझें या नहीं। वह यूँ ही नहीं मरना चाहता था।

वह अचानक उठा और झोंपड़ी का दरवाज़ा खटखटाने लगा। दरवाज़े पर हुई इस बदहवास दस्तक से सचेत एक आदमी तेज़ी से उसकी तरफ़ आया और दरवाज़ा खोल ताबड़तोड़ उसके कन्धे और पेट पर बन्दूक़ के कुन्दे से मारने लगा। जोवाकिम नीचे गिर गया। वह गिड़गिड़ाता हुआ बोला कि उनसे गड़बड़ी हुई है। वह कोरई पहाड़ के इस तरफ़वाला जोवाकिम लिंडा है। उस तरफ़वाला नहीं, जिसके बारे में वो सोच रहे हैं। वह तो मर चुका है।

उसकी आवाज़ सुनकर बाहर खड़े बाक़ी लोग भी आ गए थे। लीडर जान पड़ रहे व्यक्ति ने उसके पेट पर एक ज़ोर का घूँसा मारा और भीतर

की ओर धकेल दिया। साथ ही, एक आदमी को दरवाज़े पर निगरानी के लिए खड़ा कर दिया।

बाहर उनके बीच कुछ बहस हो रही थी। सिसिलिया उन्हें सुनने की कोशिश में झोंपड़ी की दीवार से सटकर बैठ गई।

क़रीब एक घंटा गुज़र गया था। चिड़ियों के शोर से लग रहा था, कुछ देर में शाम होने वाली है। जोवाकिम ने देखा, दो जन धड़ाक से भीतर आए। उन्होंने सिसिलिया को उठाया और बाहर की ओर लेकर चल पड़े। वे उसे तक़रीबन घसीट रहे थे। अचानक उसके पैरों में जाने कहाँ से लोमड़ियों-सी फुर्ती आ गई और वह उन पर कूद पड़ा। उसने बँधे हाथों से ही अपनी बाहें फँसाकर एक झटके में एक की गर्दन तोड़ दी। वह इससे दोगुनी फुर्ती से उठा और उसकी पिस्तौल उठाकर जवाबी हमले के लिए लपके बाक़ी लोगों पर ताबड़तोड़ गोलियाँ चला दीं। सब कुछ इतनी जल्दी और चपलता से हुआ कि किसी को सँभलने का मौक़ा नहीं मिला। जोवाकिम ने सिसिलिया और सिसिलिया ने जोवाकिम के बँधे हाथ खोले और दोनों अन्धाधुन्ध दौड़ने लगे।

"ये जेकेपी के लोग हैं। कुछ जन हमारी ख़बर देने पुलिस कैम्प गए हैं।" सिसिलिया जोवाकिम को झकझोर कर जगा रही थी।

थकान से चूर जोवाकिम की जाने कब आँख लग गई थी। वह सिसिलिया की फुसफुसाहट से जागा और पुलिस की बात सुनकर हड़बड़ा गया, "पुलिस कैम्प क्यों?"

"जेकेपी वालों को पुलिस की शह मिली हुई है। पुलिस सोचती है, एमसीसी और जेकेपी आपस में लड़ते रहें। अन्त में जो बचेगा, उससे वो आसानी से निपट लेंगे। जेकेपी वाले हमें पुलिस को देकर उनका बड़ाई बटोरना चाहते हैं।"

"हम लोग पुलिस को सब कुछ सच-सच बता देंगे।"

"पुलिस सब समझने के बावजूद हमें नहीं छोड़ेगी। हमें मारकर वो निश्चिन्त होना चाहेगी कि दोनों में से जो भी असली हो, जोवाकिम लिंडा

की कहानी ख़त्म हो।"

नींद की खोह से वापस लौटे जोवाकिम की चेतना पूरी तरह लौटी नहीं थी। पुलिस के आने की ख़बर से वह चार साल पहले की तरह घबराया हुआ था। उसे समझ में नहीं आ रहा था कि बचने के लिए क्या किया जाए? वह ख़ुद को कोस रहा था, नदी के पासवाले गाँव में उसे अपना नाम एरिक लिंडा बताना चाहिए था। इस बीच सिसिलिया उठी और दरवाज़े पर खड़ी होकर धीरे-से आवाज़ लगाई, "प्यास लगी है।"

दरवाज़े पर खड़े आदमी ने बाहर से एक पुरानी पिचकी हुई बोतल में पानी बढ़ाया, जो आधे से भी कम बचा था। सिसिलिया बोली, "हमारे झोले में कुछ है। हम लोग वही पी लेंगे।"

"क्या है?" उसने चिढ़कर पूछा। सिसिलिया चुप रही।

उसने झुँझलाहट में डपटकर पूछा, "क्या है?"

"दादी का चुआया हुआ मसाला महुआ।" सिसिलिया डरते हुए बोली। "सुबह से चलते हुए पैरों में दर्द है। उससे थोड़ा आराम मिलेगा।" उसकी आवाज़ में सचुमच की थकान और पीड़ा थी।

उस आदमी ने एक झटके-से दरवाज़ा खोला। गाली देता हुआ चिल्लाया और वापिस दरवाज़ा बन्द कर दिया।

सिसिलिया वापिस आकर धप्प-से निराश बैठ गई।

दरवाज़े पर सिसिलिया और उस आदमी के बीच हुई बातचीत को बाक़ियों ने भी सुना। उनमें से एक उठा और झोंपड़ी के बाँस से झूल रहे झोले को उतार लाया। हालाँकि उन्होंने झोले को शुरू में ही खंगाल लिया था। उसमें रखे सारे लड्डू खा लिए थे और भूजा और चना बाद के लिए छोड़ दिया था। उनकी नज़र कपड़ों के साथ दोनों बोतलों पर भी पड़ी थी, लेकिन पानी जानकर उसे छोड़ दिया था, पर अब बोतलों का रहस्य जानने के बाद उनके लीडर ने उसे खोलकर सूँघा। उसके चेहरे पर आई प्रफुल्लता देख समझा जा सकता था, उसे क्या मिल गया था?

काम ख़त्म होने के बाद या अभी पिया जाए की दो मिनट की एक

कमज़ोर-सी बहस के बाद पाँचों ने पीना शुरू कर दिया। वो चहक रहे थे कि इसका स्वाद जीवन में अब तक पिये गए महुए के स्वाद से अलग है।

7

शाम हो गई थी। सियारों के बोलने की आवाज़ें झोंपड़ी के पीछे कहीं से आ रही थीं। सिसिलिया उठी और दरवाज़े पर पैर से ज़ोर का एक धक्का दिया। दरवाज़ा झूल गया। उसने पीछे मुड़कर जोवाकिम की ओर इशारा किया। जोवाकिम हक्का-बक्का। वह दौड़कर बाहर निकला। देखा, पाँचों वहीं बेसुध गिरे पड़े हैं। सबकी साँसें बन्द। उसने चकित होकर सिसिलिया को देखा, जिसने गमछे को जाने कैसे ढीला कर अपने हाथ खोल लिए थे और झोला और अपना पर्स उठा रही थी। जोवाकिम ने अपने हाथ सिसिलिया की तरफ़ बढ़ाए। सिसिलिया ने गाँठों को इतनी तेज़ी से खोला जैसे उसने ही बाँधा हो।

अगले तीन मिनटों में वे भाग रहे थे। अँधेरे के मारे रास्ता नहीं सूझ रहा था। बावजूद वे भाग रहे थे। वे धौंकनी में बदल गए फेफड़ों की परवाह किए बिना भाग रहे थे। भागते हुए डर रहे थे, कहीं इसी रास्ते पुलिस न मिल जाए। भय और पसीने से तर, जब उन्हें लगा कि वे भागते हुए गिरकर मर जाएँगे, दोनों रुक गए और साँसों को तरतीब करने लगे।

इस ओर छिटपुट और ठिगने पेड़ थे। आसमान में चाँद इतना था कि जोवाकिम सिसिलिया को देख सकता था। उसने एकबारगी भरपूर नज़र सिसिलिया पर डाली और जाने कैसे हाँफता हुआ ही आँसुओं से भर गया। पता नहीं उन आँसुओं में भय था या आशंका या मृत्यु के मुहाने से बच निकलने की ख़ुशी कि वह रोने लगा। सिसिलिया पिता के बाद जीवन में दूसरी बार किसी पुरुष को रोते देख रही थी। उसने आगे बढ़कर जोवाकिम को गले लगा लिया और बोली, "सब ठीक हो जाएगा।"

जोवाकिम उसकी छाती में धँसा हुआ था। जब वह सामान्य हुआ, उससे छूटते हुए नकली उलाहने वाले लहज़े में पूछा, "सुबह से रास्ते भर तुम चुप

क्यों रही? बात भी नहीं की?"

"दोपहर तक हँड़िया के नशे में थी। सहेलियों ने कहा, पी लो। रास्ते में मज़ा आएगा।" सिसिलिया हँस रही थी।

"और उन बोतलों में क्या था?" जोवाकिम हँसा।

"घर आना तो दादी से पूछना।" सिसिलिया मुस्कराई। "जंगल के बारे में सिर्फ़ तुम्हीं नहीं जानते।"

मुनाफ़ा

यह झारखंड के उस बित्ते भर के शहर में कोहराम के पहले की शाम थी। सड़कों के किनारे बिजली के खम्भों पर बल्ब जलने में आधे घंटे का वक़्त था। सालों से एक ही रूटीन में जीने के आदी हो चुके लोगबाग सौदा-सुलुफ़ कर अपने घर की ओर लौट रहे थे। बच्चों के गलियों के खेल बिना किसी नतीजे के ख़त्म हो गए थे और उन्हें पाठ्यपुस्तकों की नीरस दुनिया में बिठा दिया गया था। घर की औरतें मसाले पीसकर हरी सब्ज़ियों के आने का इन्तज़ार कर रही थीं। बुज़ुर्गों ने भोजन से पहले खाई जानेवाली अपनी दवाइयों के डोज़ ले लिए थे।

यह अगली सुबह होनेवाली मौत की घटना से पहले का शहर था। कल उनके बीच से कोई मर जानेवाला था, पर किसी को ख़बर नहीं थी। मरनेवाले को भी नहीं।

1

शहर के बाहरी हिस्से में कुछ साल पहले बने एक मन्दिर के सामने पैंतालिस के लपेटे का एक आदमी ठिठका-सा खड़ा था। क़रीब दो-तीन साल रगड़कर पहना हुआ पैंट-शर्ट, लम्बे समय से नाई के हाथों से दूर रहनेवाली बेतरतीब

दाढ़ी और हाथ में नायलोन के एक पुराने झोले में कुछ औज़ारों के साथ खड़ा वह आदमी कुत्तों के लिहाज़ से पूँछ हिलाकर सम्मान प्रकट करने लायक क़तई नहीं था। उसने इधर-उधर नज़रें घुमाईं, आसपास कोई नहीं था। वह मन्दिर के गेट की ओर बढ़ा, फिर जाने क्या सोचकर रुक गया। वापस नज़रें घुमाईं, कोई नहीं दिखा। वह मन्दिर में घुसने ही वाला था कि शाम के धुँधलके से एक व्यक्ति प्रकट हुआ।

"चप्पल पहनकर कहाँ घुसे जा रहे हो?" खैनी मलते हुए उस व्यक्ति ने तनिक ग़ुस्से से टोका।

गेट की तरफ़ बढ़ता आदमी इस औचक सवाल से हड़बड़ा गया। उसने ख़ुद को संयत किया और बोला, "मूर्ति के दाहिने हाथ का अँगूठा टूट गया है। वही ठीक करने आया हूँ।"

"कहाँ से आए हो?"

"ताज़िया मोहल्ले से।" उसने हिचकिचाते हुए कहा।

"मोहम्डन हो?"

"हाँ।"

"इधर सुनो।" मोटे व्यक्ति ने खैनी मुँह में दबाते हुए कहा।

2

सुबह के चार बजकर तीस मिनट हो गए थे और मन्दिर की शिखा से चौतरफ़ा बँधे आहूजा के विशालकाय लाउडस्पीकरों से अब तक कोई आवाज़ नहीं आई थी। फलस्वरूप 'या देवी सर्वभूतेषु...' का मंत्र सुनकर जागनेवाले अब तक सो रहे थे। यही हाल कुत्तों और मुर्गों का था जो सुबह के सूरज की बजाय इन्हीं श्लोकों के अलार्म से संचालित होते थे। सितार की प्रारम्भिक 'टुंग-टुंग' सुनते ही कुत्तों के शरीर में हरक़त होती और वे डोप लिये किसी एथलीट सरीखे दौड़ने-कूदने लगते। मैदान के दूसरे छोर पर एक बाँध से विस्थापित होकर बसे आदिवासियों के दबंग

मुर्गे मंत्रों की आवाज़ सुनते ही उसके साथ कोरस शुरू कर देते और लाउडस्पीकर से जागने से रह जानेवालों को अपने गले की नसों की ज़ोर पर उठाकर दम लेते, पर आज मन्दिर से सटे इस आधे किलोमीटर की दुनिया में चौतरफ़ा सन्नाटा था।

इस दुनिया में हलचल तब मची, जब लकड़हारिनें इस सन्नाटे से गुज़रीं। ये अलस्सुब्ह झुंड के झुंड शहर से सटे जंगलों की ओर सूखी लकड़ियों के लिए निकल पड़तीं और शाम ढले सिर पर लकड़ियों के गट्ठर और सखुआ पत्तों के साथ लौटतीं। जाते वक़्त कुछ औरतें, जिनका ईश्वर में अटूट यक़ीन होता, झुंड और उसके क़िस्सों से पीछे छूट जाने की परवाह किए बग़ैर रास्ते में पड़नेवाले इस नए मन्दिर के सामने दो मिनट के लिए रुक जातीं। चप्पल उतारकर एक क़दम आगे बढ़तीं। आँचल से सिर ढकतीं। हाथ जोड़तीं और कुछ बुदबुदातीं। कुछ जो ज़्यादा मुसीबत में होतीं, चौखट पर दो-तीन बार माथा टेकतीं और घिघियाते हुए अपनी याचनाएँ दुहरातीं।

रोज़ की तरह आज जब एक औरत ने नाईट बल्ब की पारभासी माहौल में डूबे मन्दिर की चौखट पर माथा टेका तो उसे अपने ललाट पर कुछ गीलेपन का एहसास हुआ। उसने ललाट पोंछकर देखा। उसकी हथेलियों पर जमे हुए लहू के कुछ हिस्से थे, जो नीम अँधेरे में काले दिख रहे थे। उसने आँखें चिहारकर मन्दिर के भीतरी हिस्सों में नज़रें दौड़ाईं। काली और थक्केदार ख़ून की एक लकीर अन्दर जाती हुई लगी। किसी अनहोनी के भय से हड़बड़ाकर उसने अपनी सहेली को आवाज़ दी और यह भूलकर कि उसे इस तरह बिना नहाए-धोए मन्दिर में घुसता देख कोई भी आपत्ति कर सकता है, भीतर घुस गई। वह जिस तेज़ी से लपकी थी, वैसे ही चिल्लाती हुई बाहर आई। उसके पैर ख़ून से सन गए थे। मन्दिर के गर्भगृह में देवी की मूर्ति के ठीक नीचे लहू के थक्कों के बीच पचास साल के पुजारी की लाश पड़ी थी। लाश के पास देवी के हाथ में सुशोभित रहनेवाला त्रिशूल पड़ा था। लकड़ी के छोटे आसन पर पालथी मोड़े हुए ही लुढ़क गए पुजारी की मृत देह की अवस्थिति से जान पड़ता था, जैसे बीच प्रार्थना किसी ने उनके सिर पर त्रिशूल दे मारा हो।

3

बात फैल गई। लोग मन्दिर के आसपास जुटने लगे। पुलिस आ गई। थाना प्रभारी जगत मिश्रा क़रीब पचास-बावन की उम्र के लम्बे क़द और बढ़े पेट वाले भीमकाय आदमी थे, जिनकी लम्बी टाँगें सरकारी जीप में ठीक से नहीं अँटती थीं, इसलिए आगे बैठने के क्रम में उनका एक पैर जीप के बाहर पायदान पर टिका होता, जिसे लोग उनकी चुस्ती और मुस्तैदी के तौर पर देखते, जैसे जीप रुकते ही किसी नायक की तरह कूद पड़ेंगे। एसपी आते-जाते, पर वे सफलतापूर्वक क़रीब दो साल से इस शहर के थाने में काबिज़ थे। बालू, पत्थर और लकड़ियों जैसी बहुमूल्य सम्पदाओं से भरपूर इस छोटे शहर के थाने के बारे में प्रचलित था कि यहाँ पोस्टिंग लेने का मतलब है, कोई बीस-पच्चीस लाख रुपए चुकाकर आ रहा है। और जब इतनी रकम चुकाई है तो इससे कई गुना ज़्यादा वसूलेगा भी। और जगत मिश्रा ने वसूली की दौड़ में वन विभाग को भी पीछे छोड़ दिया था। पिछले दो साल से शहर और उसके आसपास के इलाक़ों में बालू-छर्री की कीमतें अगर बढ़ी थीं तो इसके ज़िम्मेदार जगत मिश्रा भी थे, लेकिन यह अगर बड़ा सच है तो इससे बड़ा सच यह है कि इन्होंने किसी से पैसे माँगे नहीं। परिस्थितियाँ ऐसी बनीं कि पैसे इनके पास चलकर आए।

मन्दिर में अन्दर जाने से पहले वह अपने जूते उतारने के लिए झुके। सिपाही सोम एक्का ने याद दिलाया, भीतर ख़ून फैला है तो उन्होंने जूते वापस पहन लिए। अन्दर घुसकर उन्होंने पहले देवी को प्रणाम किया, घंटी बजाई और कुछ बुदबुदाए। देवी के बोलते चेहरे का तेज देखकर जगत मिश्रा को लगा, देवी उनसे कुछ कहना चाह रही हैं। उन्होंने झुककर देवी को पुनः प्रणाम किया और पीठ दुखने तक झुके रहे। फ़ोटोग्राफ़र विभिन्न कोणों से घटनास्थल की तस्वीरें ले रहा था। भीतर मुआयने के बाद उन्होंने लाश को पोस्टमॉर्टम वास्ते भेजने के लिए गाड़ी मँगवाने को कहा।

हमेशा डायरी लिखने का ज़िम्मा निभानेवाले थाने के सबसे बुज़ुर्ग सिपाही सुबोध उपाध्याय ने कई सारी चीज़ें नोट करने के बाद उनसे पूछा, "मर्डर के बारे में क्या लिखें, सर?" जगत मिश्रा देवी पर चढ़ाए हुए पेड़े के एक छोटे टुकड़े को मुँह में चुभलाते हुए बोले, "फ़िलहाल के लिए लिखिए, घटनास्थल पर स्थित साक्ष्यों को देखकर प्रतीत होता है, देवी के हाथ से त्रिशूल लेकर सिर पर वार किया गया, जिससे हेड इंजरी हुई और डेथ हो गई।"

सोम एक्का ने पीछे से आकर पूछा, "सर, इस मर्डर वेपन त्रिशूल का क्या करना है?" सिपाही अवधेश शर्मा जो जगत मिश्रा का मुँहलगा था, तुरन्त बोला, "देवी ने हज़ारों राक्षसों का संहार किया और त्रिशूल उनके पास रहा। फिर हम कौन होते हैं उनसे उनका अस्त्र ज़ब्त करनेवाले?" सोम एक्का ने पूछा, "लेकिन कोर्ट में वेपन माँगा गया तो?" "तो कह देंगे लोगों की धार्मिक भावनाएँ आहत हो सकती थीं, इसलिए छोड़ दिया गया। जज क्या दूसरी दुनिया के होते हैं? देवी का माहात्म्य सबको मालूम है।" अवधेश शर्मा ने जगत मिश्रा की तरफ़ शाबाशी पाने की उम्मीद से देखा। इसके जवाब में उन्होंने उसे घूरते हुए कहा, "इसको फ़ोरेंसिक जाँच के लिए भिजवाओ।" उन्होंने नीचे रखे त्रिशूल को उठाया। वह लम्बाई में कम, लेकिन काफ़ी वज़नी था। उसके तीनों शूल पैने और बेहद नुकीले थे। "मूर्ति के हाथों में भला असली हथियार रखा जाता है?" वह बुदबुदाए।

मन्दिर से बाहर आकर वह सुबोध उपाध्याय से बोले, "विजय यादव को कहिए, चिंटू, बुत्तन, मोहसिन और शाद को थाने में हाज़िरी देने के लिए बुलाए।" सुबोध उपाध्याय 'जी सर' कहकर थाने में ड्यूटी पर बैठे अपने सहकर्मी विजय का नम्बर मिलाने लगे।

धीरे-धीरे एक बड़ी भीड़ इकट्ठी हो गई थी। जगत मिश्रा ने कहा, "यहाँ फ़ालतू की भीड़ मत लगाइए। वही लोग रुकिए, जिनके पास मर्डर को लेकर कुछ ठोस सूचना हो।" उन्होंने एक अधेड़ और सक्रिय दिख रहे आदमी को अपने पास इशारे से बुलाया और पूछा, "क्या नाम हुआ आपका? कहाँ रहते हैं?"

"मेरा नाम गिरधारी गुप्ता है। बगल में जनता मोहल्ले में रहता हूँ। घिउ गली में दुकान है हमारी।"

"किस चीज़ की? घी की?"

"नहीं, खैनी की। हम थोक में माल सप्लाई करने का काम करते हैं।"

"तो क्या लगता है आपको, किसका काम हो सकता है?"

"हमको क्या लगेगा, सर? पता तो आप लोग करेंगे न?"

"तो आप यहाँ थोक में माल सप्लाई के लिए खड़े हैं?"

इस अप्रत्याशित डाँट से वहाँ खड़े कई लोग खिसककर दूर खड़े हो गए। जगत मिश्रा ने एक चुस्त दिख रहे युवक की ओर देखकर कहा, "कुछ पता है?"

अचकचाया-सा वह युवक इसके पहले कि कुछ बोल पाता, साथ खड़े बुज़ुर्ग रामानन्द शास्त्री जो मोहल्ले में 'सही बोले कि नहीं' के तकियाकलाम के साथ अपनी बात कहने के लिए जाने जाते थे, बोल पड़े, "यह नौजवान हमारे साथ हैं। असली बात मैं आपको बताता हूँ। आज देस में चारों तरफ़ साम्प्रदायिक सक्तियों का बोलबाला है। यह असल में सहर का बाताबरण दूसित करने की एक चाल है। ये लोग हमारे समाज में बिभेद पैदा करके उसका लाभ उठाना चाहते हैं। यह हत्या उसी साजिस का नतीजा है। सही बोले कि नहीं?"

सोम एक्का ने हँसते हुए कहा, "सर, आप सही बोले कि नहीं, ये जाँच के बाद पता चलेगा। आप पुराने आदमी हैं, आपको कुछ पता है तो बताइए। नहीं तो भाषण सुनाने के लिए हम लोगों के पास एक आदमी पहले से है।"

इस बीच एक आदमी ने जगत मिश्रा के पास आकर कान में कहा कि उसके पास कुछ सूचना है, लेकिन वह थाने आकर बताएगा। उन्होंने उसकी पीठ थपथपाई और दो घंटे बाद आने के लिए कहा।

तब तक सुबोध उपाध्याय आए और बोले, "विजय से बात हो गई, सर। वो बोला, चिंटू, बुत्तन, मोहसिन और शाद—ये लोग हमारे कॉल करने से पहले ही थाने पहुँच गए थे। विजय ने उनसे थाने आने का कारण पूछा

तो वो बोले, शहर में मर्डर हुआ है, साहब तो बुलाते ही...सो ख़ुद ही आ गए। विजय ने सबको साइन करवाकर छोड़ दिया है।"

जगत मिश्रा भड़क गए। बोले, "विजय को कहिए, ज़्यादा माथा न लगाया करे। सबको थाने वापस बुलाए। जब तक मैं नहीं आता हूँ, बिठाए रखे।"

4

जब तक जगत मिश्रा थाने पहुँचे, चिंटू, बुत्तन, मोहसिन और शाद को वापस बुला लिया गया था। यूँ चारों में दोस्ती-यारी जैसी कोई बात नहीं थी। चारों कभी पकड़े भी अलग-अलग अपराधों के लिए गए थे, लेकिन बार-बार की गिरफ़्तारी और हफ़्ते की हाज़िरी ने उन्हें दोस्त बना दिया था।

हर बार शहर में जब कुछ होता, इन चारों पर शामत आ जाती। असली मुज़रिम की तलाश बाद में होती, दरोग़ा कोई हो, पहले इन्हें पकड़ता। चारों इस नियमित आवाज़ाही से इतना ऊब गए थे कि इनका वश चलता तो ये इस शहर में कोई अपराध नहीं होने देते। इनके जीवन में शान्ति के लिए शहर का शान्त रहना ज़रूरी था। इसलिए यह दुआ इनके परिवार की प्रार्थनाओं का अभिन्न हिस्सा बन गई थी।

मन्दिर में क़त्ल की ख़बर चारों को जैसे ही लगी, इनका दिल बैठ गया। इन्हें पता था, मामला हत्या का है, पूछताछ बड़ी होगी। इसलिए ये बिना बुलाए भरपेट खाना खाकर, पानी की बोतल, दर्द-बुखार की गोलियाँ लेकर सुबह पहुँच गए थे, लेकिन जब सिपाही विजय ने हाज़िरी के बाद इनसे जाने को कहा, इन्हें आश्चर्य हुआ। चारों लौट तो गए, लेकिन घर जाने की बजाय पास की चाय दुकान में ही बैठकर वापस फ़ोन कर बुलाए जाने का इन्तज़ार करने लगे और महज़ पौन घंटे के बाद चारों वापस थाने में थे।

जगत मिश्रा ने चारों को देखते ही पूछा, "किसका काम है रे?"

बुत्तन ने लगभग रिरियाते हुए कहा, "दिन-रात तो हम लोग आपके सामने

ही हैं, सर। हम लोग क्या करेंगे?"

"केवल दिन बोलो...रात में क्या करते हो, हमें नहीं मालूम?"

"हम लोग पुजारी को क्यों मारेंगे सर?" चिंटू ने उसी रिरियाहट के विस्तार में कहा।

"हम लोग नहीं...केवल अपनी बात कहो। सबके ठेके मत लो।" जगत मिश्रा ने बाक़ियों की ओर देखकर कहा।

मोहसिन कुछ कहने को हुआ कि जगत मिश्रा ने अवधेश शर्मा को आवाज़ लगाई, "इनकी ख़ातिरदारी करो। पूछो, क्या जानते हैं?"

5

थाने में आकर सूचना देने वाले शख़्स का नाम महेन्द्र जायसवाल था। ज़मीन ख़रीद-बिक्री और सूद पर पैसा बाँटनेवाला सैंतालिस-अड़तालीस का महेन्द्र जायसवाल मोटापे और डायबिटीज़ का मरीज़ था और डॉक्टर की सलाह पर इधर कुछ सालों से सुबह साढ़े चार बजे मन्दिर के लाउडस्पीकर के अलार्म से जाग जाया करता था। डॉक्टर ने उसे रोज़ाना उठकर कम-से-कम दो किलोमीटर भागने की सलाह दी थी। जागने की सलाह पर तो उसने अमल किया, लेकिन दौड़ने की जगह उसने अख़बार की एक ख़बर के उस नुस्ख़े पर ज़्यादा भरोसा किया, जिसमें रोज़ाना सुबह के सम्भोग को मोटापा काटने का अचूक हथियार बताया गया था। और तब से लेकर आज की पुजारी वाली मौत की सुबह छोड़, महेन्द्र जायसवाल ने कभी नागा नहीं किया। पत्नी माहवारी में हो या वायरल में, वह मन्दिर के लाउडस्पीकर की आवाज़ से तड़के जाग जाता और प्रेम से पत्नी को जगाता। फिर बिना किसी भूमिका के पूरे मनोयोग से अख़बार के नुस्ख़े को आजमाते हुए अपनी तोंद के आसपास की कैलोरी का जलना महसूस करता और अन्ततः माथे पर पसीने की कुछ बूँदें पाकर ख़ुद को अपेक्षाकृत हल्का पाते हुए ज़मीन और लेनदारी-देनदारी की अपनी दुनिया में रम जाता। इधर आज पहली बार हुआ था कि मन्दिर

से लाउडस्पीकर की आवाज़ नहीं आई थी और नींद नहीं खुलने से महेन्द्र जायसवाल की दिनचर्या गड़बड़ा गई थी।

वह पिछले एक घंटे से थाने में बैठा थाना प्रभारी का इन्तज़ार कर रहा था। जगत मिश्रा आज के मामले की रिपोर्ट देने एसपी ऑफ़िस गए थे और अब तक नहीं लौटे थे। जब वह आए, एक थका देनेवाले सेशन से निकलकर अवधेश शर्मा ने बालों से ढके अपने हाथों का पसीना पोंछते हुए नतीजा सुनाने के स्वर में कहा, "क्लियर हो गया, सर। ये इन चारों का काम नहीं है।" जगत मिश्रा जो एसपी से केस जल्दी सुलझाने की झिड़की के साथ लौटे थे, सुनकर झल्ला गए, "किनका काम है, ये तुम मुझ पर छोड़ दो।"

महेन्द्र जायसवाल ने इस तनाव भरे माहौल को देखा तो उसे लगा, वह ग़लत समय पर आ गया है, लेकिन जगत मिश्रा ने कुर्सी पर बैठते हुए जब उसके लिए चाय मँगवाई, उसे अच्छा लगा। शुरुआती परिचय पूछने के बाद जगत मिश्रा ने उसकी ओर चाय बढ़ाते हुए कहा, "तो बताइए, क्या बताने वाले थे?"

"आपको शायद नहीं पता होगा, वह मन्दिर किसका है?" महेन्द्र जायसवाल को बातचीत की शुरुआत में ही सामनेवाले को चौंकाकर बढ़त लेने की आदत थी।

"किसका है?"

"आप उसे नहीं जानते होंगे। एक है यमुना राय। उसी का है। गीतम वस्त्रालय के ठीक बगल में उसका घर है।"

"हूँ।"

"आज जहाँ मन्दिर दिख रहा है, कल वहाँ कुछ नहीं था, सर। वो ज़मीन गौरमेंट लैंड थी। उसके बगल में ही यमुना राय की ज़मीन थी, जिसमें उसने बीड़ी पत्ते का गोदाम बना रखा है। आपको नहीं पता होगा, लेकिन गोदाम का एक बड़ा हिस्सा गौरमेंट लैंड में बना हुआ है। जब उसे पता चला कि उसमें अन्धे-गूँगों का सरकारी सेंटर प्रस्तावित है, उसने बहुत कोशिश की कि यह सेंटर वहाँ नहीं खुले। क्योंकि सेंटर के लिए जब गौरमेंट लैंड की नापी होती तो ज़मीन कम होने पर उसके गोदाम का टूटना

तय था। इससे बचने के लिए उसने एक रात कुछ लोगों के साथ मिलकर हल्ला करवा दिया कि वहाँ खुदाई में देवी का त्रिशूल निकला है जबकि सच यह है कि वह त्रिशूल शेरघाटी के किसी लोहार से बनवाया गया था। फिर यमुना राय ने विधायक तिवारी बाबा को पकड़ा और वहाँ मन्दिर का शिलान्यास करवा दिया। धर्म का काम कहकर मज़दूरों, राजमिस्त्रियों, लुहारों से तुरत-फुरत में मन्दिर बनवा लिया। इस बहाने उसका गोदाम बच गया और बाद में देखिए कि उसने बाक़ी के गौरमेंट लैंड को भी बाउंड्री से घेर दिया। आज मन्दिर प्रांगण में यज्ञ के लिए जो छोटी-छोटी झोपड़ियाँ देखते हैं, सब उसी सरकारी ज़मीन में बनी हैं। त्रिशूल निकलने की बात से मन्दिर फ़ेमस हो गया। कमाई होने लगी, सो अलग। आप नहीं जानते होंगे, लेकिन आज की तारीख़ में सुबह सात बजे से लेकर दस बजे तक उस मन्दिर में इतनी भीड़ होती है, बाहर से इतने लोग आते हैं कि अब मन्दिर हटाने की हिम्मत कौन करेगा?" जायसवाल ने एक साँस में रहस्य बताने की तरह कहा।

"च्च्च...पुजारी जी कैसे मरे, ये बताइए।"

इतने बड़े रहस्योद्घाटन के बाद जायसवाल को इस दो-टूक सवाल की उम्मीद नहीं थी। वह एक मिनट के लिए गड़बड़ा गया। वापस लय में आकर बोला, "आपने शायद ध्यान नहीं दिया। यमुना राय के मन्दिर का पंडित मरा है और वह ख़ुद ग़ायब है। सारे लोग आए, पर वह नहीं दिखा। सोचनेवाली बात नहीं है?"

अबकी जगत मिश्रा ने एक लम्बी साँस छोड़ी और बोले, "ठीक है, समझ गए। ज़रूरत होगी तो बुलाएँगे आपको।"

6

अगले रोज़ पुजारी की हत्या की ख़बर सभी अख़बारों के स्थानीय पन्ने पर छपी थी। शहर के चार पुराने कुख्यात अपराधियों से पूछताछ ज़ारी रहने की बात सबने प्रमुखता से लिखी थी। साथ में इनबॉक्स में एसपी का बयान था

कि शेष सन्दिग्ध अपराधियों की धरपकड़ के लिए जाल बिछाया जा रहा है और अपराधी जल्द पुलिस की गिरफ़्त में होगा।

जगत मिश्रा ने ख़बर पढ़कर सबके सामने सुबोध उपाध्याय की तारीफ़ की। बरसों से पत्रकारों के लिए क्राइम का प्रेस नोट तैयार करते हुए सुबोध उपाध्याय इतने अनुभवी हो गए थे कि पत्रकारों को एक शब्द भी इधर-उधर करने की ज़रूरत नहीं पड़ती। वे हेडिंग लगाते और विशेष संवाददाता लिखने भर से ख़बर तैयार हो जाती।

जगत मिश्रा की टेबल के ठीक दूसरी ओर बैठे यमुना राय की नज़र इन्हीं ख़बरों पर थी। सिगरेट के धुएँ से झुलसे काले मोटे होंठ, व्हिस्की की अधिकता झेल अपनी मासूमियत खो चुकी आँखें, सफ़ेद और काले का कंट्रास्ट पैदा करती खिचड़ी दाढ़ी, मोटे घनत्व वाले कड़े बाल और गले में लहराती सोने की चेन। चेहरे से लेकर कपड़े तक देखने में कहीं से भी बहुत प्रभावित नहीं करनेवाला एक औसत व्यक्तित्व का आदमी। पैंतालिस-छियालीस की उम्र भी गम्भीरता के लिहाज़ से कम ही मानी जाएगी। अख़बारों में डूबे जगत मिश्रा ने अचानक बेमुरव्वत-से अख़बार मोड़ते हुए यमुना राय की आँखों में देखकर कहा, "तो मन्दिर के असली मालिक आप हुए?"

"मन्दिर तो देवी का है। देवी भक्तों की हैं। मैं कैसा मालिक?" एक खुरदरी और स्थिर-सी आवाज़ में यमुना राय ने कहा।

"कल मन्दिर के बाहर आप दिखे नहीं?" जगत मिश्रा ने यमुना राय के चेहरे से आँखें नहीं हटाई थी।

"बाहर गया था। लौटा तो पता चला, आप लोग मुझे खोजने घर आए थे तो सीधे यहीं आ गया।"

"पुजारी को कब से जानते थे? वैसे, नाम क्या हुआ उनका?"

"नाम तो कभी पूछा नहीं। सब 'पंडित जी' ही कहते थे। मन्दिर जब बन रहा था, उसमें योगदान देने आए थे। तब से यहीं थे। भाषा से लगता था, उड़ीसा के कहीं के थे। अपने बारे में व्यक्तिगत बातचीत पसन्द नहीं

थी उनको, लेकिन भले और विद्वान आदमी थे।" यमुना राय ने कहा।

"किसी से कोई लड़ाई-झगड़ा? किसी पर डाउट?"

"इस शहर में आने के पहले का उनका इतिहास नहीं मालूम, लेकिन यहाँ एक आदमी के बारे में कह सकता हूँ, जिसने पंडित जी को काफ़ी परेशान किया था। जब मन्दिर नहीं बना था, उस आदमी की नज़र उस परती ज़मीन पर थी। उससे सटे हुए पश्चिम की तरफ़ की ज़मीन उसी की थी। वह मन्दिर की ज़मीन को अपनी ज़मीन में मिलाकर प्लॉटिंग कर बेचने की फ़िराक़ में था। एक-दो पार्टियों से उसने पैसे भी पकड़ लिए थे। बाद में जब मन्दिर बनने के बाद उसकी बाउंड्री पड़ने लगी, रात में वह उसकी कच्ची दीवारें तोड़ दिया करता था। पंडित जी जब आपत्ति करते, उनसे गाली-गलौज पर उतर आता। बहुत मुश्किल से बाउंड्री हो पाई। जब वह पार्टी को अपनी ज़मीन दिखाने लाता तो मन्दिर के पिछले हिस्से की ज़मीन को भी अपना बताते हुए दिखाता। पंडित जी टोकते तो झगड़ पड़ता। कहता, "एक दिन डायनामाइट से मन्दिर उड़ा दूँगा, फिर झाल बजाना।" यमुना राय ने अपने कुर्ते की आस्तीनों में फँसी बालू झाड़ते हुए कहा।

"क्या नाम बताया उस आदमी का?" जगत मिश्रा डायरी के पन्नों पर पड़ी क़लम उठाकर टिप-टॉप करते हुए बोले।

"महेन्द्र जायसवाल।" यमुना राय ने नाम उद्‌घाटित कर जगत मिश्रा की ओर देखा। जगत मिश्रा ने बिना कुछ लिखे क़लम वापस डायरी के पन्नों में फँसा दिया।

"जब तक जाँच चल रही है, शहर से बाहर मत जाइएगा। बहुत ज़रूरी हो तो मुझसे अनुमति ले लीजिएगा।"

7

पुलिस मन्दिर को छानने के लिए एक बार फिर से पहुँची थी। कोई और दिन होता तो सुबह मन्दिर में भीड़ के मारे अँगूठे कुचल गए होते, लेकिन

पुजारी की मौत के बाद से पुलिस ने मन्दिर में ताला लगा दिया था।

सोम एक्का ने जब ताला खोला, कुछ श्रद्धालुओं ने अन्दर आकर नारियल फोड़ने की अनुमति माँगी। जगत मिश्रा ने मना कर दिया और जूते उतारकर अन्दर चले गए। इस बार वह बहुत ध्यान से चीज़ों को देख रहे थे। मन्दिर की ऊँचाई बहुत नहीं थी, किन्तु देवी की मूर्ति थोड़ी ऊँची थी। उन्होंने देवी को देखा। बड़ी-बड़ी क्षोभरहित आँखें, कन्धे से सामने आते काले घुँघराले बाल, चेहरे पर ललाई लिये एक अद्‌भुत कान्ति, लाल सिल्क-सी चमकती साड़ी और विभिन्न शस्त्रों से सुसज्जित हाथ। उनका ध्यान त्रिशूल वाले हाथ पर अटक गया। उसका अँगूठा टूटा हुआ था। देवी के उस ख़ाली और भंग हाथ को देखकर उन्हें बुरा लगा। "इनके इस ख़ाली हाथ में एक नकली त्रिशूल लगवा दो।" जगत मिश्रा ने अवधेश शर्मा से कहा।

"लेकिन त्रिशूल उसमें फँसेगा नहीं, सर। उनकी मुट्‌ठी बन्द नहीं है। त्रिशूल गिर जाएगा।" सोम एक्का ने कहा।

मूर्ति के दूसरी ओर लोहे के मोटे चदरे की बनी दान पेटी थी, जिस पर एक बड़ा-सा ताला लटका था। जगत मिश्रा ने पेटी उठाने की कोशिश की, लेकिन वह हिली तक नहीं। उसे पीछे की ओर से लोहे के पोल से मिलाकर वेल्डिंग किया गया था। मन्दिर के गर्भ गृह के ठीक पीछे एक कम्बल आधा बिछा हुआ था। सम्भव है, यह पुजारी के सोने की जगह होगी। सोम एक्का ने पैरों से कम्बल को किनारे करना चाहा। जगत मिश्रा ने 'च्-च्' करते हुए मना किया। अवधेश शर्मा लपककर आगे बढ़ा और उसे तहाकर किनारे करने लगा। जब कम्बल अपनी गोलाई में आया, अवधेश शर्मा को उसमें कुछ फँसा हुआ लगा। कम्बल वापस खुला तो उसमें नोकिया का हथेलियों में समा जाने वाला एक पुराना मोबाइल फ़ोन था। जगत मिश्रा उसे ऑन करने की कोशिश करने लगे पर जब नहीं हुआ तो वापस अवधेश शर्मा को देते हुए बोले, "इसको चालू करवाइए।"

"कुछ सुराग हाथ लगा?" यह रामानन्द शास्त्री थे, जो अपनी छड़ी

के सहारे मन्दिर के भीतर चले आ रहे थे। "आप लोगों की जीप दिखी तो लगा, आप लोग ही होंगे। कुछ पता चला?" उन्होंने सिपाही विजय से पूछा।

जगत मिश्रा ने उनके सवाल के जवाब में थोड़ी तल्ख़ी के साथ कहा, "आपको कुछ पता चला?"

"न..." उन्होंने इनकार में सिर हिलाया जो कुछ सेकेंडों तक हिलता रहा। फिर जब रुका तो बोले, "लोग कह रहे हैं, मन्दिर की दान पेटी का पैसा लूटने के चक्कर में किसी पियक्कड़ ने ये कांड किया है। सहर के आधे पियक्कड़ सस्ती हँड़िया के चक्कर में दिन-रात आदिबासी टोले में डोलते रहते हैं।"

"मन्दिर में लूटने लायक पैसा आता है क्या?" अब तक रामानन्द शास्त्री की अनदेखी कर रहे जगत मिश्रा ने उनको एकटक देखते हुए पूछा।

"अब ये तो पता नहीं है कितना पैसा आता है, लेकिन मंगलबार और सनिबार को बहुत भीड़ रहती है। सहर के लोग तो आते ही हैं। बाहर से जो लोग कौलेस्बरी पहाड़ पूजा करने आते हैं, वो भी अब यहाँ आने लगे हैं। बाहर इस मन्दिर की बहुत बड़ाई हो गई है। सब कुछ मानने पर है। मानो तो इस्बर, नहीं तो पत्थर। आज यहाँ मन्दिर है, नहीं तो पहले सूअर-बकरी चरते थे। सब कुछ मानने पर है। सही बोले कि नहीं, सर?"

जगत मिश्रा ने कनखियों से दरवाज़े के पास खड़े बाक़ी सिपाहियों की ओर देखा और इशारों में ही रामानन्द शास्त्री को बाहर छोड़ आने के लिए कहा।

8

मन्दिर प्रांगण से मिला मोबाइल ऑन हो गया था। सोम एक्का ने जगत मिश्रा को बताया, "इसकी बैटरी डिस्चार्ज थी। पतली पिनवाला चार्जर खोजने में दिक़्क़त हो रही थी, इसलिए देर हुई।" जगत मिश्रा ने देखा, मोबाइल के

कॉन्टैक्ट लिस्ट में सेवा प्रदाता कम्पनी की अपनी सेवाओं वाले नम्बरों के अलावा कुल छह लोगों के नम्बर थे। अशोक, यमुना राय 1, यमुना राय 2, जयमाला, राजू, नवनीत और बबिता। कॉल लॉग में बबिता और जयमाला के नम्बर आवक-जावक दोनों में थे। दोनों नम्बरों की कॉल हिस्ट्री बता रही थी, सबसे ज़्यादा बातचीत इन्हीं दो नम्बरों पर हुई है। कॉल लॉग में दो और नम्बर थे, जो नाम से सेव नहीं थे।

जगत मिश्रा ने सबसे पहले बिना सेव नम्बरों में से एक पर कॉल किया लेकिन दूसरी ओर का मोबाइल बन्द था। उन्होंने अगला नम्बर लगाया। घंटी जा रही थी, लेकिन चार-पाँच घंटियों बाद ही दूसरी तरफ़ से कॉल काट दिया गया। उन्होंने जब दुबारा कॉल किया, उधर का मोबाइल स्विच ऑफ़ हो गया था। सुबोध उपाध्याय ने रजिस्टर में यह नम्बर लिख लिया। अगला कॉल अशोक को किया गया। उसने बताया, वह मन्दिर के सामने अपने भाई के साथ ठेले पर फूल और पूजा का सामान बेचता है। राजू नाम से सेव नम्बर एक फलवाले का निकला। नवनीत नामक आदमी बैंक में कर्मचारी था, जो हर शनिवार मन्दिर आता था। उसने बताया, पंडित जी बैंक में एक अकाउंट खोलना चाहते थे, इसलिए उनसे दोस्ती हो गई थी। जगत मिश्रा ने कहा, "इन सबको थाने बुलाकर इनका बयान नोट कीजिए।

एक चाय के बाद जगत मिश्रा ने बबिता के नम्बर पर कॉल किया। उस तरफ़ से एक क्षीण से स्वर में 'हैलो' कहा गया। इतनी निरीह आवाज़ सुनकर जगत मिश्रा ने भी बड़ी मुलायमियत से कहा, "पंडित जी से आपका नम्बर मिला है। आपसे कुछ काम था।" बात पूरी भी नहीं हुई थी कि कॉल काट दिया गया।

"इसका मतलब, इसे पता है कि पुजारी मर गया।" जगत मिश्रा ने सुबोध उपाध्याय को बबिता का नम्बर नोट कराते हुए कहा।

आख़िर में जयमाला लिखे नम्बर को कॉल लगाया गया। आवाज़ उड़िया में आई।

"आप हिन्दी समझ सकती हैं क्या?" जगत मिश्रा को अचानक आई इस भाषाई दिक़्क़त की उम्मीद नहीं थी।

उड़िया की बात आते ही सब सोम एक्का की ओर देखने लगे। वह झारखंड-उड़ीसा बॉर्डर के पास राउरकेला के एक गाँव का था और थोड़ी-बहुत उड़िया समझता-बोलता था। जगत मिश्रा ने स्पीकर ऑन कर मोबाइल उसकी ओर बढ़ा दिया। जिस तरह सब सोम एक्का को घेरकर बैठ गए, अवधेश शर्मा का मुँह शाम को मुरझाकर झूल रहे फूल की तरह हो गया। वह उसे मिली किसी भी तवज़्ज़ो पर बहुत चिढ़ता था।

"किए कहुच्छ? भाईअंक मोबाइल तुम पाखरे केमिटि पहंचीला?" दूसरी तरफ़ से आश्चर्य और चिन्ता मिश्रित आवाज़ आई।

"तूमें किए कहुच्छ?" सोम एक्का ने पूछा।

"तूमें किए कहुच्छ?" महिला ने सवाल दुहराया।

"मु कहिबी मु किए कहुछी, आग तुमें कूह तुमें नना अंकु केमिटि जाणीछ?" सोम एक्का पूछा।

"तूमें कॉल करीछ, आग तूमें कूह भाईअंक फ़ोन तुम पाखरे कण करुछी?" महिला ग़ुस्से में बोली।

जगत मिश्रा को दोनों के बीच चल रही बातचीत के टोन से अन्दाज़ा लग गया कि बात आगे नहीं बढ़ रही है। उन्होंने मोबाइल के माउथपीस को हथेलियों से दबाते हुए सोम एक्का से पूछा, "क्या हुआ?" सोम एक्का ने कहा, "मैं पूछ रहा हूँ, कौन बोल रही हो तो उल्टे मुझसे ही पूछ रही है, मैं कौन बोल रहा हूँ।" जगत मिश्रा ने खीझकर कहा, "तो बोल दो, थाने से बोल रहा हूँ। पुजारी मर गया। अब बताओ, कौन हो तुम?"

सोम एक्का के हिस्से आई इस झल्लाहट से अवधेश शर्मा के चेहरे पर मुस्कान आ गई।

सोम एक्का ने वापस मोबाइल के पास मुँह ले जाकर जगत मिश्रा की बात दुहरा दी। सुनकर महिला रोने लगी और डर तथा अविश्वास के मारे गालियाँ देने लगी, "तूमें माने मिच्छ कहुछ, मु थाना रे रिपोर्ट देबि...।"

जगत मिश्रा ने सोम एक्का से कहा, "उससे बोलो, रोना बन्द करे और पुजारी के बारे में पूरी बात बताए। हम उसकी मदद के लिए हैं।"

महिला का रोना नहीं रुका। वह एक सुर में कुछ बोलती और फिर रोने लगती। सोम एक्का के कहने-पूछने का कोई असर नहीं हो रहा था। जगत मिश्रा ने मोबाइल अपने हाथ में लिया और कॉल काट दिया।

एक मिनट के भीतर महिला ने वापस फ़ोन किया। सोम एक्का ने उड़िया में ही पूछा, "आप पंडित जी की कौन हैं?" इस बार उसने भर्राई आवाज़ में बताया, "बड़ी बहन।"

सोम एक्का ने उसे ढाँढ़स बँधाया और पुजारी की हत्या सम्बन्धित सारी बात बताई। फिर महिला से उसके भाई के बारे में विस्तार से पूछा। वह रुदन और हिचकियों के बीच ही अपने भाई की कहानी बताने लगी। सोम एक्का धैर्य से उसे सुन रहा था और सामने रखे रजिस्टर पर कुछ नोट करता जा रहा था।

जब दोनों की बातचीत ख़त्म हुई, सोम एक्का ने देखा, सब लोग चारों ओर से कुर्सियाँ लगाकर बात समझने की कोशिश कर रहे थे। सोम एक्का ने कहा, "उसका असली नाम शिव कुमार दास है। वह उड़ीसा के भद्रक ज़िले का था। परिवार काफ़ी ग़रीब था। माँ नहीं थी। बाप चौबीसों घंटे गाँजे के नशे में रहता था। इसलिए वह दसवीं के पहले ही घर छोड़कर निकल गया। उसने बहन के अलावा किसी से कोई सम्पर्क नहीं रखा। वह बता रही थी, सोने से पहले भाई एक बार उसको ज़रूर फ़ोन करता था। वह एक-एक बात बताता था। बोली, वो आ रही है। भैया की लाश तुम लोग जलाना मत।"

"तुम क्या बोले?" जगत मिश्रा ने पूछा।

"बोल दिए, तीन दिन बॉडी पर दावा करने जब कोई नहीं आया तो हम लोग क्या करते? सारे पेपर में हम लोगों ने विज्ञापन दिया था। दो दिन के विज्ञापनों के बाद भी जब उसके परिवार का पता नहीं चला तो हमने हिन्दू रीति-रिवाज़ से उसको जला दिया। लाश सड़ने के लिए थोड़ी न छोड़ते?" सोम एक्का ने कहा।

"हूँ...तो घर छोड़कर वह सीधे इसी शहर में आया था?" जगत मिश्रा ने जानना चाहा।

"नहीं...यहाँ तो काफ़ी बाद में आया। घर से निकलकर वह सबसे पहले कटक गया। फिर शिमोगा गया। एलेप्पी गया। तिरुपति, महाबलेश्वर, देवघर—कई जगहों पर बरसों भटका। वह बताई, उसने बर्तन धोने, फूल बेचने, नारियल काटने, मुर्गा काटने से लेकर इडली बेचने, खोवा बनाने जैसे दर्जनों काम किए और अन्त में बोधगया में एक बुज़ुर्ग भिक्षुक और होम्योपैथ के ज्ञाता आदमी की सेवा-टहल में लग गया। वहीं उसकी मुलाक़ात यमुना राय से हुई। यमुना राय अपनी पत्नी के लिए दवाई उसी भिक्षुक के पास से बनवाता था। यमुना राय जब भिक्षुक के यहाँ जाता, शिव कुमार उसकी बहुत ख़ातिरदारी करता।"

"मतलब, उसकी बहन यमुना राय को जानती है?" जगत मिश्रा ने पूछा।

"हाँ...उसने यमुना राय के बारे में अपनी बहन को बताया था। यमुना राय ने ही उसे अपने नए बने मन्दिर में पुजारी के काम के लिए कहा। पहले उसने मना कर दिया कि वह निचली जाति का है। उसको पूजा-पाठ नहीं आता। यमुना राय बोला कि वह सब सँभाल लेगा और उसे इस काम के लिए वेतन भी देगा। उसे बस लोगों से हिसाब से बोलना है और पूजा उड़िया में करवानी है। उसकी बहन बोली, उसने अपने भाई को काफ़ी मना किया, लेकिन उसने सिर पर छत और पैसे के लिए पुजारी बनना स्वीकार कर लिया। शुरू में जब मन्दिर नया था और चढ़ावा कम आता था, यमुना राय उसको ख़र्चे-पानी के लिए कुछ पैसे देता था। बाद में लोगों की भीड़ बढ़ने लगी और चढ़ावा ज़्यादा आने लगा, लेकिन पुजारी का पैसा नहीं बढ़ा। यमुना राय प्रतिदिन शाम को दान-पेटी की चाभी लेकर आता और सारे रुपए इकट्ठे कर पुजारी के हाथ में खाना-खुराकी के लिए कुछ पैसे छोड़ बाक़ी सब अपने पास रख लेता। उसकी बहन ने कहा, उसके भाई को यमुना राय ने चुना ही इसलिए था कि उसे एक

सीधा-साधा, ईमानदार और सस्ता मज़दूर चाहिए था जो उसकी हर बात माने। यज्ञ, हवन, बलि आदि से मन्दिर का काम और आमदनी बढ़ती गई, लेकिन पुजारी का हिस्सा नहीं बढ़ा। पुजारी ने कभी कोई शिकायत नहीं की, लेकिन मन्दिर में पैसे की बढ़ती आवक देख वह मन-ही-मन अपने लिये थोड़े पैसे और चाहता था ताकि बुढ़ापे में गलियों में बैठकर माँगना नहीं पड़े। उसने नवनीत नाम के एक श्रद्धालु की सहायता से एक बैंक अकाउंट भी खोलना चाहा था। "बैंक का वही आदमी, जिसको अभी आपने पुजारी के मोबाइल से कॉल किया था।" सोम एक्का ने जगत मिश्रा को याद दिलाते हुए कहा।

"हाँ...हाँ..." जगत मिश्रा ने सिर हिलाया।

"लेकिन यमुना राय पैसे बढ़ाना तो दूर, उल्टे पुजारी पर शक़ करने लगा कि वह लोगों को दान पेटी की बजाय सीधे अपने हाथों में पैसे देने के लिए प्रोत्साहित करता है। इस किच-किच से परेशान पुजारी कई बार अपने उसी भिक्षुक मालिक के पास वापस लौट जाना चाहता था, लेकिन इतने सालों में देवी से हुए लगाव और लोगों से मिले मान-सम्मान ने उसे लौटने नहीं दिया। जीवन में इतना आदर उसे पहले कभी नहीं मिला था। उसे यह भी नहीं मालूम था कि उसका भिक्षुक मालिक जीवित है या मर गया? बहन बोली, उसने बहुत समझाया, यह झूठ का धन्धा अच्छा नहीं है। एक दिन वह पकड़ा जाएगा। वह उसे भद्रक वापस बुलाती रही, लेकिन पुजारी मन्दिर छोड़कर कहीं नहीं गया। वह अपनी बहन से कहता था, लोगों को उसकी सादगी और भाषा लुभाती है। एक अलग-सी भाषा में देवी की उपासना करने से श्रद्धालु उसे सिद्ध महात्मा समझते हैं। उसकी लोकप्रियता इसलिए भी बढ़ी है कि वह कभी किसी से मुँह खोलकर दक्षिणा नहीं माँगता। इन्हीं वजहों से दूसरे मन्दिरों के बरसों-बरस के सैंकड़ों श्रद्धालु इस नए मन्दिर की ओर शिफ़्ट हो गए थे, लेकिन इसी यश के कारण दूसरे पुजारी उसको बाहरी और अपनी रोज़ी का दुश्मन भी समझने लगे थे।"

"जैसे कौन? उसकी बहन ने किसी के बारे में कुछ कहा क्या?" जगत मिश्रा ने बीच में रोक कर पूछा।

"हाँ, कोई लबदा भैया है। शहर का बड़ा पंडित। शिव चर्चा कराता है। उसने पुजारी को कई बार धमकाया था।" सोम एक्का ने नोट किए हुए काग़ज़ में से कुछ देखते हुए कहा।

"क्या कहकर धमकाया था?" जगत मिश्रा ने पूछा।

"इतना तो उसकी बहन ने नहीं बताया, लेकिन बोली कि जब-तब वह फ़ोन करके धमकाता रहता था और शहर छोड़कर चले जाने के लिए कहता था।" सोम एक्का बोला।

"मतलब, कॉल लॉग में जो दो नम्बर सेव नहीं हैं, उसी में से कोई एक लबदा का होना चाहिए। दोनों नम्बरों का कॉल डिटेल निकलवाकर देखो।" जगत मिश्रा ने सोम एक्का के हाथ से मोबाइल लेते हुए कहा।

"हाँ, लेकिन यमुना राय वाली बात पूरी नहीं हुई, सर।" सोम एक्का ने याद दिलाया।

"बताओ...।"

"वह बोली, पैसे में गड़बड़ी के इल्ज़ाम की वजह से जो तनाव था, वह तो था ही। एक रोज़ यमुना राय को मन्दिर के कलश से सौ के नोटों की एक गड्डी मिली। जमुना राय को पुजारी पर शक़ पहले से था। सबूत मिल गया। पुजारी उसे समझाता रहा, रुपए किसी श्रद्धालु ने रखे होंगे। इसमें उसका कोई हाथ नहीं है, लेकिन यमुना राय उससे बार-बार यही पूछता रहा कि बाक़ी पैसे कहाँ छुपाए हैं? उसकी बहन बता रही थी, उस दिन शराब के नशे की ज़ोर में यमुना राय उसको मार ही डालता, लेकिन मन्दिर के बाहर पहले से लड़ते कुछ पियक्कड़ों के हो-हंगामे ने उसे बचा लिया। उसके बाद से पुजारी ने यमुना राय से बात करनी बन्द कर दी।"

"लेकिन इतनी मारपीट के बाद भी पुजारी यहाँ से गया क्यों नहीं?" सुबोध उपाध्याय को आश्चर्य हुआ।

"वह प्यार में था। दोनों दूर भागने की फ़िराक़ में थे, लेकिन उसके

पहले ये सब हो गया।" सोम एक्का को सब ऐसे ताक रहे थे जैसे उसने उनकी चलती मोटरसाइकिल का अगला ब्रेक दबा दिया हो।

"लड़की कौन थी?" जगत मिश्रा ने अधीरता से पूछा।

"लड़की नहीं, उसी मोहल्ले की औरत है। पति ने छोड़ दिया तो यहीं मायके में रहती है। अभी तो हम लोगों ने उसको कॉल किया था।" सोम एक्का ने रहस्य के मारे मुस्कराते हुए कहा।

"बबिता...? जिसने फ़ोन काट दिया...?" जगत मिश्रा ने हँसते हुए बहन की गाली देकर ताली मारी। उनके चहरे की चमक देखकर प्रतीत हो रहा था मानो उन्होंने केस सुलझा लिया हो।

"मतलब, समय पर पुजारी का मर्डर नहीं होता तो दोनों भाग जाते। मतलब, उस स्थिति में भी औरत के घरवालों की तरफ़ से अपहरण या गुमशुदगी का एक केस हम लोगों को झेलना पड़ता।" अवधेश शर्मा हँसने लगा।

"हाँ...लेकिन मर्डर से अच्छा था, बेचारा भाग जाता। घर बस जाता उसका।" सोम एक्का ने उसकी हँसी के जवाब में कहा। 'ठी-ठी' कर हँसता हुआ अवधेश शर्मा यह सुनकर चुप हो गया।

9

सुबह के आठ बजे थे। सड़क पर स्कूली बच्चों की गाड़ियों और रिक्शों का कब्ज़ा था। पुलिस की जीप आधे घंटे में रेंगती हुई तीन माले की एक आलीशान घर के सामने रुकी। यह मिहिर सिंह का घर था, जहाँ बबिता रहती थी। पुलिस की गाड़ी रुकते ही आसपास के घरों के लोग अपनी छतों से झाँकने लगे।

आज से पन्द्रह-बीस साल पहले शहर के क़रीब चालीस फ़ीसदी घर मिहिर सिंह की हार्डवेयर की दुकान से बने थे। हार्डवेयर का जो सामान कहीं नहीं मिलता, मिहिर सिंह की दुकान में मिल जाता था। घर में चार लोग थे। पत्नी, जो सप्ताह के हर दिन किसी-न-किसी व्रत के नियमों में

बँधी होती थी। एक बेटा, जिस पर दस-बारह साल पहले मारपीट के दो केस दर्ज हुए थे, लेकिन वो पन्ने अब रजिस्टर में मौजूद नहीं हैं और एकलौती बड़ी बेटी बबिता। अड़तीस साल की लम्बी, थोड़ी गदबदी और पके अमरूद-सा पीलापन और अंडाकार चेहरेवाली महिला, जो हिंसक पति से अलग होने के बाद से यहीं रहती थी, जगत मिश्रा और उनकी टीम इसी को ढूँढ़ते हुए यहाँ पहुँची थी।

जगत मिश्रा एक सजे-सजाए ड्राइंगरूम में सोफे पर धँस गए। मिहिर सिंह हाथ बाँधे खड़े थे। घर आई पुलिस को देख माँ, बेटे या पिता के चेहरे पर आश्चर्य, डर, परेशानी, हड़बड़ी जैसी किसी भी भाव की अनुपस्थिति से ज़ाहिर होता था, इन्हें सम्भावित पूछताछ का अन्देशा था और वो इसके लिए तैयार थे।

बबिता बिना बुलाए ड्राइंग रूम में आ गई।

"मैंने आप लोगों को थाने नहीं बुलाया। लेडीज़ मैटर मानकर आप लोगों को रियायत दी। अब आपकी ज़िम्मेदारी है, मुझे सब सच-सच बताइए।" जगत मिश्रा ने समझाइश के स्वर में कहा। मिहिर सिंह और उनका बेटा एक साथ कुछ बोलने को हुए कि जगत मिश्रा ने उन्हें हाथ उठाकर चुप करा दिया, "इनको बोलने दीजिए।"

बबिता काफ़ी देर तक कुछ नहीं बोली। सिंगल सोफे पर बैठी अपने पैर के अँगूठे से टाइल्स चमकाती रही। जगत मिश्रा ने दुबारा कहा, "अगर आप नहीं बोलिएगा तो मामला ज़्यादा खिंचेगा। पुजारी जी से कैसा परिचय था आपका?"

"परिचय जैसा कुछ ख़ास नहीं था। मन्दिर जाती थी तो प्रणामपाती हो जाता था।" पिता मिहिर सिंह ने हस्तक्षेप किया।

"बोला न, इनको बोलने दीजिए। आप लोगों से अलग से बात करूँगा।" जगत मिश्रा ने अबकी थोड़े ग़ुस्से से कहा।

बबिता सहम गई। "बहुत ज़्यादा परिचय नहीं था।" महीन धागे की-सी आवाज़ में वह पहली बार कुछ बोली।

"फिर एक ही दिन में आपके नम्बर पर पंडित जी का पाँच-पाँच कॉल कैसे आता था?" जगत मिश्रा ने सवालिया नज़रों से बबिता को देखा।

"पंडित बदमाश आदमी था। इसके पीछे हाथ धोकर पड़ा था।" पिता मिहिर सिंह दुबारा बीच में बोल पड़े।

"फिर ये उस बदमाश आदमी को इधर से दिन में पाँच बार कॉल क्यों करती थीं?" अबकी कमरे में एक चुप्पी छा गई।

"इसलिए बोल रहा हूँ, सच बोलिए। इसी में आप लोगों की भलाई है।" जगत मिश्रा बोले।

थोड़ी देर की इस चुप्पी के बाद किसी व्रत के उपवास के असर में बेहद कमज़ोर आवाज़ में उसकी माँ बोली, "उस पंडित की नीयत बबिता पर ख़राब थी। बबिता इधर से फ़ोन करके उसे कहती थी कि मेरा पीछा छोड़ दीजिए, लेकिन वह मानता नहीं था। प्रसाद देने के बहाने घर तक चला आता था।"

"इसलिए आप लोगों ने उसे रास्ते से हटा दिया?" जगत मिश्रा ने बबिता के माँ, बाप और भाई की तरफ़ देखते हुए दो टूक में पूछा। "आप लोग दो मिनट के लिए बाहर जाइए।"

जगत मिश्रा पास रखी पानी की बोतल शान्त बैठी बबिता की ओर बढ़ाते हुए बोले, "देखो, पुजारी ने अगर तुम्हारे साथ कुछ बुरा किया है तो बेझिझक बोलो। यह मामला यहीं ख़त्म हो जाएगा।"

वह पूर्ववत् सिर झुकाए बैठी रही।

"लेकिन अगर इन लोगों ने पुजारी के साथ कुछ गड़बड़ किया है तो तुमको डरने की बिलकुल ज़रूरत नहीं है। तुम बस सच बोलो।" सुबोध उपाध्याय ने जोड़ा, "पुजारी के लिए तुम्हारे मन में कुछ भी था, तो बता दो। हम लोग तुम्हारी तरफ़ ही रहेंगे।"

अचानक बबिता सिसकने लगी। आँसुओं और नाक से चल रहे पानी से उसका चेहरा पूरी तरह भीग गया। जगत मिश्रा उसे चुप कराकर कुछ पूछते कि उनका मोबाइल बजने लगा। उन्होंने कॉल रिसीव किया तो अचानक

खड़े हो गए और लगातार 'जी...जी' करने लगे। वह बबिता को रोता और भौंचक्का छोड़ पूरी टीम के साथ घर से निकल गए। बाप-बेटे छाती पर हाथ बाँधे कुटिल मुस्कान के साथ उन्हें जाते हुए देख रहे थे।

10

इस बार यमुना राय को बुलाया नहीं गया, सीधे पुलिस की जीप धड़धड़ाते उसके घर पहुँची। उसे थाने लाया गया। थाने में एक बार फिर से वह उसी कुर्सी पर था, जगत मिश्रा के ठीक सामने। बस, इस बार जगत मिश्रा के तेवर बदले हुए थे।

"कहते हैं, मनुष्य चला जाता है, उसका नाम रह जाता है। बेचारे पुजारी को यह सुविधा भी नहीं मिली। आदमी बेनाम मर गया। आपने हमें पुजारी का नाम नहीं बताया, लेकिन हम आपको बता देते हैं, शिव कुमार दास। उड़ीसा के भद्रक ज़िले के निवासी थे। अब आप सीधे से बता दीजिए कि पूरा मामला क्या है? हम बस आपके मुँह से सुनना चाहते हैं।" जगत मिश्रा ने इस ठंडेपन से कहा कि सामने रखी गर्म चाय से भाप उठनी बन्द हो गई।

"आप मुझ पर बेकार में शक कर रहे हैं, सर। यह सरासर जायसवाल का काम है। मुझे पहले से लग रहा था कि वह कुछ-न-कुछ करेगा। आप उसे टाइट कीजिए, सब उगल देगा।"

"जायसवाल क्या चीज़ है? टाइट करेंगे तो आप भी उगल देंगे कि कैसे बोधगया से शिव कुमार दास को उठाकर पुजारी बना दिया...कैसे मन्दिर के ज़रिए जेब भरते रहे...कैसे बात बिगड़ी तो पुजारी को रास्ते से हटा दिया। हमें तो यह भी पता है, वो त्रिशूल कहाँ से आया था...?" जगत मिश्रा हँसे।

"बाबा प्रणाम, हम थाने में हैं। प्रभारी महोदय बैठे हैं। एक बार बात कर लीजिए।" यमुना राय ने जाने कब किसी को कॉल लगा दिया था। उसने स्पीकर ऑन कर मोबाइल जगत मिश्रा की ओर बढ़ा दिया।

"मिश्राजी, सनोज तिवारी बोल रहा हूँ। अभी यमुना को जाने दीजिए। मैं कल आपसे बात करता हूँ।"

यह विधायक तिवारी बाबा की आवाज़ थी जो पिछले दो चुनावों से लगातार जीतते आ रहे थे। क्षेत्र भर में गायों के लिए बनाए गए विश्रामगृहों और गो-भोजनालयों जैसे उनके अनूठे क़दमों को देखते हुए प्रधानमंत्री ने पिछले साल उन्हें प्रदेश का श्रेष्ठ विधायक घोषित किया था।

"जी...जी.।" जगत मिश्रा बीच दुपहरिया पानी में तब्दील होती मीठी आइसक्रीम की तरह बोले।

11

पाँच बज रहे थे और शहर में हल्के उजाले और ठंड के सटीक समिश्रण से बनी शाम उतरी थी। शाम को समोसे और रसगुल्ले खाना शहर के पुरुषों का शगल था, इसलिए हलवाइयों की दुकान के कड़ाह लगातार समोसे उगल रहे थे। जगत मिश्रा अपने लोगों के साथ लबदा पांडे से पूछताछ के लिए आए थे। आज गुरुवार था। सो, बंगाली मिठाई दुकान के ठीक ऊपर बने एक हॉल में लबदा पांडे महिलाओं के साथ शिव चर्चा में बैठा था।

जगत मिश्रा ने समय के सदुपयोग वास्ते बंगाली मिठाई दुक़ान से आठ समोसे मँगवाए। थाने के नाम पर बिना देरी के सखुआ पत्तों के दोने में आठ समोसे पोस्ते की चटनी के साथ हाज़िर थे। सोम एक्का ने समोसा टूँगते हुए कहा, "बंगाली दादा अपने समोसे में उबले आलू की जगह भुजिया और धनिया पत्ती की जगह भाँग के हरे पत्ते मिलाता है। इसलिए भीड़ लगी रहती है।" हँसी-मज़ाक़ शुरू ही हुआ था कि लबदा पांडे सीढ़ियों से उतरता दिखा। पचपन की उम्र का घुटे सिर और बड़े पेट वाला एक आदमी नील में डूबे धोती-कुर्ता में उनके सामने था। लबदा पांडे ने जगत मिश्रा को देखकर हाथ जोड़ लिए।

"समोसा खाएँगे, पंडीजी?" जगत मिश्रा ने गर्म समोसे को सफलतापूर्वक

फोड़कर उससे निकले भाप और उसकी बेजोड़ महक को अपने नथुनों में महसूस करते हुए कहा।

लबदा पांडे वापस हाथ जोड़कर बोला, "आज उपवास है। आप लोग लीजिए, लेकिन अच्छा होता, सब लोग ऊपर हॉल में आराम से बैठ कर खाते।"

शिव चर्चा ख़त्म हो गई थी। महिलाएँ लोहे की पुरानी पतली घेरेदार सीढ़ियों के सहारे एक-एक कर हॉल से उतर रही थीं। जगत मिश्रा ने कहा, "हमने पुजारी जी के मोबाइल में आपका नम्बर देखा तो आपको कॉल किया, लेकिन आपने हर बार काट दिया। आज जब दूसरे नम्बर से कॉल गया, तो आप भूल से उठा लिए। बात क्या है? क्या छिपा रहे हैं?" जगत मिश्रा समोसे से निकले गर्म आलू को ठंडा करने के लिए फूँक मारते हुए बोले।

"पंडित जी को पहचानते हैं?" सोम एक्का बोला।

"बहुत भले व्यक्ति थे, सर।" लबदा पांडे आसमान की तरफ़ आँखें कर दु:ख व्यक्त करते हुए बोला।

"थे मतलब? क्या हो गया उनको?" अवधेश शर्मा ने नकली जिज्ञासा से पूछा। "इसका मतलब आपको मालूम है पंडित जी मर गए? हाँ, आपको तो मालूम ही होगा।" उसने व्यंग्य किया।

"कैसी पहचान थी उनसे?" जगत मिश्रा ने पूछा।

"हम लोग एक ही क्षेत्र के लोग हैं तो साथ उठना-बैठना चलता रहता है, सर। वह ज्ञानी आदमी थे। उनसे बहुत कुछ सीखने को मिला।" लबदा पांडे चेहरे पर भरसक शोक लाते हुए बोला।

"बहुत कुछ सीखने को मिला, इसलिए आप गुरुदक्षिणा में ऐसे मैसेज लिखते थे?" जगत मिश्रा ने पुजारी के मोबाइल का एक मैसेज निकालकर उसके सामने रख दिया। रोमन में लिखा था, 'भोंड़ी वाला साला पंडित... औकात में रहो। नहीं तो मारेंगे कि पता भी नहीं चलेगा।'

"क्यों? आपके ही नम्बर से मैसेज भेजा गया है न? ऐसे आठ मैसेज और हैं। दिखाऊँ?" जगत मिश्रा बोले।

लबदा पांडे के चेहरे पर पहली बार विचलन दिखा। "गुज़र चुके आदमी के बारे में बुरा नहीं बोलना चाहिए। इसलिए कुछ नहीं बोलूँगा, सर, लेकिन पंडित जी के कारण बाबा का बहुत नुकसान हो रहा था।"

"तिवारी बाबा का क्या नुकसान हो रहा था?" जगत मिश्रा को आश्चर्य हुआ।

"तिवारी बाबा का नहीं, भोले बाबा का। पहले शिव चर्चा से शहर की हज़ारों औरतें जुड़ी हुई थीं। पंडित जी की वजह से केवल सौ-पचास बचीं। बाक़ी सब देवी भक्त हो गईं। सबको लगता, वो सिद्ध महात्मा हैं। दो महीने पहले पंडित जी ने लोगों की सहायता से मन्दिर के पास देवी का एक बड़ा कार्यक्रम किया था। उसी दिन शिव चर्चा के लिए भी ज़िले भर से लोग जुटने वाले थे, पर सारी भीड़ पंडित जी के कार्यक्रम में चली गई। उस बाहरी आदमी ने शहर के सारे पुजारियों का काम ख़राब कर दिया। हनुमान मन्दिर, छठ तालाब मन्दिर से लेकर बड़का मन्दिर तक सबका काम ठप्प हो गया। आप किसी भी मन्दिर के पुजारी से पूछ लीजिए, सब यही बात कहेंगे। आज स्थिति यह है कि शिवरात्रि और सावन की सोमवारी को छोड़ पूरे साल पचास लोग भी शिव मन्दिर में झाँकने नहीं आते।" लबदा पांडे के चेहरे पर पुजारी की मौत का कोई अफ़सोस नहीं था।

"आप एकदम ठीक पेले गुरूजी उस मद्रासी को।" बगल में दरी मोड़ता अपने नाप से बड़े आकार का शर्ट पहने और उसके नीचे अजीब ढंग से लुंगी बाँधे पैंतीस साल के एक आदमी ने दाँत निपोरकर हँसते हुए कहा। जगत मिश्रा को इस क़िस्म के हस्तक्षेप से बहुत चिढ़ थी, लेकिन उसकी बात सुनकर उन्होंने उसे अपने पास बुलाया।

"कब पेले थे, आपके गुरूजी उस मद्रासी को?" जगत मिश्रा ने उससे पूछा।

"ये पागल है, सर। चाय-समोसे के चक्कर में कुर्सी-दरी समेट देता है, इसलिए इसको रखे हैं।" अवधेश शर्मा ने उसकी ओर ग़ुस्से से देखते हुए आँखों से ही जाने क्या इशारा किया कि वह हँसना छोड़ डर से सुबकने लगा और वहीं ज़मीन पर बैठ गया।

"तो पंडित जी ने आपका मार्केट ख़राब कर दिया था, इसलिए उनको देवी के पास भेज दिए?" जगत मिश्रा समोसे के साथ मिली मिर्च को कच्च-से आधा काट सुसुआने लगे।

"शिव...शिव...ये क्या कह रहे हैं, सर...? ठीक है, वह हमें पसन्द नहीं थे, लेकिन इसका ये मतलब नहीं हम उनको मरवा दिए। आप भी ब्राह्मण हैं, हम भी ब्राह्मण हैं, फिर ऐसे निराधार आरोपों का क्या तुक?"

"आरोप नहीं लगा रहे, गवाह सामने बैठा है। रोते हुए पागल आदमी को मैंने झूठ बोलते नहीं देखा है।" जगत मिश्रा ने उस सुबकते आदमी की ओर इशारा कर कहा।

"मतलब, अब आप इस पगलैट आदमी पर भरोसा करेंगे? मेरे बारे में पूछना है तो इनसे पूछ लीजिए।" कहते-कहते लबदा पांडे ने किसी का नम्बर मिला दिया, "बाबा प्रणाम। लबदा हैं। थाना प्रभारी आए हैं। पकड़कर ले जा रहे हैं।" लबदा पांडे ने रिरियाते हुए कहा।

उस तरफ़ विधायक तिवारी बाबा थे। जगत मिश्रा ने आश्चर्य से लबदा पांडे को देखा जो अब दुखियारे का रूप छोड़ तनकर बैठ गया था।

12

शाम के साढ़े सात बज रहे थे और शहर जेनरेटर और इनवर्टर के सहारे भकभुका रहा था। थाने से निकलकर जगत मिश्रा अकेले तिवारी बाबा के बँगले की ओर चल पड़े थे। बिजली गुल होने के बावजूद दूर से दिख रही रौनक़ और लोगों की भीड़ तिवारी बाबा के बंगले का पता बता रही था।

तिवारी बाबा ने जगत मिश्रा को बहुत दुलार से बिठाया और पास खड़े आदमी से व्हिस्की का गिलास मँगवाया। वहाँ कई कार्यकर्ता मौजूद थे और खाने-पीने की व्यवस्था देख रहे थे। उठ रही सोंधी महक से लग रहा था, लिट्टियाँ सेंकी जा रही थीं। यह दुर्लभ संयोग था जो तिवारी बाबा यहाँ थे। नहीं तो इनका स्थायी ठीया राँची और दिल्ली था।

"एक मर्डर से इतना क्यों परेशान हैं, मिश्रा जी? कितने समय बाद तो हुआ है? उन ज़िलों के बारे में सोचिए, जहाँ हफ़्ते-दस दिन में भीड़ एक लाश गिरा दे रही है।" तिवारी बाबा बोले।

"जहाँ रोज़ का है, वहाँ ये नॉर्मल हो गया है, पर यहाँ मर्डर अब भी बड़ी बात है, बाबा।"

"ठीक है, पर इतना भी लोड मत लीजिए। पुजारी फ्रॉड आदमी था। दलित होकर पंडित बना हुआ था। देवी को अपवित्र करने का दंड तो झेलना था।"

जगत मिश्रा सकते में आ गए। जब विशेष ताक़ीद करके थाने में सबको बताया था, पुजारी के दलित होनेवाली बात बाहर नहीं आनी चाहिए फिर भी बात बाहर निकल गई। मतलब, थाने में इनके लोग हैं जो इन्हें सूचना देते हैं। वह तुरन्त कुछ नहीं बोले। बस, व्हिस्की का गिलास घूरते रहे।

"जी, बाबा...मगर कुछ एक्शन तो लेना पड़ेगा न? एसपी सर का प्रेशर है।" जगत मिश्रा व्हिस्की चखते हुए बोले।

"लीजिए...बिलकुल लीजिए...किस पर शक़ है आपको? खुलकर कहिए।"

"फ़िलहाल तो यही तीनों दिख रहे हैं, बाबा।" जगत मिश्रा ने तीनों का नाम लेते हुए कहा।

"तीनों में सबसे ज़्यादा कौन?"

"पता नहीं। पोस्टमॉर्टम रिपोर्ट में मौत की वजह सिर पर लगी चोट है। किसी ने त्रिशूल से मारा है। मन्दिर से मिले फ़िंगर प्रिंट्स और इनके फ़िंगर प्रिंट्स की मैचिंग रिपोर्ट आनी बाक़ी है। देवी जाने कौन है?"

"इनमें से कोई नहीं है।" अचानक रूखे स्वर में तिवारी बाबा आगे की ओर झुकते हुए बोले। "यमुना को देख ही रहे हैं? पार्टी का कितना बड़ा समर्पित कार्यकर्ता है? उसका नाम आने से फ़ालतू में पार्टी पर बात होगी। यह ठीक नहीं है। दूसरे जो हैं, लड़की के फ़ादर मिहिर सिंह, वो व्यापारी संघ के सचिव हैं। व्यापारी आदमी हैं। पार्टी के बहुत काम आते हैं। उनकी

वजह से शहर का व्यापारी समुदाय हमेशा हमारे साथ रहा है। भले आदमी हैं। बेटी की इज़्ज़त का सवाल है। अब रही बात लबदा पांडे की, उस शिव के नाती को बहुत पहले से जानते हैं। बड़ा बक्लंडर आदमी है। पहले दिल्ली के एक बापूजी के लिए काम करता था। जब वो बापू एक रेप केस में जेल चला गया तो ये यहाँ शिव चर्चा शुरू कर दिया। एक बार उसको बोले, अपनी औरतों के बीच शिव चर्चा में मेरी चर्चा छेड़ दिया करो। हमने चुनाव के सन्दर्भ में कहा था वोट वास्ते, पर वह कुछ और ही समझ गया और एक रात मेरे राँची आवास पर दो महिलाओं को भेज दिया कि लबदा भैया ने सेवा के लिए भेजा है। हमने फ़ोन कर बहुत डाँटा उसको। उसके बाद से भांजे के नाम पर शराब दुकान के लाइसेंस के लिए पीछे पड़ा है। दुकान दिला भी दें, पर सारी शराब ख़ुद पीकर मर जाएगा।" गिलास की बची व्हिस्की को एक साँस में ख़ाली कर तिवारी बाबा पुनः बोले, "लेकिन इसमें उसको मत घसीटिए। धर्म से जुड़े लोगों का नाम अपराध में आने से धर्म की बड़ी हानि होती है और धर्म की हानि होने पर पार्टी को हानि होती है। किसी और का नाम नहीं दिया जा सकता?" तिवारी बाबा कुछ सोचते हुए पूछे।

"एक है महेन्द्र जायसवाल। यमुना के साथ मन्दिर की ज़मीन में इसका प्रॉपर्टी डिस्प्यूट है। ब्लॉक से काग़ज़ मँगवाए हैं। देखते हैं, क्या मामला निकलता है? जालसाज़ आदमी है। किसी भी रैयती ज़मीन का जाली काग़ज़ बना लेता है। जब ज़मीन का असली मालिक उस पर निर्माण कार्य शुरू करता है, ये अपने फ़र्जी दस्तावेज़ और लोगों को लेकर काम रोकने पहुँच जाता है। फिर सुलह-समझौते के बहाने लाख-पचास झटककर अपना दावा छोड़ देता है। यही इसका धन्धा है।" जगत मिश्रा बोले।

"फिर तो ठीक है। उठा लीजिए। वैसे, उन मुस्लिम लड़कों का क्या हुआ, जिन्हें आप रिमांड पर लिये हैं?"

"वो लोग बस प्रेशर कम करने के लिए हैं बाबा, ताकि हमें जाँच का समय मिल जाए। उन पर कोई केस टिकेगा नहीं। कुछ करने की कोशिश भी करें तो लगेगा ज़बरदस्ती लिंक किया गया है।" जगत मिश्रा ने नकार में

सिर हिलाते हुए कहा।

"हाँ...लेकिन कोशिश करके देखिए। अगर ऐसा हो पाए तो पार्टी का बेस बढ़ेगा। चुनाव हों न हों, माहौल बना रहना चाहिए।"

"आप परेशान न हों। मैं हैंडल करता हूँ, बाबा।" जाने क्या सोचते हुए सामने आ चुकी गर्म लिट्टियों में घी डालने के लिए जगत मिश्रा ने उन्हें फोड़ दिया। भाप-सी उठी और उनकी उँगलियाँ जल गईं। उन्होंने झट-से अपना कान छू लिया।

"पुजारी के दलित होने की बात एसपी को पता नहीं चले मिश्रा जी, नहीं तो वो ख़ुद दिलचस्पी लेने लगेंगे। अपनी जात-बिरादरी को लेकर बहुत संवेदनशील हैं मीना जी।" पता नहीं यह गालों के बीच दबी गर्म लिट्टियों की वजह से था या अपनी बात में छिपे किसी संकेत की वजह से, तिवारी बाबा का मुँह मुस्कराने जैसा हो गया।

"उनको कोई दिलचस्पी नहीं है इस शहर में। वो ट्रांसफर करवाकर जयपुर भागने के चक्कर में लगे हैं।" जगत मिश्रा ने लिट्टी चबाते हुए कहा।

13

पुजारी की मौत के बाद की यह सातवीं सुबह थी। फ़िंगर प्रिंट्स की रिपोर्ट आ गई थी। कोई मैच नहीं मिला था। भद्रक से पुजारी की बहन जयमाला पिछली शाम पहुँच गई थी और एक मन्दिर की धर्मशाला में ठहरी हुई थी। वह शाम में ही थाना आकर प्राथमिकी में अपना बयान जोड़ने की ज़िद कर रही थी। उधर प्रखंड कार्यालय में महेन्द्र जायसवाल के फ़र्ज़ीवाड़े के दस्तावेज़ तलाशे जा रहे थे। सबूत मिलते ही कई काम आसान हो जाने वाले थे।

लेकिन उस सुबह दो कॉल आईं। एक अच्छी, एक बुरी।

बुरी कॉल यह कि धर्मशाला से ख़बर आई, सीढ़ियाँ उतरते हुए पुजारी की बहन फिसलकर गिर गई और सिर फटने से उसकी मौक़े पर ही मौत हो गई।

अच्छा कॉल यह कि पुजारी की मौत का मामला सुलझ गया था।

अचानक थाने में सुषुप्तावस्था में रखा पुजारी का मोबाइल बजा था, जिस पर वहाँ मौजूद सारे सिपाही चौंक गए थे। जगत मिश्रा ने कॉल रिसीव किया।

"पंडित जी, प्रणाम।"

उधर से जिस आदमी ने कॉल की थी, उसने फ़ोन के दूसरी तरफ़ पंडित जी के होने की उम्मीद की थी। जगत मिश्रा ने अपना परिचय पंडित जी के दोस्त के रूप में दिया और थोड़ी देर में पंडित जी से बात करवाने की बात कही। फिर उसका परिचय पूछा। उस आदमी ने कहा, वह ताज़िया मोहल्ले से बरक़त बोल रहा है। वह मूर्ति बनाने का काम करता है। पुजारी जी ने उसे बुलाया था कि देवी की मूर्ति के एक हाथ का अँगूठा टूट गया है। उसे ठीक करना है, लेकिन जिस शाम वह मन्दिर पहुँचा, पंडित जी नहीं दिखे। वह मन्दिर में घुसकर उन्हें ढूँढ़ने ही वाला था कि एक आदमी ने उसे बाहर ही रोक लिया और पूछा, "कहाँ से आए हो?"

"ताज़िया मोहल्ले से।" हम हिचकिचाते हुए बोले।

उसने पूछा, "मोहम्डन हो?"

हम बोले, "हाँ।"

"इधर सुनो।" उस आदमी ने खैनी मुँह में दबाते हुए हमको बुलाया और ताबड़तोड़ मारना शुरू कर दिया। फिर कुछ लोग और आ गए। उन लोगों ने पूछा, क्या हुआ तो उस आदमी ने कहा, हम मन्दिर में घुसकर पेटी काट कर पैसे चुराने वाले थे। हम मूर्ति बनाने की बात सबको बताते रहे, लेकिन किसी ने कुछ नहीं सुना। भरदम मारा। संयोग कि उधर से फुटबॉल खेलकर लौट रहे आदिवासी लड़के आ रहे थे। उन लोगों ने हमें बचाया। हम डरकर उसी रात टाउन छोड़ दिए और अपने मामू घर चले गए। पूरे एक हफ़्ते हॉस्पिटल में बिताकर आज जब लौटे तो सोचे पंडित जी को ख़बर कर दें कि उस दिन हमारे साथ कितना बड़ा बवाल हो गया था?"

"लेकिन पंडित जी तो मर गए।" जगत मिश्रा ने कहा।

"हें...कैसे?" वह चिहुँक गया।

"सिर पर त्रिशूल लगने से।"

फ़ोन के उस तरफ़ उसका गला जैसे रुँध गया, "पंडित जी हमसे हँसकर कह ही रहे थे कि आकर अँगूठे को जाम कर दो। नहीं तो किसी दिन त्रिशूल मेरे सिर पर गिर जाएगा, मैं मर जाऊँगा।"

"लेकिन मूर्ति का एक ही हाथ कैसे डैमेज हुआ?" जगत मिश्रा ने जिज्ञासा जताई।

"त्रिशूल बहुत भारी था। पंडित जी कह रहे थे, लोग देवी के पैर छूने के साथ-साथ त्रिशूल को भी छूकर प्रणाम करते थे। उस पर माथा टेकते थे। जल चढ़ाते थे। टूटे नारियल का पानी गिराते थे। धागा बाँधते थे। एक दिन उसे कमज़ोर होना ही था। पंडित जी त्रिशूलवाले हाथ के ठीक नीचे आसन जमाने की बजाय थोड़ा हटकर बैठते तो बच जाते या उस दिन हम मार नहीं खाते और अँगूठे की मरम्मत कर दिए होते, तब भी वो बच जाते।"

14

अगले दिन जब चिंटू, बुत्तन, मोहसिन और शाद छोड़े गए, शाम को खुले आसमान के नीचे हँड़िया और चने के संग बैठे शाद ने उदास स्वर में कहा कि एक चोरी की इतनी सज़ाएँ पाकर वह आज़िज़ आ गया है और बस ज़िन्दगी की कहानी ख़त्म करना चाहता है। चिंटू ने कहा, वह मरना नहीं, लेकिन इस शहर को छोड़ देना चाहता है। मोहसिन ने कहा, शहर छोड़ने की जगह मर जाना बढ़िया उपाय है क्योंकि नए शहर में जाने पर इस शहर में हुए अपराध के साथ-साथ नए शहर में हुए अपराध की सज़ा भी भुगतनी पड़ेगी।

बुत्तन अख़बार में छपी पुजारी की अजीबोग़रीब दुर्घटना से हुई मौत की ख़बर पढ़कर हँस रहा था। उसने कहा, वह न मरना चाहता है, न इस शहर को छोड़ना चाहता है। वह थाना प्रभारी को धन्यवाद देना चाहता है। वे चारों भाग्यशाली हैं जो उन्हें ऐसा थाना प्रभारी मिला है। उसने अख़बार फैलाया और उस पर लेट गया। आसमान में अभी गिनती भर तारे थे। उन चुनिन्दा

तारों को गिनते हुए वह बुदबुदाया, "एक यमुना राय से, एक सिंह परिवार से, एक महेन्द्र जायसवाल से, एक लबदा पांडे से और एक हम चारों से। कम-से-कम पाँच लाख ज़रूर। पुजारी की मौत को संयोग वाले दुर्घटना के खाते में जाना ही था।

15

थाने में केस ख़त्म होने की ख़ुशी में व्हिस्की और चिली चिकन की पार्टी चल रही थी। सब नशे में झूम रहे थे। सोम एक्का लाइन से सबको बधाई कहता हुआ जब जगत मिश्रा के पास पहुँचा, चढ़ी आँखों से उन्होंने मुस्कराते हुए उससे पूछा, "अन्दाज़ा लगाओ, पुजारी की बहन को किसने मारा होगा?"

ऐन एंदेर हूँ मा नंजक़न*

इस अरबों की आबादी वाली दुनिया में एक बड़ी संख्या उनकी है, जो थोड़ी ख़ुशियों के बीच जन्म लेते हैं, चन्द उम्मीदों के सहारे पाले जाते हैं, कुछ आशाओं के साथ बड़े होते हैं और अन्त में तयशुदा गुमनामी में एक अनिवार्य मौत मर जाते हैं। दुनियावी मुहावरे में इनका कुछ भी उल्लेखनीय नहीं होता—न जन्म, न जीवन, न मृत्यु। जीवन के ख़तरनाक मोड़ों से ये इतने सताए हुए होते हैं कि इनकी पूरी उम्र बच-बचकर जीने में निकल जाती है।

एमैन्यूल इसी भीड़ का एक सदस्य था, जिसे उसके परिवार प्रेमी पिता फ़ैलिक्स भेंगरा ने सिखाया था कि जीवन सावधानी से जीने की चीज़ है, जैसे हम गोभी के पौधों को कीड़ों से बचाते हैं, जैसे अपनी मुर्गियों को बिल्लियों से। जीवन कच्ची शराब की तरह पी जाने के लिए नहीं है। इसे सेम के लतरों की तरह अच्छे से ऊपर की ओर चढ़ाना पड़ता है। सँवारना पड़ता है।

एमैन्यूल और उसका बड़ा भाई अब्राहम जब दुनियावी समझदारी से कई साल छोटे थे, जब उन्हें लगता था, केंकड़े भी उन्हीं के साथ बड़े होंगे

---

* शीर्षक कुड़ुख में, जिसका अर्थ है, 'मैंने कुछ नहीं किया'।

और उन्हीं के बराबर सोएँगे, हाथी बड़े होकर पहाड़ बन जाएँगे, तब से पिता फ़ैलिक्स उन दोनों को हर रात की नींद से पहले समझाते थे कि उन्हें उनके दादा और दादा को उनके दादा ने ठीक इसी तरह हर रात की नींद से पहले समझाया था कि हमें नींद में बहुत नीचे तक नहीं उतरना है। हमें जागते हुए सोना है। नींद हमें लापरवाह कर देती है। एक रोज़ शैतान जब वे अपना सब कुछ खाकर ख़त्म कर लेंगे, हमारी ओर ज़रूर आएँगे। हमें सावधान रहना होगा। सोते हुए हम अपने जंगल, भगत पहाड़ और एकलौती नदी जोपो को नहीं खो सकते।

एमैन्यूल पर बात करना किसी ख़रगोश पर बात करने की तरह है जो बाहर निकलने से पहले अपने कानों को पूरी क़ायनात की आवाज़ों को सुन लेने की हद तक खड़ा करता है। दुनिया का चप्पा-चप्पा देख लेने की हद तक आँखें नचाता है और रोम-रोम में चौकन्नापन और डर लिये जितनी जल्दी हो सके, हरी दूबों को अपने छोटे-से मुँह में समेटकर तेज़ी से अपनी झाड़ियों में वापस लौट आता है।

एमैन्यूल एक आसान से हिज्जेवाले शब्द की तरह आसान चेहरेवाला लड़का था। वह फ़ादर सोमोर द्वारा जुटाई गई अंग्रेज़ी, भूगोल और इतिहास की कुछ पुरानी किताबें, दो जोड़ी कपड़े और एक जोड़ी सस्ते जूते का मालिक था। वह जब अपने छोटे पैरों में बड़े हाँफते जूतों के साथ चलता, लगता, उसमें किसी अनजान बीमारी से ग्रसित मरीज़ की जम्हाई और मरने का इत्मीनान भरा है।

एमैन्यूल फ़ादर सोमोर के स्कूल में ही पढ़ा था, जो उसके गाँव से चार किलोमीटर दूर था। फ़ादर यह महसूस कर उसे बहुत प्यार करते थे कि एमैन्यूल की वजह से ही उनकी जान बची है। फ़ादर एक बड़े शहर में पादरी थे। वो हमेशा बीमार रहते थे। उन्हें डॉक्टरों ने बताया था कि उन्हें एक दुर्लभ बीमारी है, जिसमें उनकी आँतें समय के साथ सिकुड़ती जाएँगी। शहर की ज़हरीली हवा और दूषित खान-पान इस रोग को और बढ़ाएँगे। इसलिए बेहतर होगा, वे शहर छोड़ किसी जंगल में आजीवन बस जाएँ। ख़ुद से उगाई हुई

अनाज, सब्ज़ियाँ खाएँ और जीवन भर बकरी का दूध पिएँ।

फ़ादर ने तत्काल शहर छोड़ दिया था और जंगलों से घिरे एक क़स्बे में रहने आ गए थे। उन्होंने उस छोटे-से क़स्बे में चर्च की मदद से एक स्कूल की स्थापना की थी। कुछ समय बाद बकरी का दूध ढूँढ़ते हुए वह जंगलों के बीच स्थित एमैन्यूल के गाँव पहुँचे थे, जहाँ जल्द ही उनकी एमैन्यूल के पिता फ़ैलिक्स भेंगरा से दोस्ती हो गई थी। फ़ादर ने जब उन्हें अपनी दुर्लभ आँतों की बीमारी के बारे में बताया, एमैन्यूल के पिता दुखी हुए और बोले कि वह किसी भी हाल में उन्हें मरने नहीं देंगे। उन्होंने दूसरे दिन से ही एमैन्यूल को सुबह बकरी के दूध के साथ क़स्बे भेजना शुरू कर दिया था। एमैन्यूल के पिता अपने खेत की उगी हर अनाज, हर सब्ज़ियाँ फ़ादर को भेजते। वह इस बात से ख़ुश थे कि प्रभु ने उन्हें सेवा का मौक़ा दिया है और वह इसे हँसते हुए पूरा करेंगे।

लोगों के प्रेम से अभिभूत फ़ादर सोमोर जंगल आए तो यहीं के होकर रह गए। दो कमरों का स्कूल बनाया और बच्चों को पढ़ाना शुरू कर दिया। बच्चों के नाम पर शुरू में उनके पास बारह साल के किशोर एमैन्यूल और लिसा ही थे। लिसा एमैन्यूल के गाँव की ही लड़की थी और दोनों साथ बड़े हो रहे थे। इतनी बड़ी उम्र में उन्हें पहली कक्षा से पढ़ाना फ़ादर के लिए बड़ी चुनौती थी, लेकिन उन्होंने यह बीड़ा उठाया और सफल हुए। उम्र के तेइसवें साल में एमैन्यूल और लिसा ने दसवीं की परीक्षा दी और दोनों पहली श्रेणी से पास हो गए।

एमैन्यूल और लिसा जब नौवीं में थे, फ़ादर की सहायता के लिए शहर से एक नए नौजवान शिक्षक आए थे, सेबेस्टियन होरो। वह ख़ूबसूरत और काफ़ी कम उम्र के थे, एमैन्यूल और लिसा से महज़ चार-पाँच साल बड़े। वह उन दोनों को अंग्रेज़ी पढ़ाते थे। एमैन्यूल को अंग्रेज़ी समझने में दिक़्क़त होती, पर लिसा तेज़ी से सीख रही थी। सेबेस्टियन लिसा को बहुत मानते। कहते, उसे शहर जाकर नर्सिंग की पढ़ाई करनी चाहिए। रोगी के घाव और मल धोना प्रभु की सबसे सुन्दर रचना की देखभाल करना है।

और जिस दिन लिसा ने दसवीं पास की, सेबेस्टियन उसे साथ लेकर शहर चले गए।

लिसा के जाने के बाद एमैन्यूल एक साल तक बौड़मों की तरह जंगल में भटकता रहा। उसके सपनों के पौधे बड़े होने से पहले कुम्हला गए थे। लिसा उसकी बचपन की सहिया थी, जिसके साथ उसने जीवन का शुरुआती पाठ पढ़ा था, जिसके साथ उसे जीवन का शेष पाठ पढ़ना था, लेकिन इसके पहले वह उसे छोड़कर चली गई थी।

लिसा के शहर जाने के बाद अकेले बच गए एमैन्यूल को आगे पढ़ने के लिए समझाना कठिन था। फिर सामने आए फ़ादर। उन्होंने एमैन्यूल को बहुत समझाया, आर्थिक सहायता का आश्वासन दिया, रहने-खाने के इन्तज़ाम का ज़िम्मा लिया। तब जाकर एमैन्यूल शहर से बारहवीं की पढ़ाई के लिए तैयार हुआ था।

बाँस के पेड़ों से थोड़ी ही मोटी मौसी निर्मलिया, जिसने अपनी बड़ी बहन के जामुन के पेड़ से गिरकर मर जाने के बाद नन्हे एमैन्यूल को पाला था, कहती थी, "हम मगरमच्छों से भरे तालाब में जी रहे हैं। हमारा गाँव तालाब के उस कोने में है, जहाँ मगरमच्छ नहीं हैं, लेकिन शहर, जहाँ तुम जा रहे हो, वे हर जगह मौजूद होंगे। तुम्हें होशियार रहना होगा। प्रभु ने हमें जीवन एक काम को पूरा किए जाने की तरह सौंपा है। हमें इसे बिना ऊबे, बिना क्रोध किए समझदारी से पूरा करना है।"

एमैन्यूल को बस पर चढ़ाने के रोज़ चिन्तित पिता ने बहुत ज़ोर की बारिश के बावजूद धान के लिए खेत नहीं तैयार किया था। पंडुक पकड़ने गया बड़ा भाई अब्राहम उदासी में ख़ाली हाथ लौट आया था। रोती हुई मौसी खौलते पानी में मकई का अनाज डालना भूल गई थी और बाद में उसने खाने के समय सबको नमक लगा कच्चा पपीता परोसा था और एमैन्यूल, वह बस में सबसे पीछे कोने की सीट पर बैठा चौकन्ना, शहर की आगामी ज़िन्दगी के बारे में सोच रहा था। सोच रहा था, आज लिसा होती तो दोनों साथ शहर पढ़ने जाते।

शहर एमैन्यूल की उम्मीद से बड़ा था और एमैन्यूल उससे काफ़ी छोटा।

जीवन हो या कमरा, वह संसार की बहुत कम जगह घेरनेवाला लड़का था। आठ गुने आठ के लगभग नीम अँधेरे कमरे में जितनी रौशनी और हवा मौजूद होती, वह उतने से ही अपना काम चला लेता। घर के भीतर सीढ़ी के नीचे बना एक ठंडा और अँधेरा कमरा, जिसमें वह एक सुस्त बल्ब से निकलने वाले पके पपीते के रंग की रौशनी में रहता था। दिन में अमूमन बिजली नहीं होने पर उसके कमरे में भादों के घने बादलों वाले दिन की तरह का अँधेरा रहता। घर का मालिक दिन में बिजली काटकर रखता, ताकि बिल कम आए। उसे यह कमरा फ़ादर के कहने पर चर्च के माली ने दिलवाया था। यह शहर से निकलकर था और इसका किराया कम था। घर का मालिक, जिसका पेट बढ़ते-बढ़ते वलय की तरह उसके शरीर के चारों ओर समान रूप से फैल गया था, दिन भर अपने हैंडपम्प के सामने कुर्सी पर बैठा हुक्का पीता रहता। जब भी कोई एक बाल्टी से ज़्यादा पानी भरता, 'पानी का लेयर नीचे भाग जाएगा' कहकर वह चिल्लाने लगता। उसे लोगों के नहाने से सख़्त नफ़रत थी। साँस भी ज़रूरत के हिसाब से लेने वाले एमैन्यूल ने डरकर वहाँ नहाना ही छोड़ दिया था।

एमैन्यूल सुबह ही कमरे से निकल पड़ता था। रेलवे पटरी के उस पार पड़नेवाले गौरी तालाब में नहाता-धोता। वापस कमरे में आता और आठ बजे तक भरसक कोशिश करता कि क्रॉसिंग के पासवाली झोंपड़ी में गरम भात-सब्ज़ी खा ले ताकि बाद में रिक्शेवालों और मज़दूरों की भीड़ की वजह से खड़े होकर न खाना पड़े, जिसकी उसे आदत नहीं थी। खाकर वह कॉलेज के लिए निकल पड़ता।

सुबह कमरा छोड़ते ही उसकी मुठभेड़ बाहर बैठे घर के मालिक से होती, जो सुबह उठकर अपने शरीर को इस उम्मीद में झकझोरता रहता कि पिछले कल से उसके शरीर से मांस का वलय कम हुआ है। तब वह किसी गदराए भूरे सूअर की तरह धूल झाड़ता प्रतीत होता। एमैन्यूल को देख वो ख़ुद को झकझोरना छोड़ उसे जंग लगी आँखों से ऐसे देखता, जैसे उसने

दो बाल्टी पानी से कुल्ला किया हो। एमैन्यूल डरकर ख़रगोश की रफ़्तार से वहाँ से भाग जाना चाहता। वह घर से निकलकर सामने की लम्बी गली को तेज़ी से पार करता। उसे लगता, सब उसे ही घूर रहे हैं जबकि सिवाय घर मालिक के उसे वहाँ कोई नहीं पहचानता था। अपने कामों में मशगूल गली के लोगों के लिए जैसे सालों से एक ही जगह खड़े बिजली के खम्भे के बारे में सोचना बेमतलब था, जैसे गली के किसी कोने में सुस्ता रहे मरगिल्ले कुत्ते उनकी आँखों और ज़ेहन से ग़ायब थे, वैसे ही एमैन्यूल, कुछ पलों के लिए दिखनेवाले एक अदने-से लड़के की उनके लिए कोई अहमियत नहीं थी। जैसे उसके होने का पता सिर्फ़ उसके घर के मालिक को था, वैसे ही अगर अचानक वह किसी रोज़ शहर छोड़कर चला जाता तो यह बात सिर्फ़ उसका मालिक जान पाता, जब सुबह अपने शरीर को झकझोरने के वक़्त उसे नहीं पाता।

एमैन्यूल के चलने में जितना बचना शामिल था, उतना ही डरना भी। मौसी निर्मलिया जैसे हर क़दम उसके साथ चलती थी, कानों में फुसफुसाते हुए, “एमैन्यूल, मगरमच्छों से बचकर रहना है। हर आफ़त, हर मुसीबत से बचकर।”

एमैन्यूल सुबह खाना खाकर सीधे कॉलेज जाता। क्लास में पीछे की बेंच पर कोने में वहाँ बैठता, जहाँ उसके कमरे जितनी रौशनी मौजूद होती। इससे उसे अपने कमरे में होने का एहसास होता। दोपहर में जब भूख लगती, वह बिना कहीं भटके सीधे वापस रेलवे क्रॉसिंग की झोंपड़ी में आ जाता। खाना खाता। उसके बाद फिर से उसका वही एकान्त और वही नीम अँधेरा कमरा।

क्लास में पढ़ाई गई बातों को वह अपनी किताबों में ढूँढ़ता और मिल जाने पर बेहद ख़ुश होता। उसकी आँखें और किताबें, दोनों उस नीम अँधेरे की अभ्यस्त हो गई थीं। यह अभ्यास इस क़दर गहरा था कि इससे ज़्यादा रौशनी उसकी आँखों को चुँधिया देती।

कई बार रात के गहन सन्नाटे में उसका मन होता कि वह ज़ोर-ज़ोर

से पढ़े और सारा भूगोल रात में ही कंठस्थ कर ले। भूगोल पढ़ते हुए वह इस तथ्य से चौंक जाता कि नदियाँ लुप्त भी हो जाती हैं। उसे पढ़कर यक़ीन करने में दिक़्क़त होती कि हर सेकेंड में एक फुटबॉल के मैदान जितना जंगल कट जाता है। ग़ैर-जंगलों वाली जगह रेगिस्तान के बारे में पढ़ना उसे रात में ही अच्छा लगता था। जब कल्पनाओं में वह दूर तक रेत ही रेत और केवल कैक्टस की शान्त खड़ी झाड़ियाँ पाता, चकित हो वापस अपने जंगल की ओर भागता। यह सब पढ़ना एक साथ डराने और कौतूहल से भरने वाला होता। कई मर्तबा पढ़ते हुए वह इतना रोमांचित हो जाता कि बोल-बोलकर पढ़ने लगता, पर रात की नीरवता में बोलने का शोर इतना ज़्यादा होता कि वह अचानक अपनी ही आवाज़ से भय खा जाता। इसलिए भूगोल को उसने स्टेशन की ख़ाली बेंच पर बैठकर पढ़ने के लिए छोड़ दिया था। इतिहास को दिन में चारपाई का पैर पकड़कर पढ़ने में उसे ख़ूब मज़ा आता था। इतिहास की कहानियाँ चुपचाप पढ़ी जा सकने वाली बातें थीं। उसे सोच कर सिहरन होती कि वह और उसका समय इतने सारे युद्धों की पैदाइश हैं।

एमैन्यूल हर रविवार फ़ादर को पोस्टकार्ड लिखता, जिसमें शहर में मन नहीं लगने की बात हर बार एक ही तरीक़े से लिखी होती, जिसके जवाब में फ़ादर उसे हर बार अलग-अलग तरीक़ों से लिखते कि वह किसी तरह पढ़ने में मन लगाए। फ़ादर उसे बताते कि अब दूध लेकर अब्राहम आता है। वह दिन भर स्कूल में बच्चों के साथ खेलता है। अब वह जंगल कम जाता है। पुलिस ने बकरी चराने गए गाँव के तीन लड़कों को मार दिया है, यह कहकर कि वे उन पर हमला करने वाले थे, लेकिन उसके पिता फ़ैलिक्स ने जंगल जाना नहीं छोड़ा है। उन्हें जंगल से एक नया बीज मिला है, जिसके पौधों के आसमानी फूलों का चूरा बनाकर खाने से भूख ख़त्म होने का एहसास होता है। उसकी मौसी निर्मलिया ने एक मीठे पानी का झरना ढूँढ़ा है, पर वन विभाग के सिपाही उसे वहाँ तक नहीं जाने देते कि झरने का शीशे जैसा पानी गन्दला हो जाएगा। वे दुनिया के लोगों को घूमाने

के लिए यहाँ लाना चाहते हैं। एमैन्यूल यह सब पढ़कर दुखी हो जाता। वह हर बार फ़ादर को लिखता कि उसे भाई, पिता और मौसी की बहुत याद आती है उतनी ही, जितना वो अपने प्रभु को याद करते हैं। वह घर आना चाहता है। उसने लिसा की बकरियों से भी वायदा किया है कि वह उनकी लकड़बग्घों से रक्षा करेगा, पर फ़ादर उसके शहर में रहने को प्रभु की इच्छा बताते और उसे बिना ध्यान भटकाए पूरी ताक़त से पढ़ने को कहते।

फ़ादर उसकी तीन-चार चिट्ठियों का जवाब महीने-दो महीने में एक बार लिखते, जिसे पढ़कर वह अपने गाँव-जंगल और परिवार को याद कर अगले दो-तीन दिनों के लिए अजीबोग़रीब तरीक़े से बीमार पड़ जाता। सुस्त शरीर, धीमा बुखार और नियमित नीम अँधेरे के बीच उसे लिसा का चेहरा याद आता। उसे याद आता, इसी शहर के बड़े अस्पताल में वह सेबेस्टियन के साथ नर्स बनने आई थी। धीमे ज्वर वाले ऐसे दिनों में वह पूरी तौर पर लिसा की स्मृतियों के साथ होता।

वह उसे सोचता और अपनी चारपाई के चारों ओर बीमारी का भँवर बनता हुआ पाता।

साँझ ढलने को है। अब और मछलियाँ नहीं। वे सोना चाह रही होंगी। वह नदी के बीच में है। पारदर्शी जोपो के बीच में। वह मछलियाँ लेकर अपनी छोटी-सी चिड़ियानुमा नाव से घर जाने के लिए तट की ओर बढ़ रहा है। मौसी निर्मलिया के मुँह का कोई गीत उसने गुनगुनाने की कोशिश की है और आधा-अधूरा गाकर उसमें मगन हो गया है। ताड़ के पेड़ों के बीच इस ओर पीठ किए हुए साँझ के रंग की एक लड़की खड़ी है। वह लिसा है। वह उसकी परछाईं को भी पहचानता है। वह आवाज़ देता है। वह ज़ोर से आवाज़ देता है, पर वह पीठ फेरे हुए तेज़ क़दमों से भाग जाने जैसी चाल चलती है। यह क्या, जोपो नदी का पानी बढ़ रहा है। इतना सारा पानी? इतनी हवाएँ? अँधेरा गहरा रहा है। "लिसा..." वह गले की नसें उभर आने तक चिल्ला रहा है। वह उसकी आवाज़ सुनकर मुड़ आएगी। वह ज़रूर आएगी। उसने अपनी प्यारी नाव को ज़ोर से थपथपाया है। उसे

इस पर लिसा जितना ही यक़ीन है। वह अपनी आवाज़ खो देने की हद तक चिल्लाता है। "लिसा...।" उसके चिल्लाने में कन्द्रण है। वह एकबारगी थमती है। फिर मुड़ती है। मैं एमैन्यूल, तुम्हारा एमैन्यूल। वह एक नज़र देखती है और भाग जाती है। वह अपनी नाव वापस बीच नदी की ओर मोड़ लेता है। पानी बढ़ता ही जा रहा है। तेज़ हवाएँ शोर कर रही हैं। अँधेरा गहरा गया है। नाव डूबने को है।

चौंककर उसकी नींद टूट जाती। वह गटागट पानी पीता। बीच लोटे में उसे घर के मालिक की पानी सम्बन्धित हिदायत याद आती और वह लोटा रख देता। वह वापस लेट जाता और तय करता, वह यहीं पड़ा रहेगा पर इलाज के लिए उसके अस्पताल नहीं जाएगा।

ज्वर, अँधेरा, नींद और उसके अन्तहीन सपने।

हम्फ़-हम्फ़...। वह एक बड़ी मछली के पीछे, जो साँझ के रंग की है, छाती तक तेज़ बहाववाले पानी में भाग रहा है। वह मछली अपने पंख और छिलके किनारे पर छोड़ आई है। वह रोता-भागता पसीने-पसीने हो गया है। आँसुओं और पसीने की अधिकता से नदी का पानी नमकीन हो आया है। बीच नदी दोनों हाथों में पंखों और छिलकों को भीगने से बचाने के लिए उन्हें ऊपर उठाए हुए वह कह रहा है, "स्मृतियों की तरह अब इन पंखों और छिलकों को भी मेरे पास क्यों छोड़े जा रही हो? मैं इनका क्या करूँगा? तुम जाती हुई इन्हें भी लेती जाओ।" मछली एकबारगी रुकती है। फिर पलटती है। वह लिसा है। वह चिल्लाता उसके पीछे नदी के तेज़ बहाव की उल्टी दिशा में भागता है और नींद में बिलखकर जाग जाता है।

इन बेतरतीब सपनों के बीच वह जागता, फिर सोता, फिर जागता।

उन दिनों पूरा जंगल गाँव, बकरियाँ सब उन दोनों के प्रेम के गवाह थे। दोनों ने उत्तर के सबसे चमकीले तारे को अपने प्रेम में शामिल कर उसके सामने कबूला था, "हम जीवन के अन्तिम सालों तक प्रेम करेंगे और उन सालों तक हमारा प्रेम पलाश के लाल फूलों की तरह ही चटख बना रहेगा।" पहाड़ी चट्टानों की मज़बूती, सखुआ पेड़ों की गम्भीरता और

पोठिया मछली की ख़ूबसूरती, हमारे प्रेम में यह सब जीवन के आख़िरी सालों तक जाएगा। लिसा ने उसे भरपूर दुलारा था, "मेरे प्यारे एमैन्यूल... प्रभु का दिया अनमोल वरदान मेरा एमैन्यूल।" वह उसे गहरे तक चूमती और पूछती, वह उससे कितना प्रेम करता है? तब भगत पहाड़ जो एमैन्यूल को दुनिया का सबसे बड़ा पहाड़ लगता था, उसकी ओर इशारा कर वह कहता, उतना।

एमैन्यूल लिसा के साथ ही ख़ुश होता, उसी के साथ उदास और उसी के साथ परेशान भी। लिसा की ख़ुशी, उदासी, परेशानी सब उसकी अपनी थी। वह उसकी मुर्गियों के लिए भी परेशान हो सकता था, जो समय पर अंडे नहीं दे पाईं। उसके खेत में लगे गोभी के पौधों के लिए भी, जिनमें फूल नहीं आए। उसे पसन्द आने वाली पपीहे की आवाज़ के लिए भी, जो बोलना बीच में छोड़ उड़ गया या उस बकरी के बच्चे के लिए भी, जो आज शाम घर नहीं लौटा।

वह उसके बूढ़े पिता के साथ हल चलाने में उनकी सहायता करता। मकई काटने में मदद करते हुए वह उसकी माँ के लिए गीत गाता। बारिश और आँधी में बर्बाद हुए उनके घर की मरम्मत में हाथ बँटाता। और उसकी माँ के मन लायक साग बनाने के लिए कोहड़े के फूल इकट्ठा करने में पूरा दिन लगा देता।

वह सपने में सवाल करता। उसने दो बार दूध-सी सफ़ेद उसकी बकरियों को ख़ुद घायल होकर लकड़बग्घे से बचाया था। जब वह उसकी बकरियों-मुर्गियों से इतना प्रेम कर सकता था, तो लिसा से कितना करता? क्या वह लिसा को अंग्रेज़ी बोलनेवाले उस आदमी से कम प्यार करता? सेबेस्टियन ने उससे कहा था, वह शहर में उसे बड़े अस्पताल में नर्स की ट्रेनिंग दिलाएगा और वह मान गई थी। जब सेबेस्टियन ब्रदर बनने और आजीवन शादी न करने के प्रभु से किए संकल्प को नहीं निभा पाया, तो लिसा से किए गए वायदे को क्या निभाएगा?

सूखी पत्तियों के अनिवार्यत: गिर जानेवाले मौसम में जब चारों ओर

पहले से ही उजाड़ और उदास वातावरण बना था; सूखी, बेकार हवाएँ अनमने से चल रही थीं, लिसा एमैन्यूल को लेकर जंगल के उस हिस्से में गई थी, जहाँ लेटने लायक सपाट चट्टानें थीं। लिसा ने एमैन्यूल का हाथ अपने हाथ में लिया था और उससे कहा था कि अब वह उससे प्रेम नहीं कर पाएगी। यह कहकर वह चुप हो गई थी। एमैन्यूल को लगा था, उस रोज़ उसकी बकरियों के वास्ते लकड़बग्घे से लड़ते हुए क्यों नहीं उसने ख़ुद को थोड़ा ढीला छोड़ दिया था कि लकड़बग्घे के मृत्यु बाँटने वाले दाँत उसकी गर्दन में धँस जाएँ।

कुछ दिनों बाद जब वह जंगल में सेमल पेड़ के नीचे उसके फलों से उड़ते रोओं के बीच लकड़ियों के साथ लौटती लिसा द्वारा रोता हुआ पकड़ा गया था, लिसा ने उससे सान्त्वना में कहा था कि अगर वह उसे गर्मियों में खिले काले धान के हरे फूलों का गुलदस्ता लाकर देता है तो वो उससे ज़रूर प्यार करेगी। उसने सेमल के रोओं से उसके आँसू पोछे थे और अपने साथ वापस लेकर आई थी। बाद में बड़े भाई अब्राहम ने उसे बताया था, तब तक वह उससे प्यार कर रही थी, जिसको उसने बेहद आसान शर्त के रूप में बसन्त में खिले लाल पलाश के फूलों का गुलदस्ता लाने के लिए कहा था और वह सेबेस्टियन था।

सेबेस्टियन लिसा से मिलने उसके गाँव आया था और वे दोनों पके पियार खाने उन्हीं छोटे और पथरीले रास्ते से जंगल गए थे, जिसे एमैन्यूल ने खोजा था। एमैन्यूल उसी जामुन के पेड़ पर बैठा दोनों को जाते हुए देखता रहा था, जिससे गिरकर उसकी माँ की मौत हुई थी। वह उन्हें तब तक देखता रहा था, जब तक वे दिखने बन्द नहीं हो गए थे। शाम को अनाथों जैसी हालत बनाए उसे लिसा की बकरियाँ मिली थीं। उनमें से एक-एक को उसने पीपल के सबसे मुलायम पत्ते तोड़कर खिलाए थे और बाद में उनके गले लगकर रोया था। उसने उनसे रोते हुए कहा था, वे बेफिक्र रहें। लिसा के शहर चले जाने के बाद भी वह उन्हें लकड़बग्घों से बचाता रहेगा।

और एक रोज़ लिसा अपने परिवार और फ़ादर की अबोले स्वीकृति

के साथ पलाश के लाल फूलों, पहाड़ी चट्टानों, सखुआ पेड़ों और पोठिया मछली से किए गए वायदों को जोपा में बहा, एमैन्यूल की आँखों में ढेर सारा पानी छोड़ सेबेस्टियन के साथ नर्स बनने शहर चली गई थी।

उस दिन की दूधिया रात एमैन्यूल जंगल में ही रह गया था। उसने जीने की तमन्नाओं को जगाए रखने के लिए ख़ूब सारे तर्क जुटाए थे और इन तर्कों को मुट्ठियों में ज़ोर से भींचे वह सुबह तक अपने खेतों में लौट आया था—निराश, सूखा, पपड़ाकर सूखी धरती की तरह। रात में प्यारी नदी को शान्ति से सोता देख उसने छलाँग लगाकर मरने का इरादा छोड़ दिया था। उसे लगा था, यह जोपा के साथ ज़्यादती होगी और लोग नदी को ही दोष देंगे। लोग निर्दोष मछलियों को भी कोसेंगे कि उन्होंने उन लोगों को ख़बर क्यों नहीं की? वह भगत पहाड़ की सबसे ऊँची चोटी से भी लौट आया था। उसे नींद में ऊँघती चोटी से इस तरह चुपके से कूदना, चारपाई पर सोए पिता को बिना बताए हमेशा के लिए कहीं निकल जाने की तरह लगा था।

फ़ादर उसे रोज़ कहते कि इसके पहले की उनकी अँतड़ियाँ विलुप्त हो जाएँ, वह बारहवीं की पढ़ाई पूरी कर ले। कई महीनों तक उनकी बातें नियमपूर्वक सुनने के बाद एमैन्यूल शहर जाने को राज़ी हुआ था। वह सोच रहा था, वह शहर जाकर लिसा से एक बार ज़रूर मिलेगा और उसे बताएगा, गर्मियों में खिले काले धान के हरे फूल दुनिया में कहीं नहीं होते, लिसा... कहीं नहीं।

एमैन्यूल जब कॉलेज के लिए शहर निकलता, उसकी नज़रें हर भीड़ में लिसा को ढूँढ़ती रहतीं, पर इतने बड़े शहर की इतनी बड़ी भीड़ में लिसा का दिख जाना गर्मियों में खिले काले धान के हरे फूल मिल जाने की तरह था। वह कौतुहलवश सोचता, शहर बड़ा है या उसका जंगल? काफ़ी देर मथने के बाद उसे लगता, शहर ही बड़ा है, क्योंकि जंगल का तो वह चप्पा-चप्पा जानता है।

फ़ादर ने उसे चेताया था, सड़क पर हमेशा बाएँ चलना। एमैन्यूल ने कोशिश भी की थी, पर यह बेहद ख़तरनाक था। पीछे से आनेवाली हर हॉर्न

की आवाज़ पर उसका कलेजा भारी हो जाता। उसने चिट्ठी में एक जगह डरते हुए फ़ादर से पूछा था कि क्या वह दाईं ओर चल सकता है, जिससे अपनी ओर आ रही गाड़ियों पर नज़र रख सके? फ़ादर ने तुरन्त लौटती चिट्ठी लिखकर उसे आगाह किया था कि नहीं, शहरों के नियम मत तोड़ना। यह अच्छा नहीं होता। फ़ादर उसे हर बार लिखते, उसे शहर में रहते हुए भी शहर से दूर रहना है। वहाँ बहुत सारे झमेले हैं। सारे झमेलों से दूर पढ़ाई और बस पढ़ाई।

रात के एकान्त में वह पढ़ते हुए कई बार ऊब जाता। वह पढ़कर क्या करेगा? नौकरी। और नौकरी के बाद? पैसे। फिर पैसों से? पैसों से वह ढेर सारा मकई और चावल ख़रीद पाएगा जो सबके लिए पूरे साल भर चलेगा। वह ख़ुश होकर मकई के दानों की तरह गदरा उठता और पढ़ने में जुट जाता।

एहतियात और सजगता के साथ शहर के उसके ये बेमन दिन शायद इसी तरह कॉलेज, तैयारी, चिट्ठियों और लिसा की स्मृतियों के बीच बीत जाते। शायद मौसी निर्मलिया और पिता फ़ैलिक्स की आफ़त-मुसीबत से बचकर चलने की हिदायतों के बीच वह कहीं रेलवे, बैंक में नौकरी भी पा जाता। शायद फ़ादर अपनी अँतड़ियों के विलुप्त होने से पहले उसे बी.ए. भी करा देते या शायद बकरियों के दूध के दम पर वह अगर कुछ साल और जीवित रह गए तो एम.ए. भी। होने को तो और भी कुछ अनोखा हो सकता था। ख़ुशी मिश्रित आँसुओं के साथ लिसा उसके अकूत प्रेम को याद कर वापस आ सकती थी और वे बिना किसी शिक़वे-शिकायत के एक-दूसरे को घंटों चूम सकते थे, पर हर क्षण जीवन को किसी नए जन्मे बच्चे की तरह सँभाल कर जीने की कोशिशों और उम्मीदों पर कई बार अप्रत्याशित रूप से ठनका गिर जाता है। फिर सब ख़त्म हो जाता है।

वे सिमटती सर्दियों के नरम-चमकीले दिन थे, सफ़ेद चकमक पत्थरों की तरह के दिन। दोपहर तक एमैन्यूल ने तीन घंटियों की पढ़ाई कर ली थी, पर उस रोज़ शाम को एक विशेष क्लास लगने वाली थी, जिसे प्रिंसिपल को सम्बोधित करना था। उसे भूख लगी थी। अगले ढाई घंटे तक भूख की

मरोड़ के साथ इन्तज़ार करना उसे चिकने लिप्टस पर चढ़ने की तरह लग रहा था। उसे हर क्षण लग रहा था, जैसे उसके पेट में एक बरगद का पेड़ लगातार फैलता जा रहा है।

एमैन्यूल ने अपनी किताबें समेटीं और कॉलेज से निकल गया। सस्ते में थोड़ा-बहुत कुछ खा लेने की उम्मीद में कॉलेज से लगती व्यस्ततम सड़क की फुटपाथ पर वह पैदल चल पड़ा। रास्ते में कतार से सीसे की बनी कई दुकानें थीं, जिन पर 'वर्ल्ड ऑन योर प्लेट', 'केएफसी', 'चाइना बाउल' आदि लिखा था। लोग भीतर इत्मीनान से बैठे खा-पी रहे थे। एमैन्यूल उन्हें देखता हुआ किसी ठेले की तलाश में बढ़ा चला जा रहा था। यह रास्ता उसके लिए बिलकुल नया था। वह इस ओर पहली दफ़ा आया था। काफ़ी चल चुकने पर उसके सामने एक चौराहा था और उसके उस पार एक बड़ा-सा मैदान, जिसमें अलग-अलग झुंड में ख़ूब सारे लोग धूप सेंक रहे थे। उसे आस बँधी, मैदान में शायद कुछ मिल जाए। चौराहा पार कर जब वह मैदान में पहुँचा, उसे कोफ़्त हुई। वहाँ सिवाय मूँगफलियों और आइसक्रीम के कुछ नहीं था। वह थक गया था। उसने सोचा, उसे कहीं से बिस्किट ही ख़रीद लेना चाहिए था। उसने पाँच रुपए की मूँगफलियाँ ख़रीदीं और एक ख़ाली जगह देख बैठ गया। उसने मूँगफलियाँ काग़ज़ से निकालकर गिनी। कुल सोलह। सोलह बार के लिए। पर उन्हें वह अगले दो घंटे तक खाना चाहता था। उसने एक मिर्च और नमक की दो अतिरिक्त पुड़िया माँगी, जिस पर मूँगफली वाले ने उसे घुड़क दिया।

एमैन्यूल ने मूँगफलियाँ खानी शुरू नहीं की थीं। उसे मसालेदार नमक का स्वाद ही इतना अच्छा लग रहा था कि वह अपनी भूख भूल उसे चाटे जा रहा था।

अभी कुछ ही समय बिता था कि काला कुर्ता-पैजामा पहने, कमर में लाल गमछी बाँधे सात लोग उसे अपनी ओर आते हुए दिखे। उनके हाथों में डफली और करताल था। एमैन्यूल को लगा, वे वहाँ बैठने आ रहे हैं। वह उठकर थोड़ी दूर घास पर बैठने की सोच ही रहा था कि वे रुक गए और

घेरा बनाने लगे। उन्होंने एक-दूसरे का हाथ पकड़ा और गोल-गोल घूमने लगे। डफली और करताल वाले ताल देने लगे।

धूप प्यारी थी और मौसम नन्हे छौने की तरह छूकर महसूस करने लायक गुदगुदा। वे सफ़ेद कपासी बादलों की तरह ख़ुश थे और मिलकर गा रहे थे। एमैन्यूल रुक गया। डफली-करताल बजता सुन आसपास के लोग भी नज़दीक आने लगे थे।

'ऐ धरती को लूटनेवाले...हाँ, हाँ, धरती को लूटनेवाले...'

'ऐ नदियों को सोखनेवाले...हाँ, हाँ, नदियों को सोखनेवाले...'

'रुक जा, ठहर जा...हम आते हैं, हम आते हैं...'

'ऐ गाँवों को लूटनेवाले...हाँ, हाँ, गाँवों को लूटनेवाले...'

'ऐ जंगलों को काटनेवाले...हाँ, हाँ, काटनेवाले...'

'रुक जा, ठहर जा...हम आते हैं, हम आते हैं...'

आहिस्ता-आहिस्ता नमक चाटते हुए एमैन्यूल को ये गीत बहुत प्यारे लग रहे थे। उसे लगा, जैसे वे भगत पहाड़ और जोपा नदी की बात कर रहे हैं। उनके गीत उसके गाँव के बारे में है। उसके लोगों के बारे में है। उसका मन हुलस रहा था। उसके पाँव थिरक रहे थे। उसे इस शहर में पहली बार मज़ा आ रहा था। उसे लिसा की माँ के साथ मकई बोते समय गाए गीत याद आ रहे थे। उसे लिसा का सरहुल में माँदर की थाप पर नाचना याद आ रहा था। उसे बड़ी अकुलाहट के साथ लिसा की याद आ रही थी। अभी उसे यहाँ होना चाहिए था।

भीड़ जुट गई थी। लोगों के जमा होने पर उन्होंने एक नाटक खेलना शुरू कर दिया। वे एक गोल घेरा बनाकर दर्शकों की ओर घूमते हुए मुख़ातिब होते थे। डफली बजती थी। करताल बजता था। दो आदमी घेरे के बीच गीत के बोलों पर अभिनय करते और बाक़ी गाते—

'लूट का राज है न...'

'चोरों के सिर ताज है न...'

'सरकार बेकार है न...'

'फिर भी बोलो...'

'भारत आज़ाद है न...'

बाक़ी उसके पीछे कोरस करते थे, 'है न', 'है न', 'है न'। फिर घेरा अचानक रुकता और उनमें से एक दर्शकों की ओर हाथ को माइक की तरह सामने कर पूछता, "बोलो है न? है न?"

लोग इसके जवाब में बस मुस्करा देते। घेरा फिर से गाने लगता—

'ग़रीब लाचार है न...'

'दलालों की बहार है न...'

'है न, है न, है न...'

अबकी जब घेरा रुका, हाथवाले माइक के सामने एमैन्यूल था। अचानक मिली इस भूमिका से वह बेहद ख़ुश हो गया। उसने उत्साहित हो कहा, "हाँ, है न। है न।"

ठीक तभी वहाँ पुलिस आ गई थी। सबसे रौबदार से दिखने वाले चेहरे ने कहा था, 'हो गया नाटक-नौटंकी। अब बाँधो इन्हें।' सिपाही उन सातों के अलावे एक जिसकी ओर लपके, वह एमैन्यूल था। उसकी आवाज़ नाटक के आख़िरी संवाद की तरह अब भी वहाँ मौजूद थी।

अपनी ओर बन्दूक़ लिये एक सिपाही को झपटता देख एमैन्यूल के दिमाग़ में मौसी के बताए मगरमच्छ कौंधे थे। वह पूरी ताक़त से एक बेमिसाल छलाँग के साथ मगरमच्छ के जबड़े से भाग निकलना चाहता था। इसी एक क्षण के दसवें हिस्से में उसे पिता, मौसी और फ़ादर की हिदायतें याद आई थीं। इसी एक क्षण के दसवें हिस्से में उसे दुःखी लिसा का ठंडी राख-सा चेहरा याद आया था जब उसे साँप ने काटा था और इसी एक क्षण के दसवें हिस्से में उसके मस्तिष्क से टाँगों को दौड़ पड़ने का आदेश मिला था पर तब तक दो बेहद पथराए हाथों ने उसकी पतली गर्दन दबोच ली थी।

'ऐन एंदेर हूँ मा नंजक़न...ऐन एंदेर हूँ मा नंजक़न।'

वह काटे जा रहे बकरे की तरह मिमिया रहा था।

उस एक पल के लिए एमैन्यूल शहर की भाषा भूल गया था। सोलहों

मूँगफलियाँ ज़मीन पर बिखरी पड़ी थीं। मसालेदार नमक का काग़ज़ उड़ गया था और वह घिसटकर बाक़ियों के साथ मैदान के बाहर खड़ी गाड़ियों की तरफ़ ले जाया जा रहा था। नाटकवाले चीख रहे थे, "उसे छोड़ दो। वह ऑडिएंस है।"

पर्दा गिर गया था। भीड़ छँट चुकी थी।

सुबह आँखें मलता, बासी उबासियाँ लेता शहर मीडिया के साथ 'ऐन एंदेर हूँ मा नंजक्रन' का अर्थ समझने में लगा था। लगभग अख़बारों में घसीटे जा रहे एमैन्यूल की बड़ी-सी तस्वीर छपी थी, जिसके ऊपर लिखा था, 'शहर में नाटकों के ज़रिए नक्सली नेटवर्क तैयार करने की मुहिम में लगे आठ नक्सली गिरफ़्तार।'

हैंडपम्प के पास अपनी कुर्सी पर बैठकर शहर का सबसे सस्ता अख़बार पढ़ता एमैन्यूल के कमरे का मालिक, जिसके शरीर के चारों ओर मांस का वलय बढ़कर शनि के छल्ले की तरह हो गया था, हुक्का सजे अपने होंठों से ईश्वर को धन्यवाद दे रहा था कि उन्होंने उसे बाल-बाल बचा लिया। उसने कुछ देर पहले अपने बयान में पुलिस को बताया था, उसने एक मर्तबा उसकी कमर में पिस्तौल लटकते देखी थी।

उधर शहर के बाहरी हिस्से में स्थित एक नर्सिंग कॉलेज की लाइब्रेरी में सुबह-सुबह अख़बार पलटती एक लड़की अचानक ख़ुशी और आश्चर्य के मारे 'साइलेंस प्लीज़' की तख्ती के ठीक नीचे चिल्ला पड़ी थी, "ये तो मेरा सहिया है। मेरा एमैन्यूल।"

बहन का प्रेमी

मैंने मृत्यु की बाबत पहले कभी नहीं सोचा था। पापा-मम्मी और इकलौती बहन, तीनों पूर्णतया स्वस्थ थे और प्राकृतिक मौत से काफ़ी दूर थे। पापा सरकारी कर्मचारी थे, जिनका कोई दुश्मन नहीं था। घर से दो मिनट दूर पैदल कार्यालय पहुँचते और शाम को सुरक्षित घर आते। मम्मी दुबली कायावाली ख़ूबसूरत औरत थी और रोग-दु:खों से मुक्त थी। आसपास नंगे कुएँ नहीं थे। बिजली के नंगे तार नहीं थे। साँपों का कोई भय नहीं था। तड़ित आकर्षित करनेवाले ऊँचे पेड़ नहीं थे। बहन नई शादीशुदा थी और उसी में मगन थी। पुलिस या साम्प्रदायिक गुंडों द्वारा मारे जाने की बेमौक़े की आशंकाओं को छोड़ दें तो कुल मिलाकर घर मृत्यु की सम्भावनाओं से दूर जान पड़ता था।

लेकिन एक रोज़ अचानक बहन मर गई।

घर में हुई यह पहली मौत थी। मेरे ज़ेहन में इसकी कोई तैयारी नहीं थी। भीतर के सारे भाव उलझ गए थे। मुझे रोना भी था और सबके सामने परिपक्वता से पेश आना भी। एकान्त में बहन को याद करना भी था और मौत के बाद उपस्थित अजीबोग़रीब कार्यों को निपटाना भी। यह पहली बार था, जब मैंने स्वयं को उस मन:स्थिति के क़रीब पाया, जिसके रास्ते दिमाग़

पर विक्षिप्तता हावी होती है।

बहन की मृत्यु के कुछ दिनों बाद मैं शहर आया था। मुझे उस अस्पताल में जाना था जहाँ बहन ने आख़िरी साँसें ली थीं। उस डॉक्टर से मिलना था, जिसने बहन की मौत पर मुहर लगाकर अपने हस्ताक्षर किए थे। मुझे डॉक्टरों से 'आर्सेनिकोसिस' रोग के बारे में पूछना था, जिसके बारे में एक रहस्यमयी बूढ़े ने कहा था, "आपकी बहन इसी से मारी गई।"

मुझे अस्पताल का चक्कर लगाते हुए घंटों हो गए थे। चेहरे पर धूल और धुओं की एक परत जम गई थी। होंठों पर पपड़ियाँ पैदा हो गई थीं। नाक में गाद भर आया था। अस्पताल के 'वेटिंग रूम' में बैठा मैं ख़ुद में खोया नाक में उँगली डालकर उसकी सफ़ाई में लीन था। वहीं पास में रिसेप्शन पर बैठी नई उमर की एक ख़ूबसूरत नर्स, जिसकी नाक बहन से मिलती थी, मुझे ग़ौर से देख रही थी। मैंने झट-से नाक से उँगली निकाल ली।

मिस इग्नीशिया जो साँवली थी, ख़ूबसूरत थी और मीठा बोलती थी, जिनके सम्मोहन में मैं चौथी कक्षा से था और लगभग दो-ढाई साल रहा, एक दिन मेरे दिल से उतर गई। उस दिन स्कूल की प्रार्थना सभा में जब हम लोग ईश्वर को धन्यवाद दे रहे थे कि उसने हमें दो हाथ दिए, जिनसे हम मेहनत कर सकें। दो सुन्दर आँखें दीं, जिनसे हम इस प्यारी दुनिया को देख सकें। दो कान दिए, जिनसे माता-पिता, शिक्षकों और प्रभु के आप्त वचनों को सुन सकें। ईश्वर को नाक के लिए धन्यवाद देने से पहले मैंने मिस इग्नीशिया की नाक को निहारना चाहा, जो धूप में नगीने के साथ चमकती थी और चौतरफ़ा इन्द्रधनुषी किरणें छोड़ती थी, पर मिस इग्नीशिया अपनी सुन्दर नाक के लिए प्रभु को धन्यवाद देने की बजाय उसकी सफ़ाई में मशगूल थी। उँगली डालने से उनकी नाक अपने स्वाभाविक आकार से फैलकर भद्दी हो गई थी। वो उँगलियों में फँसाकर गाद निकालती, उसे अँगूठे की सहायता से गोल करती और हवा में उछाल देती। लगा था, गाद की वे छोटी गोलियाँ मेरे गालों से चिपकती चली आईं थीं।

और उसी पल से टोना ख़त्म हो गया। मिस इग्नीशिया की नाक मेरी

नज़रों में हमेशा के लिए फैलकर रह गई। नगीने की चमक बुझ गई। इन्द्रधनुष लुप्त हो गया। बाद में मिस इग्नीशिया जब भी याद आई, अपनी बेतरह फैली हुई नाक के साथ ही, एकदम उसी लीन दशा में, गाद के छोटे-छोटे गोले फेंकती हुई।

सूखकर ख़ाली होने से पहले
जीवन एक लबालब भरे तालाब की तरह था
स्मृतियाँ वॉशबेसिन में पड़ी फिनाइल की
गोलियों की तरह
रोज़ कम होती हुईं

ये उस उम्र की बातें हैं, जब सिनेमा की सारी नायिकाएँ एक-सी लगती थीं। उन्हें नाम से पहचानना मुश्किल हुआ करता था—कुछ-कुछ विदेशी खिलाड़ियों को पहचानने और गायक-गायिकाओं की आवाज़ में अन्तर करने की तरह। ऐसे में मेरे भीतर यदि कोई अपने असरकारी भूमिका में थी तो वह मिस इग्नीशिया ही। पर उसके जादुई प्रभाव के पटाक्षेप वाले दिन जब मैं उदास घर लौटा तो देखा, बचपन से नानी के घर रहकर पढ़नेवाली बहन वापिस लौट आई थी। होली-दशहरे छोड़ कर मैं उससे कम ही मिला था। मोहल्ले में बन्दरवाला आया था। वह लोहे के फाटक से लटककर बन्दरों का सास-पतुरिया वाला नाच देख रही थी। वह सिन्दूरिया आम की तरह खिलखिला रही थी। जब नाच ख़त्म हुआ और बन्दर एल्यूमिनियम का कटोरा लेकर खड़ा हो गया, मैंने बन्दरों को देने के लिए जेब से बेर निकालकर उसकी ओर बढ़ा दिए। वह चहकी। उसे लुत्फ़ हुआ। बोली, "वाह, छोटू"। मैं कोई ख़ास ख़ुश नहीं था और बिना किसी ख़ास ख़ुशी के ही मैंने ग़ौर किया, उसकी नाक मिस इग्नीशिया से नील-पद्म-संख-महासंख गुना ज़्यादा ख़ूबसूरत थी। उस समशीतोष्ण मिज़ाज की शाम में यह इतनी बेहतरीन बात हो गई कि फिर मैं ज़्यादा समय तक घोंघा उदासी में नहीं रह पाया।

धीरे-धीरे मिस इग्नीशिया के हिस्से का सारा सम्मोहन बहन के इर्द-गिर्द

इकट्ठा हो रहा था। तब मेरे द्वारा देखी गई दुनिया, जिनमें चन्द सिनेमा से लेकर कुछ शहर और गाँव शामिल थे, इनमें बहन जितनी प्यारी मुझे कोई नहीं लगी थी।

कई-कई गुना ख़ूबसूरत नाकवाली बहन मेरी सगी थी। मैं चार साल बाद उसकी पीठ पीछे पैदा हुआ था और हमारे बीच उम्रों का यह अन्तर उसके मरने तक क़ायम रहा।

पापा के तबादले के पीछे हम पूँछ की तरह इस नए शहर में आ गए थे, जहाँ हमारा क्वार्टर बिजली विभाग के कर्मचारियों वाले मोहल्ले में था। यह एक ऐसा मोहल्ला था, जहाँ बच्चे कम थे। नए स्कूल में जब तक हमारे दोस्त बनते, मेरी और बहन की दोस्ती इतनी गाढ़ी हो चुकी थी कि हमारे बीच में किसी दूसरे के लिए जगह नहीं बची थी। हमारे पास इतनी शरारतें, इतनी गप्पें और इतने खेल थे कि हमें एक-दूसरे से फ़ुरसत नहीं मिलती थी। हमें ऐसा कोई खेल पसन्द नहीं था, जिसमें दो से ज़्यादा लोगों की ज़रूरत पड़ती हो। अपने खेल और बदमाशियों के सारे राज़ हमारी मुट्ठियों में बन्द थे। मज़ाल है कोई मुट्ठी खुलवा ले। हमारे रिश्ते में भरोसे और प्रेम का अघोषित कवच इतनी अभेद्य था कि हमसे बातें उगलवाना कहीं से भी सम्भव नहीं था।

हमने एक नितान्त अलग दुनिया विकसित कर ली थी, जिसमें दाख़िले के लिए मात्र दो ही कुंजियाँ थीं। एक मेरे पास, एक बहन के पास, लेकिन बाद में हमने हाथों को लम्बे घुमाकर ये कुंजियाँ भी दूर फेंक दी थीं।

यही काम हमारे मम्मी-पापा ने किया था। उन्होंने भी दरवाज़े बन्द कर कुंजियों को खो जाने दिया था। दोनों जन मस्तमौला थे। हमेशा एक-दूसरे के साथ खिलखिलाते रहते। उनके लिए जीवन का दूसरा नाम मटन और धारावाहिक था। ऐसा नहीं कि वे मुझे और बहन को प्यार नहीं करते थे। करते थे, पर एक ही बार में बहुतायत प्यार। दस मिनट हुए मूसलाधार बारिश की तरह, जिसमें पानी ठहरता नहीं, बह जाता है। निरन्तर बरसनेवाले धीमी फुहारों की तरह का प्रेम हमने किया। लगातार एक-दूसरे पर बरसते रहे और परस्पर सींचते रहे।

पापा की अड्डेबाज़ी की जगह मटन की दुकान थी। जब भी हमें उन्हें ढूँढ़ना होता, हम वहीं पहुँच जाते। वह सुबह सात बजते-बजते अपनी 'वेस्पा' से कसाई टोला पहुँच जाते और आठ बजते-बजते बकरे के गरम फड़कते गोश्त के साथ हाज़िर हो जाते। सप्ताह के अलग-अलग दिनों में बकरे के गोश्त का अलग-अलग हिस्सा। कभी सिर, कभी पैर, कभी गर्दन, कभी कीमा। मम्मी इन हिस्सों से अलग-अलग व्यंजन बनाती। कभी भेजा फ्राई, कभी खुर, कभी बिरयानी, कभी कबाब। बकरे के साथ मनाए जानेवाले नियमित उत्सवों में मेरी और बहन की कोई दिलचस्पी नहीं थी। हमारी सुबह गेंदा फूलों के पौधों में पानी देने के साथ शुरू होती। फिर हम केला, बिस्कुट, पावरोटी, आमलेट या ऐसा ही कोई नाश्ता कर अपना होमवर्क करने लग जाते। पापा मटन खाकर ऑफ़िस चले जाते, हम स्कूल और मम्मी धारावाहिकों की दुनिया में। दोनों जोड़ियों की दुनिया का क़ारोबार अलग था और हम अपने-अपने क़ारोबार में मस्त थे।

जैसे पहले की फ़िल्मों में पटरियों पर दौड़ता बच्चा अचानक बड़ा हो जाता था और नायक बन जाता था, वैसे अचानक नहीं, आहिस्ता-आहिस्ता, सुदूर आकाश में उड़कर, समुद्र की अतल गहराइयों में तैरकर, हँसी और सपनों की ढेरियाँ लगाकर, बेहद इत्मीनान से हम बचपन से किशोरवय की ओर सरक आए थे। हालाँकि सब कुछ वैसे ही चल रहा था—पापा का मटन, मम्मी का धारावाहिक, हमारी मस्तियाँ, पर कुछ था जो हमारे भीतर तेज़ी से बदल रहा था। कुछ हमारी समझ के दायरे में था तो कुछ को हम समझने की कोशिशों में लगे थे।

इस उम्र की नई ऊर्जा प्रणोदक की तरह कहीं उड़ा ले जाना चाहती थी। कॉमिक्स के पात्रों के हैरतअंगेज़ कारनामे अब हमारे मनोरंजन के लिए अपर्याप्त पड़ने लगे थे। हमारी उनसे अपेक्षाएँ बढ़ने लगी थीं। हम चाहते थे मानवता के दुश्मनों से जमकर लड़नेवाला हमारा चहेता शक्तिशाली नायक अपने अभियान में सहयोग देनेवाली लड़की से एकान्त में थोड़ी प्रेम की बातें करे। राज्य को बार-बार मुसीबतों से बचानेवाले चतुर मंत्री को

महारानी कभी अपने हाथों से शाही खाना खिलाए। नकारे राजा की जगह उससे प्यार करे और कभी पकड़ी न जाए। फ़िल्मों में नायक मारपीट, धोखा, साज़िश, गोली-बारूद आदि में फँसे रहने की बजाय नायिका की आँखों की भाषा समझे।

बदल वाक़ई बहुत कुछ गया था। कई गुना ख़ूबसूरत नाकवाली बहन बड़ी और सुन्दर लगने लगी थी। देह भर गई थी। आवाज़ और हँसी में पछुआ हवाओं की नमी और ठंडक भर आई थी। वह बोलती तो लगता, जाड़े की धूप से गुज़रा हूँ। चलती तो लगता, रौशन पर्दे की हीरोइन चल रही है। उसके व्यक्तित्व में एक मीठा लुभावना सलीक़ा समा गया था।

बदल वाक़ई बहुत कुछ गया था, मेरे भीतर भी और बाहर भी। चेहरे से बचपन का मलाईपन जा रहा था। कंठ से बिल्लियों और चिड़ियों की मानिन्द निकलने वाली पतली आवाज़ें ग़ायब हो रही थीं। वे अब कुत्तों की भौंक सरीखी कर्कश और ठोस होती जा रही थीं। शरीर उद्दीपन और क्रिया-प्रतिक्रिया के प्रति भारी मात्रा में संवेदनशील हो गया था। दिमाग़ में क्रोध, प्यार, दया, समर्पण, विद्रोह, उत्तेजना—सब बेहिसाब भरने लगे थे। दुनिया की बात जितनी जल्दी बुरी लगती, बहन की समझाइश उतनी ही जल्दी असर करती। मौसमों का आना-जाना बहुत ज़्यादा प्रभाव छोड़ने लगा था। बसन्त में स्थिति नए ख़ून के बछड़ों वाली हो जाती। असीम कुलाँचों और अनियंत्रित क़िस्म की भावुकताओं से मन लबालब हो जाता। कोई भी चुनौती छोटी जान पड़ती। कुछ भी असम्भव नहीं लगता था। मैं अपनी उम्र के उस नायाब हिस्से को पूरी तल्लीनता से जीने में जुटा था, जो एक साथ समझ और नासमझी के संक्रमण में पड़ता था। मुझे लगता, बहुत कुछ जो अदृश्य और अज्ञात है, मुझसे सचेतन छुपाया जा रहा है, पर मैं उसे अच्छे तरीक़े से समझ रहा हूँ। यह एक साथ आँख मूँदकर विश्वास करने और तुरन्त अविश्वास से ठुकरा देने का समय था।

राहत कि बहन मुझसे ज़्यादा समझदार थी। जिन अनुभवों और बदलावों से मैं गुज़र रहा होता, बहन इनसे चार साल पहले वाकिफ़ हो चुकी होती।

चार साल बाद मेरे साथ क्या-क्या हो सकता है, यह मैं चार साल पहले जान जाता। बहन मुझे दुनिया पहले दिखा देती थी।

बहन गम्भीर थी। संयत थी और अबूझ थी। अबूझ ऐसी कि जो बातें करती थी, मुझे समझ में नहीं आती।

"तुमने हवा को देखा है, छोटू?"

"आवाज़ को देखा है, छोटू?"

मैं अपनी किशोर समझदारी और विज्ञान की पुस्तकों में पढ़ी गई बातों के आधार पर उसे जवाब देने की कोशिश करता। वह मुझे सुने बग़ैर कहती, "छोटू, मुझे हवा और आवाज़ को आमने-सामने से देखना है। पत्तों को हिलता देख हवा को देख लेने का सन्तोष नहीं होता है। और आवाज़ को महसूस करने के लिए कान एक बैसाखी की तरह लगता है। मैं इन्हें साक्षात् देखना चाहती हूँ।"

वह ऐसी और भी कई अजीबोग़रीब चाहतें रखती थी। इस दुनिया के बेमिसाल अचरजों के कार्य-कारण सम्बन्धों और पेंचों को जानने-समझने के बावजूद बहन उन्हें अपनी नंगी आँखों से ठोस-ठोस देखना चाहती थी। किताबों और अनुभवों की लेनदारियों से अलग, बिलकुल साफ़-साफ और बेपर्दा। वह नदियों और महासमुद्रों की गहराइयों को ठीक-ठीक देखना चाहती थी। वह उस विशाल सूखे गड्ढे को देखना चाहती थी, जिसमें पानी होने पर उसे 'समुद्र' कहा जाता है। वह कुओं में झाँकने की तरह ज्वालामुखियों को उसके मुख से झाँक आना चाहती थी। वह संसार की सभी मशीनों को पुर्ज़ा-पुर्ज़ा समझना चाहती थी। बीजों का अंकुरित होना, बच्चों का बढ़ते चले जाना, बालों का पकना जैसी तमाम धीमी प्रक्रिया वाली घटनाओं को वह एकाएक और आँखें निहारकर देखना चाहती थी। वह चाहती थी कि कलियाँ उसके सामने पंखुड़ियाँ खोलें। फल और सब्ज़ियाँ उसके सामने अपना रंग और आकार बदलें। फूलों का मुरझाना उसकी आँखों की ज़द में हो। अँधेरा, धोखा, छलावा की जगह सब पारदर्शी हो। धरती, आकाश, नदियाँ और यहाँ तक कि हमारा शरीर भी। पूरा-का-पूरा चराचर पारदर्शी हो ताकि ज़र्रे-ज़र्रे

की जटिलताओं का सच ख़ुद-ब-ख़ुद आम हो जाए और इनको लेकर बोले जानेवाले झूठों का अस्तित्व ख़त्म हो जाए। वह कहती, "मन का पारदर्शी होना सबसे ज़रूरी है। इससे आदमी अपनी मंशाएँ और सोच छिपा नहीं पाएगा।" वह इस पर बेतरह हँसने लगती कि "सोचो छोटू, यदि पेट पारदर्शी हो जाए तो कितना मज़ा आएगा? कोई खिचड़ी खाया है तो खिचड़ी दिखेगी। चाय पिया है तो चाय दिखेगी और निक्की आंटी झूठ नहीं बोल पाएगी कि उसने काजू का हलवा खाया है। फिर पापा के पेट में भी रोज़ मटन दिख जाएगा। क्या कहते हो?"

अब इस पर मैं क्या कहता? बस, रात के उल्लू की तरह कौतूहलवश बहन को ताकता रहता।

बहन असाधारण थी। इसका पता उसने उस दिन अच्छे से दे दिया था, जिस दिन बिजली विभाग के कर्मचारियों का टाउन हॉल में वार्षिक कार्यक्रम था। पहले अधिकारियों का भाषण वग़ैरह हुआ। ऐसे समारोहों की ज़रूरतों पर प्रकाश डाला गया और एकजुटता प्रकट की गई। इसके बाद शुरू हुआ युवक-युवतियों का कार्यक्रम। इसमें मंच पर जाकर अपना नाम, किस कक्षा में पढ़ते हैं, शौक़ क्या है और बड़ा होकर क्या बनना चाहते हैं, यह सब बताना था।

मेरी बारी आई तो मंच की ओर क़दम बढ़ाते हुए मेरे पैर काँपने लगे। मेरा आत्मविश्वास रसातल चूमने चला गया था। बहुत भीतर पानी के सोते की तरह घबराहट रिसने को हुई कि लोग जो सोचें, पर बहन क्या सोचेगी अगर बढ़िया नहीं बोला तो? तभी बहन की मोहनी नाक दिख गई। वह मुझे ही देख रही थी। मैंने आँखें मिलाईं तो वह हिरनी की तरह गरदन झटक दी कि चलो, अब शुरू हो जाओ, छोटू। फिर तो छोटू ऐसा शुरू हुआ कि दूसरी चेतावनी घंटी के बाद भी बोलता रहा।

जब लड़कियों की बारी आई तो संयोग से पहला नम्बर बहन का था। मंच की ओर जाने से पहले मम्मी ने बहन को अपने पास बुलाया था। वह उसे थोड़ा झुकने के लिए बोली थी और अपनी आँखों का काजल उसकी

आँखों पर मल दिया था। झक्क सफ़ेद बाबा सूट में बहन और भी ख़ूबसूरत हो उठी थी।

शुरुआती परिचय के बाद उसने अपनी 'हॉबी' बताई कि उसे समुद्र में जाकर मछली पकड़ने का ज़बर्दस्त शौक़ है। हालाँकि यह सम्भव नहीं हो पाया है और वह बेहद शिद्दत से ऐसा हो पाने की राह देख रही है। सुनकर लड़के हँसने लगे थे। अभिभावक फुसफुसाने लगे थे। मम्मी-पापा के चेहरे पर भी ग़ुस्सा था। उन्हें आज ही ख़बर हुई थी कि बेटी ऐसी ऊटपटाँग ख़्वाहिशें मन में पाले हुए है। बहन ने आगे कहा था, वह बड़ी होकर एक बार नासा घूमना चाहती है। दो-चार हल्की हथेलियों से निकली तालियों से स्पष्ट हो गया था, किसी को बहन की बात बहुत समझ नहीं आई थी।

मंच से बोला सबने था, लेकिन गाय पर निबन्ध लिखने की तरह। मैं ख़ुद इसी श्रेणी में था। बहन के अलावा बड़ी उम्र का दिख रहा एक लड़का था, जिसने कुछ अलग बोला था। उसने कहा, वह कोई शौक नहीं पालता, लेकिन वह 'प्रकृति और मनुष्य' पर एक 'स्पीच' देना चाहता है। उसने कहा था, "शताब्दियों से मनुष्य प्रकृति को एकतरफ़ा भोगता आया है और एकतरफ़ा वाला मामला हमेशा ख़तरनाक होता है। प्रकृति के साथ मनुष्य ने अक्षम्य अपराध किए हैं, जिसका दंड मिलना देर-सवेर अवश्यम्भावी है। दंड न केवल अपराधी के लिए उसके किए का सबक़ होता है, बल्कि अन्यों के लिए आगाह का काम करता है। सुनामी एक ऐसा ही ज़रूरी दंड है। प्रकृति की अनदेखी करनेवाले देशों में बार-बार ऐसी सुनामियाँ आती रहनी चाहिए, ताकि प्रकृति के साथ खेलनेवाले आगे से चेतें। संसार में टुकड़ों में तबाही ज़रूरी है। भूकम्प, ज्वालामुखी, बाढ़ जैसी महा आपदाएँ ही मानव को उसके करतूतों की सज़ा दे सकती हैं। इसलिए अब जो प्रकृति का अपराधी है, उसे भी और जो नहीं है, उसे भी दंड भुगतने के लिए तैयार रहना चाहिए।" उसने यह सब बेहद ग़ुस्से के साथ कहा था। उसने 'धन्यवाद' भी नहीं कहा था। लोग उसका आवेश देखकर हतप्रभ थे।

हमारे क्वार्टर के ठीक सामने चूने से अनिल लॉण्ड्री लिखी हुई एक

गुमटी थी, जिसमें एक चाचा मोहल्ले के कपड़े इस्तरी करते थे। जब तक गुमटी खुली रहती, विविध भारती पर गाने बजते रहते। मैं और बहन गुमटी के सामने ही गानों की लय-ताल पर अपना बैडमिंटन का खेल जमाते। उस कार्यक्रम के तीसरे रोज़ की बात है। शाम थी। हम खेल रहे थे और गाना चल रहा था, 'तेरे मेरे बीच में कोई आएगा...आएगा तो जगह नहीं पाएगा...।' बहन और मैं दोनों इसे गुनगुना रहे थे और रैकेट की नियंत्रित मार से 'सफेद चिड़िया' हवा में झूल रही थी कि इस्तरी की गुमटी पर वह दिखा। वही जिसने 'प्रकृति और मनुष्य' पर ख़तरनाक तरीक़े से बोला था। मैंने अनदेखी की और खेलता रहा, लेकिन बहन ने जब देखा तो कुछ सेकेंड के लिए रुक गई। 'सफेद चिड़िया' का सन्तुलन बिगड़ा और वह गिर गई। गाना अब भी चल रहा था, 'तेरे मेरे बीच में कोई आएगा...।'

मैं 'सफेद चिड़िया' उठाकर फिर से खेल जमाने की कोशिश कर रहा था, लेकिन बहन का ध्यान दरक गया था। हमारे बीच सचमुच कोई आ गया था।

उस लड़के के कपड़े इस्तरी हो रहे थे, इसलिए वह हमारा खेल देखते हुए इन्तज़ार करने लगा। हम खेल रहे थे, लेकिन हमारा जमा हुआ खेल पूरी तरह से बिगड़ चुका था। लगभग ग़लतियाँ बहन की ओर से हो रही थीं। वह इन्तज़ार करता हुआ हमारे खेल के बहुत क़रीब आ गया था। उसके हावभाव से प्रतीत हो रहा था, उसे हमारे साथ खेलना था। बहन उदार निकली। उसने उसे खेलने के लिए आमंत्रित किया और ख़ुद हट गई। मुझे उस नए आदमी के साथ खेलने में मज़ा नहीं आ रहा था। मेरी ओर आकर 'सफेद चिड़िया' बार-बार गिर जा रही थी। बहन ने मुझसे रैकेट ले लिया और खेलने लगी। फिर तो उनकी जोड़ी ऐसी जमी कि 'सफेद चिड़िया' ज़मीन छूने को तरस गई। दोनों जमकर खेले। मैं दर्शक था। फिर वो चला गया। जाते-जाते पूछ गया, क्या हम वहाँ रोज़ खेलते हैं? जिसका जवाब 'हाँ' में, मैंने नहीं, बहन ने दिया था।

ऐन वक़्त वह दूसरे दिन भी मौजूद था, पर इस्तरी करवाने नहीं। वह

खड़े होकर हमारा खेल देख रहा था। बहन की ओर से ग़लतियाँ शुरू हो गई थीं। झुँझलाकर मैं हट गया। उसने मेरी जगह ले ली। बहन अब बेदाग़ खेल रही थी।

ऐसा रोज़ हुआ। वह आता और बहन पसीना-पसीना हो आने की हद तक उसके साथ खेलती।

अब हम तीन हो गए थे। हम खेलते, फिर थकने के बाद वहीं घास पर सुस्ताते और बाद में 'एबैंडंड' लिखकर छोड़े हुए रेलवे के ख़ाली और उजाड़ सिग्नलघरों की तरफ़ निकल जाते। मुझे कहीं से भी पसन्द नहीं होने के बावजूद यह सिलसिला चल निकला था।

उसके पिता और मेरे पापा की ऑफ़िस में दोस्ती थी। वह जब भी कहीं दिख जाता, पापा रोककर उससे हालचाल पूछते, "कभी घर आओ, बेटा।" मम्मी को वह हर शाम दूधवाले के पास मिल जाता, "कैसे हो, बेटा?" बहन उसे जब देखती, दुर्लभ अन्दाज़ में मुस्करा देती। सब ओर से उसे मिल रही इस तवज्जो ने मुझे अजीब-सी उलझन और खीझ में डाल दिया था।

दशहरे की दसवीं का दिन था। उस दिन पापा और दिनों कै मुक़ाबले ज़्यादा मटन लाए थे। बहन के विशेष बुलावे पर वह घर आया था। मम्मी-पापा की तत्परता देखते बन रही थी। उन्होंने उसे बड़े ख़ुलूस से पहले पुआ खिलाया। फिर पापा बोले, "बेटा, कलेजी मसाला बन रहा है, खाकर जाना।" इन सबके बीच बहन के चेहरे पर एक अलग क़िस्म की शर्मीली लालिमा थी। वह बिना मायने मुस्करा रही थी।

और यही वह दिन था, जब वह मेरा सम्भावित जीजा होते-होते बचा था।

बकरे की झोलदार गरम कलेजी कलेजे में जाते ही वह रौ में आ गया था।

"हिरण का कलेजा इससे और ज़्यादा नरम होता है। तवे पर डालते ही मक्खन की तरह पिघल जाता है। उसके जैसा स्वाद किसी और के कलेजे में नहीं है।"

"नाश्ते में अगर प्रतिदिन हिरण का कलेजा खाया जाए तो शरीर हिरण की तरह फुर्तीला हो जाता है।"

"वैसे नॉनवेज खाने का सबसे ज़्यादा मज़ा मुगल राजाओं की रसोई में था।"

"राजाओं को कोई काम था नहीं तो वे केवल बढ़िया-बढ़िया बनवाकर खाते रहते थे। युद्ध होता तो सैनिक लड़ते।"

"हालाँकि टीवी पर नकली युद्ध देखने में मज़ा नहीं आता है। मेरा मन असली युद्ध देखने का करता है। कोई ऊँची और बहुत सुरक्षित जगह से, जहाँ से सब दिखाई देता हो। गोलियाँ चल रही हों। तोपों से गोले निकल रहे हों। मिसाइलें गिर रही हों। किताबों में लिखे की तरह ख़ून की नदी बह रही हो।"

"आप लोगों ने गोलियाँ चलते देखी हैं? सिनेमा में नहीं, सीधे-सीधे? मैंने देखी है।"

"और गोली लगकर आदमी को मरते? मैंने वह भी देखा है। गोली लगी थी दाएँ फेफड़े के पास और निकली थी पीछे कमर के पास से।"

"बन्दूक़ ग़ज़ब का आविष्कार है। इधर आपने ट्रिगर दबाया, आपको पता भी नहीं चला और सामने आदमी गिर गया। आप सामने वाले को मारना चाहते थे या नहीं, इस द्वन्द्व के चलने के पहले वह मर गया। बन्दूक़ आपको समय नहीं देती।"

अनाप-शनाप बिना किसी ओर-छोर के वह और भी बहुत कुछ बकता गया था। ऊबकर पापा बाहर निकल गए थे। मम्मी धारावाहिक देखने लगी थी। मैं झूठ-मूठ का वहीं बैठा हुआ था। और बहन? उसका चेहरा देखने लायक था। वह उसे हैरत और सिहरन से ताके जा रही थी। वह भौंचक्क थी कि इतने विध्वंसक और क्रूर दिमाग़ वाले आदमी के साथ उसकी नज़दीकियाँ बढ़ रही थीं।

उसके बाद पता नहीं बहन ने उससे क्या कहा, वह फिर न कभी घर आया और न खेलने। वह इस्तरी वाली गुमटी पर भी नहीं दिखा। धुआँ-धुआँ हो रहे मेरे कलेजे पर जैसे पानी पड़ा और राहत मिली। वह बहन का प्रेमी होते-होते बचा था।

आज सोचता हूँ, हिरण के कलेजे को ज़्यादा स्वादिष्ट बतानेवाला अगर मेरा जीजा होता तो क्या बहन बच जाती?

मर जाना दुनिया का सबसे अच्छा उपाय
माना जाता
अगर वापसी की सुविधा होती

मैं अठारह का हो चला था, लेकिन नहाने के बाद अब भी मेरे बालों में कंघी बहन ही करती। कंघी करने के बाद रोज़ कहती, "स्मार्ट लग रहे हो छोटू, क्या बात है?"

वह उमर ही थी स्मार्ट लगने की। बहन बाईस की हो गई थी और अभूतपूर्व सुन्दर लगती थी। पापा-मम्मी ने एक साल पहले से रिश्तेदारों के बीच उसकी शादी की बात छेड़ दी थी। फूफा और मामाजी ने बहन के लिए एक बड़े घर में लड़का देख रखा था। वे उस परिवार के नज़दीकी थे। लगभग बात हो गई थी। जिस दिन बहन को यह बात पता चली, तनाव के कारण घर में मटन नहीं बना। धारावाहिक के लिए टीवी नहीं खुला। बहन कह रही थी, वह इतनी जल्दी शादी नहीं करना चाहती। मम्मी कह रही थी, वो मर जाएगी। पापा बोल रहे थे, वो मर जाएँगे। बहन बोल रही थी, सबसे अच्छा उसे ही मर जाना चाहिए। बस, मैं था जो मरना नहीं चाहता था।

इस बड़े विषय पर बात करने के लिए मैं छोटा था, इसलिए मेरी कोई नहीं सुन रहा था। मैं मम्मी से घिघियाया, "अभी उसकी शादी मत कीजिए, प्लीज़।" मम्मी ने मुझे डाँटकर भगा दिया। पापा से पूछा, "इतनी जल्दी मीनू की शादी क्यों कर रहे हैं, पापा?" वह बोले, "ऐसी रिच फ़ैमिली और सुन्दर लड़के बार-बार नहीं मिलते। तुरन्त शादी कर लेने में भलाई है। नहीं तो लड़का लूटा जाएगा।"

बहन रो रही थी, "अभी मुझे समुद्र विज्ञान की पढ़ाई करनी है। शादी बाद में करूँगी।" मैंने भी पीछे से यही दुहराया। मम्मी ने मुझे डाँटा और बहन को दस मिनट बरसने वाली मूसलाधार बारिश की तरह का प्रेम किया और बोली, "हम लोगों ने उनसे तुम्हारी पढ़ाई की बात कर ली है। वो लोग मान गए हैं। तुम नदी-समुद्र जो भी पढ़ना चाहती हो, पढ़ सकती हो। यूनिवर्सिटी जा सकती हो। उनके पास इतना पैसा है कि तुम विदेश में भी पढ़ सकती हो।"

यह तनाव क़रीब महीने भर तारी रहा। अपने में मशगूल मम्मी-पापा अचानक बहन पर बहुत ज्यादा ध्यान देने लग गए थे। पापा कह रहे थे, "मौत का कई भरोसा नहीं, कब किसको निगल जाए? मैं मर गया तो इस परिवार का क्या होगा? छोटू इतना छोटा है कि उसके भरोसे कुछ भी छोड़कर नहीं जाया जा सकता।" यह कहकर पापा रोने लगे थे। मम्मी उनके आँसू पोंछ रही थी। मैं आज तक नहीं समझ पाया, पापा उस रोज़ क्या सचमुच रो रहे थे? क्योंकि उसके बाद उन्होंने भरपेट मटन-रोटी खाया था और सन्तोष से उपजी एक लम्बी डकार लेकर सोने चले गए थे।

उस एक महीने में मम्मी-पापा ने हमें जमकर दुलार किया। ख़ासकर बहन को। रोज़ उनसे मर जाने की बात सुन एक रोज़ ऊबकर बहन ने कह दिया, "ठीक है, अब कोई नहीं मरेगा। मैं ही मर जाती हूँ। आप लोग शादी की तैयारी कीजिए।"

सहमति देने के बाद बहन के सिर से जैसे कोई बोझ उतर गया था। धीरे-धीरे वह सामान्य हो रही थी और पहले की तरह मुस्कराने लगी थी। वह मेरा पहले से ज़्यादा ध्यान रखती। अपनी फ़ेशियल क्रीम लगाने देती। चाट खाने के लिए पैसे देती। मटन बना हो या मालपुआ, वह रोज़ मेरा पसन्दीदा आलू भुजिया बनाती। उसने 'हाँ' तो कर दिया था, लेकिन मेरी बेचैनी बढ़ गई थी।

"तुम क्यों बोली, तुम मर जाओगी?"

"बोलने से कोई मर थोड़ी न जाता है।"

"और कहीं मर गई तो?"

"तो बूढ़ा बनकर तुम्हें डराने आऊँगी।" और उसने अचानक किया, "हूह्ह...।" मैं डर गया। बहन हँसने लगी।

मामा और फूफा आए थे, पापा को लेने। वे लोग पापा को उस लड़के को दिखाने जा रहे थे। बहन बोली, "उनके साथ तुम भी जाओ।" कंघी करते समय उसने कहा, "स्मार्ट बनकर जा रहे हो। होशियारी से देखना, छोटू।" मैं समझ नहीं पा रहा था, मम्मी-पापा बहन की शादी को लेकर इतने उतावले

क्यों थे? और तो और, बहन क्यों मान गई थी?

उस आदमी से जो बाद में मेरा जीजा बना, मेरी पहली मुलाक़ात थी। मैं उसके साथ उसके आम के बग़ीचे में टहल रहा था। वे लोग कई बग़ीचों, कई तालाबों और बेशुमार खेतों के मालिक थे। कई एकड़ में फैले बग़ीचों के आम बिकते, तालाबों की मछलियाँ और खेतों की फसलें। इतना कुछ बेचकर वे लोग ख़ासा पैसा बना लेते थे। वे क़स्बे जैसी जगह में रहते थे, लेकिन शहरों में पाई जाने वाली सारी सुविधाएँ उनके पास थीं।

मैं जिस आदमी के साथ टहल रहा था, बहन हमेशा के लिए इसके पास चली आएगी, मुझे यह बात मथे जा रही थी और मैं इस आदमी को पसन्द नहीं कर पा रहा था। इस आदमी को क्या, मेरी जो स्थिति थी, बहन का साथ पानेवाले किसी आदमी को मैं नहीं पचा पाता। बग़ीचे में टहलते हुए उस आदमी से बात की शुरुआत के लिए मुझे विषय नहीं सूझ रहा था। उसी ने कुछ बातें अपनी ओर से चलाई थी।

"क्या पढ़ाई चल रही है आजकल?"

"कहाँ पढ़ाई चल रही है आजकल?"

"घर के बाक़ी लोग कैसे हैं आजकल?"

बाक़ी लोग से क्या मतलब? सीधे बहन की कहो न। मुझे मारक ग़ुस्सा आया था। उस आदमी से और सब्र नहीं हुआ। उसने सीधे बहन के बारे में पूछ लिया, "सिस्टर अभी भी कॉलेज जाती है?" "क्या से जाती है, रिक्शे से कि अंकल के वेस्पा से?"

मैंने सिर्फ़ उसके पहले सवाल का जवाब दिया, "नहीं।" लेकिन यह बोलते हुए मालूम नहीं मेरा मुँह कैसा तो हो गया था, जिसे देखकर उसको मेरे उखड़े चित का पता चल गया और उसने आगे कुछ नहीं पूछा। वैसे भी उसका दूसरा सवाल बेमतलब था। जब बहन कॉलेज जाती ही नहीं है तो 'क्या से जाती है' का क्या मतलब?

सुबह जब हम वापस लौटने की तैयारी कर रहे थे, हल्की बारिश हुई थी और आसमान में इन्द्रधनुष था। मैं यह देखकर हुलस गया। इस रंग-बिरंगे

जादू पर बात करने के लिए बहन की ज़रूरत थी। लोरी और कहानियों वाले बचपन के समय जब वह ख़ुद भी छोटी थी, उसने बताया था, यह पहले बिरसा मुंडा का धनुष था। अंग्रेज़ों ने जब उन्हें पकड़ लिया तो बिरसा मुंडा ने उस चमत्कारी धनुष की डोरी तोड़कर उसे आसमान में फेंक दिया कि अंग्रेज़ों के हाथ अगर यह लग जाएगा तो बहुत गड़बड़ हो जाएगी। तब से वह आसमान में जाकर टँग गया है और इन्द्रधनुष के रूप में जब-तब दिखाई पड़ता है।

इन्द्रधनुष दिखने पर उस कहानी की याद दिलाकर जब भी मैं बहन को चिढ़ाता, वह कहती, "अरे, तब ऐसे ही कहानी बना दी थी, छोटू। ऐसा थोड़ी न होता है?" बहन जब इन्द्रधनुष देखती, इतना ख़ुश होती कि चेहरे पर सातों रंग छा जाते। वह बौराने को हो जाती और कहती, "क्या बेजोड़ रंग हैं आसमान के?" और उस दिन अनायास मेरे मुँह से एकदम यही वाक्य निकल गया, "क्या बेजोड़ रंग हैं आसमान के?" वहाँ पापा, फूफा, मामाजी, वह आदमी, उसके पिता और उसके बड़े भाई खड़े थे। मेरी बात पर किसी ने कुछ कहा नहीं। बस, हौले-से सिर उठाकर सबने एक नज़र ऊपर देख लिया, जैसे उनके लिए यह रोज़ की बात हो, लेकिन कुछ क्षणों बाद उस आदमी ने कहा, "दो हज़ार के नोट को सूरज की रौशनी में देखने पर एकदम यही रंग दिखता है।" किसी ने चौंककर 'अच्छा' कहा था और सब आगे बढ़ गए थे।

मुझे यह आदमी बहन के पासंग भी नहीं लगा था।

लौटने पर बहन एक-एक बात विस्तार से पूछ रही थी। मेरा मन इस पर बात करने के लिए बिलकुल तैयार नहीं था। मुझे उसकी शादी और इस पर उसकी उत्सुकता देख बहुत चिढ़ हो रही थी। मुझे इन्द्रधनुष और पैसे का रंग एक बताने वाला ठेकेदार-बनिया सरीखा आदमी बिलकुल बकवास लग रहा था। इसलिए बहन ने जो पूछा, आधे-अधूरे मन से बता दिया।

घर में बहन की शादी की बात जितनी बार होती, मेरा मिज़ाज उतनी दफ़े उखड़ता।

बहन मुझसे ज़ोर देकर पूछती थी, "छोटू, ठीक-ठीक बताओ। तुम

देख-ताक कर आए हो। इससे शादी करूँ कि नहीं?"

मन किया था कह दूँ, "नहीं...कभी नहीं...किसी से नहीं।" लेकिन मैंने झुंझलाए अन्दाज़ में कहा था, "अभी क्या कहूँ? एक-दो बार और जाने दो। बात करने पर पता चलेगा कि कैसा आदमी है?"

मगर दूसरी-तीसरी बार जाने के बावजूद मैं उस आदमी से ढंग से बात नहीं कर पाया। दिल से ऐसा करने की इच्छा नहीं होती थी। उसके सामने पड़ते ही मेरा मन खट्टा हो जाता। शुरू में मुझे उस आदमी से जलन-सी होती थी। कितना पैसा है इस आदमी के पास, क्या ठाठ हैं इसके, बिना छत वाली जीप में ऐश से चलता है, काली बुलेट पर काला चश्मा लगाकर शान से उड़ता है।

कुछ दिनों बाद वह आदमी अपने दो दोस्तों के साथ बहन को देखने मेरे घर आया था। बहन उस दिन वह पहनी थी, जो अब तक नहीं पहनी थी—साड़ी-ब्लाउज़। यह मेरी बहन ही है? मुझे आश्चर्य हुआ था।

मैं उन तीन अजनबियों के साथ बैठा था। बहन उनके लिए नाश्ते में लौकी के पकौड़े परोस रही थी और वे तीनों सीधे-सीधे नाश्ता करने की बजाय उसे पैर से सिर तक घूरे जा रहे थे। मेरा दिमाग़ गरमा गया था। लगा, तीनों के थोबड़ों पर तीन मुक्के चलाऊँ और वे अपना खुनियाया मुँह लेकर यहाँ से भागें।

उस मुलाक़ात के बाद मैंने बहन में एक तब्दीली देखी। वह उस आदमी को मुस्कराकर देख रही थी। पापा-मम्मी के कहने पर दोनों ने एकान्त में कुछ बातें की थीं, जिसे मैं दीवार में कान लगाकर भी नहीं सुन पाया था। मुझे बस उन दोनों की हल्की हँसी सुनाई दी थी जो मेरी चिढ़ बढ़ाने के लिए काफ़ी थी।

इसके बाद उस आदमी का घर आना-जाना बढ़ गया। वह हँसता हुआ आता। बहन उसके लिए कुछ ख़ास बनाती। दोनों ख़ूब बतियाते। मैं उनके बीच मँडराने की कोशिश करता तो मम्मी मुझे डाँटकर बाहर भगा देती। मैं समझ नहीं पा रहा था कि यह क्या हो रहा है? बहन जो अब तक शादी से

भाग रही थी, अचानक इस आदमी के इतने क़रीब कैसे आ गई?

शादी की तैयारियों में मसरूफ़ बहन से मेरी बोलचाल धीरे-धीरे कम हो गई थी। उसकी तैयारियाँ देखकर मुझे ग़ुस्सा आता। मैं उसकी तैयारियों में किसी भी तरह का हाथ बँटाने से परहेज़ करने लगा था।

और तयशुदा दिन उसकी शादी हो गई। जमकर उत्सव हुआ। नाच-रौशनी-धूम-धड़ाके-मटन-मिठाई। मुझे इन सबसे कोई लेना-देना नहीं था। मुझसे जितना बन पड़ा, करने का दिखावा किया।

लेकिन अभी असली मुसीबतें शेष थीं। इस उत्सव के बाद मैं कुत्ते की हालत में था। बहन के साथ उसकी ससुराल जाना पड़ रहा था, उसी आदमी के साथ। उसी की बगल में। उसी की सजी-धजी गाड़ी में बैठकर। सजी हुई गाड़ी मुझे इस क़दर चिढ़ा रही थी कि मन कर रहा था, कुत्ते की तरह एक पैर उठाकर छूल-छूल मूत दूँ उसकी गाड़ी में। भीग जाएँ उसके सुगन्ध देनेवाले गुलाब मेरे पेशाब की बास से।

मुझसे बहन के ससुराल में एक दिन भी नहीं रहा गया। सुबह की बस पकड़ी और लौट आया। सब पूछते रहे, "क्या हुआ?" मैंने कहा, "प्रैक्टिकल का टेस्ट है।" बहन मेरा झूठ जानती थी। उसने कुछ नहीं कहा।

पन्द्रह दिन बाद पापा जाकर बहन को लिवा आए। वह लाल ताँत की साड़ी में पीले गहनों से लदी हुई थी। वह कोई भी लग रही थी, पर बहन नहीं।

इन पन्द्रह दिनों में मैं वापस अपनी दुनिया खड़ी करने की कोशिश कर रहा था। कॉलेज की बैडमिंटन टीम में हिस्सा लेना, दोस्तियाँ बढ़ाना, पापा की वेस्पा लेकर देर तक बाज़ार की सैर करना, ठेले बदलकर गोलगप्पे खाना और सिनेमाघर के अँधेरे कोने में बैठकर भविष्य के बारे में सोचना। मैं व्यवस्थित होने में लगा था कि बहन ने वापस आकर मेरी दुनिया में हिलोर मचा दी थी।

हमारे क्वार्टर में तीन कमरे थे। एक मम्मी-पापा का, एक मेरा तथा बहन का संयुक्त और एक ड्राइंग रूम। बहन के जाने के बाद मैंने पुराने कमरे को अपने ढंग से व्यवस्थित कर लिया था। उसकी किताबें, कपड़े,

बैग, सजावट की चीज़ें सब एक बक्से में डाल दी थीं और अपनी चीज़ों के साथ कमरे में फैल गया था।

बहन वापस आई तो कमरे का बदला हुलिया देख चौंक गई, "क्या छोटू, बस पन्द्रह दिन में कब्ज़ा कर लिये?" वह हँसने लगी। मुझे भी बुरा लगा। ऐसा नहीं करना चाहिए था। उसका सामान मैंने इस तरह से किनारे डाल दिया था, जैसे वो घूरे पर फेंकने लायक हो।

वह कमरे को पहले की तरह करने में जुटी थी। कमरा अब उसकी कुछ नई चीज़ों से भर गया था। रंग-बिरंगी साड़ियाँ, घड़ियाँ, चूड़ियाँ, गुलदस्ते, फ़ोटो फ्रेम और दूसरी शादी में मिली कई चीज़ें। मैंने टेबल पर रखा उसका 'मोती' साबुन उठाया और सूँघने लगा। एक भीनी-सी सुगन्ध से नथुने सुवासित हो गए। अचानक मुझे उस आदमी की याद आई और मैंने साबुन वापस रख दिया। बहन की सारी चीज़ों से मुझे उस आदमी की बू आ रही थी।

उस रात मैं टीवी देखता हुआ गेस्टरूम में ही सो गया। अगले दिन भी वहीं सोया। बहन ने भी नहीं टोका। अब हमारे बीच पहले की तरह बतकही, मान-मनुहार वैगरह नहीं हो रहा था। वह जब से आई थी, मैं अकारण मुँह फेरकर रहने लगा था। एक-दो दफ़े मनाने के बाद बहन ने मुझे मेरे हाल पर छोड़ दिया था। हमारे बीच के सम्बन्ध अप्रत्याशित तरीक़े से बदल गए थे।

बहन के आने के पाँचवें रोज़ ही वह आ गया। वही आदमी, मेरा जीजा। उसके आने पर तुरन्त क़ायदे से मुझे उसके पैर छूने थे या कम-से-कम हाथ जोड़कर 'प्रणाम जीजाजी' कहना था, लेकिन मैं? मैं उसके पैर छूता? प्रणाम करता? यहाँ तो उसे देखते ही पेशाबख़ाने में आग लग गई थी और मैं अविलम्ब बाहर चला गया था। जाने क्या हो रहा था मुझे, अपने जीजा की शक्ल तक नहीं देखी जा रही थी। उसकी बातें, हँसी-ठट्ठे मुझे भीतर तक बींध रहे थे।

वह आदमी मेरे लिए तोहफ़ा लाया था, एक सुन्दर जूता। मैंने कनखियों

से उसे देखा। जूता वाक़ई मनोहारी था, लेकिन मैंने उसे हाथ में लिये बिना कह दिया, "मुझे जूतों का शौक़ नहीं। मैं चप्पल पहनता हूँ।" इतने महँगे उपहार को ठुकराते हुए मैं एक नायक होने के एहसास से भर गया था।

दिन में खाने में देहाती मुर्गा बना था। मुर्गा बनने पर अब तक होता यही आया था कि उसकी एक टाँग मेरी कटोरी में ज़रूर परोसी जाती। उस दिन मेरी कटोरी दूसरे टुकड़ों से भरी थी, पर टाँग नदारद थी। मेरा जी पहले से भुना हुआ था। टाँग न देखकर मैं बस चिल्ला पड़ा। मुझे यक़ीन था, दोनों टाँगें उसी आदमी की थाली में गई होंगी।

मेरी यह हरक़त सबको बुरी लगी, बहन को ज़्यादा। मम्मी-पापा ने डाँटा, "तमीज़ बेच खाए हो? घर में गेस्ट हैं और चाल दिखा रहे हो? घोड़े की तरह हो गए हो और अक्ल तेल लेने गई है? हालत कैसी बना रखी है? नहा नहीं सकते? पानी काटता है? और ये दाढ़ी-मूँछ क्यों बढ़ा रहे हो? शेव नहीं कर सकते? फ़ैशन का बुख़ार चढ़ा है?" मुझे लगा, यह फ़ालतू की डाँट मैं उसी दुष्ट की वजह से सुन रहा हूँ। कुछ समझने की बजाय मुझे और ग़ुस्सा आया, और रात में यह ग़ुस्सा मैंने दिखा भी दिया।

रात आठ बजे से ही मम्मी-पापा और वो आदमी टीवी से चिपके हुए थे। किसी धारावाहिक की आख़िरी कड़ी प्रसारित हो रही थी। बहन को धारावाहिक देखना पसन्द नहीं था, बावजूद वह उन्हीं लोगों के साथ बैठी थी। मैं अकेला बहन के कमरे में एक फ़िल्मी पत्रिका पढ़ रहा था। धारावाहिक ख़त्म हो चुका था। सब लोग खाना खा चुके थे। सोने की तैयारियाँ हो रही थीं। मैं खाना खाने के बाद वापस बहन के कमरे में जम गया था और झूठ-मूठ सोने की कोशिश कर रहा था। गेस्टरूम में धारावाहिक पर बात करते हुए सब इन्तज़ार कर रहे थे कि मैं उस कमरे से निकलूँगा तो वे दोनों वहाँ सोने जाएँगे, पर दस बज गए और मैं नहीं निकला। मम्मी आई जगाने, "उठो, जाओ गेस्ट रूम में जाकर सोओ।" मैं हिला तक नहीं। उन्होंने दुबारा जगाया। मैं कुनमुनाया तक नहीं। साँसें रोककर आँखें भींचे रहा। पापा आए। देखकर जान गए ड्रामा कर रहा हूँ। उन्होंने ग़ुस्से में मुझे झिंझोड़ दिया। झुँझलाकर मैं

हल्का-सा कुनमुनाया, "नहीं जाऊँगा।" और फिर से गठरी हो गया।

मुझे वहीं छोड़ दिया गया था। अन्त में बहन और वो आदमी मम्मी-पापा के कमरे में सोए और मम्मी-पापा गेस्ट रूम में। मेरी इस दूसरी हरक़त से सबको अधिकतम चोट पहुँची थी। बहन ने इसी के बाद से मुझसे बोलना बन्द कर दिया था।

सुबह उठा तो बहन के कमरे का दरवाज़ा बन्द था। बस, मेरे दिमाग़ ने रात की आग पकड़ ली। रात को इतना कुछ हुआ, तब भी दोनों बेशर्मी से अब तक सोए पड़े हैं। नफ़रत के मारे एक ज़ोर की लात दरवाज़े पर मारने का मन किया। कुछ सूझा नहीं तो ग़ुस्से की उसी तीव्रता में मम्मी पर भड़कने लगा, "मेरा जूता कहाँ गया? कौन रख दिया? खुलवाओ दरवाज़ा, इसी कमरे में होगा।" पापा वेस्पा पोंछ रहे थे। हाथ का कपड़ा फेंक तेज़ी से मेरी ओर लपके और एक झन्नाटेदार थप्पड़ दिया। बीस सेकेंड के लिए सब कुछ रुक-सा गया था। इस थप्पड़ में रात को की गई हरक़त की सज़ा भी शामिल थी। मैं गाल सहलाए बिना घर से बाहर निकल गया। दो घंटे जाने कहाँ-कहाँ घूमा, याद नहीं। रूई बाज़ार के आसपास कहीं था कि पापा मिल गए। उसी थप्पड़ की पूरक आवाज़ में कहा, "चलो बैठो।" और मैं यंत्रवत् बैठ गया।

सुबह जो घटा था, बहन को ख़बर हो गई थी और उस आदमी को भी, क्योंकि दोनों में से कोई मुझसे न बोल रहा था, न मेरी ओर देख रहा था। अचानक घर का माहौल नीम-नीम हो आया था।

पापा ऑफ़िस गए थे। मम्मी नहा रही थी। बहन रसोई में थी और वो आदमी गेस्टरूम में। मैंने उसी के सामने अपने कपड़े बैग में रखे और घर से निकल गया। उसने मुझे नहीं टोका। मैं नानी घर चला आया था।

नानी घर में बैठा हुआ मैं उस आदमी के बारे में नहीं सोच रहा था। मुझे तो उस आदमी की वजह से अपनी प्यारी बहन का धीरे-धीरे दूर होता जाना कचोट रहा था। जितना बुरा मुझे मेरा जीजा लगने लगा था, उतनी ही बुरी बहन भी। बहन के लिए अब मेरे भीतर कोई मिठास नहीं बची थी। उसकी

मोहक नाक, जिसने मुझे मिस इग्नीशिया की फैली हुई नाक से मोहभंग के बाद ज़रूरी सहारा दिया था, उसमें शादी में पहनाया गया एक नाकबाली झूलता रहता था। उसे देखकर बहुत घिन आती थी। मुझे अपने ऊपर भी बहुत ग़ुस्सा आया था। बहुत पिछलग्गू बनकर रहा मैं उसका। जो कहती, सो करता। दिन कहती, दिन कहता। रात कहती, रात कहता। नम्बरी चापलूस बन गया था उसका। अब बढ़िया सिला मिला।

क़रीब तीन हफ़्ते बाद नानी घर रहते हुए जब भीतर का कसैलापन थोड़ा कमज़ोर पड़ा और तसल्ली हुई कि अब जीजा लौट गया होगा, मैं घर आने की सोचने लगा। मामा मुझे छोड़ने आए थे।

जीजा अपने बग़ीचों, तालाबों और खेतों की दुनिया में लौट गया था, पर बहन वहीं थी, लेकिन किस दुनिया में, मुझे नहीं मालूम। मुझे मालूम करना भी नहीं था।

वाक़ई ग़ज़ब हो गया था। हम एक-दूसरे से आँख तक बचाने लग गए थे। मैं गेस्टरूम में होता तो वह अपने कमरे में। कमरे में होता, तो वह गेस्टरूम में। और घर का भूगोल था कि शुरू होने के पहले ही ख़त्म हो जाता था। आख़िर मैं जाता तो कहाँ जाता? वो जाती तो कहाँ जाती? घर का पूरा वातावरण मुझे 'काटो-काटो' सा लगने लगा था।

स्थायी क़िस्म के ताव में रहने के दौरान ही मैंने एक रास्ता निकाला। सोचे गए रास्ते की बाबत पापा को बताने का कोई मतलब नहीं था। थप्पड़ के बाद उनसे बातचीत काम से काम रखनेवाली हो गई थी। मम्मी से बिना किसी लाग-लपेट के कह दिया, "धनबाद जा रहा हूँ मौसी घर। वहीं पढ़ूँगा। नन्दन के पास रहूँगा।"

और मम्मी 'बेटा-बेटा' करती रह गई, बेटा बस पकड़ लिया।

तुम्हारा इस तरह चले जाना नहीं कर पाया दर्ज
किसी भी पेड़ पर किसी भी पत्थर पर
वैसे भी इतने बड़े शहर में पेड़ों पर किसी का लिखा
कौन पढ़ता है, मीनू ?

नया शहर, नए लोग, नई ज़िन्दगी। बहन की पुरानी दुनिया से अलग यहाँ ढेरों मस्तियाँ थीं। बड़ा बाज़ार था। रौनक़ थी। सिनेमा था। आवारापन था। ताल लेती जवानी थी और दिन-रात को चकाचौंध बनाए रखनेवाले बराबरी के यार थे। धनबाद घर-दुआर लगने लगा था। दोस्त-यार परिवार लगने लगे थे और सबसे बढ़कर स्वीटी, मेरी मकान मालकिन की बेटी, हमें एक-दूसरे से प्यार हो गया था। यह मेरे जीवन में घटनेवाली दूसरी बड़ी घटना थी।

केवल एक साल में ही मुझे उससे इतना प्यार मिला, जितना और किसी से भी नहीं मिला। उसने मुझे न अपना पिछलग्गू बनाया, न चापलूसी कराई। उसने मुझे केवल प्यार किया। इतना प्यार किया, इतना प्यार किया कि बहन का प्यार उसके सामने कुछ भी नहीं। और बहन से वह नील-पद्म-शंख-महाशंख गुना क्या, अनन्त गुना ख़ूबसूरत थी। बहुत मन करता था, स्वीटी को लेकर बहन के सामने जाऊँ। देखता कि क्या कहती है? और वो दुष्ट, मेरा जीजा, स्वीटी को देखकर कैसे मुँह बनाता है, लेकिन इसके पहले ही क़यामत आ गई।

स्वीटी के अंकल के सामने हमारा भाँडा फूट गया। कम-से-कम उस वक़्त, जब अंकल ने हमें साथ देखा था, हम प्यार तो क़तई नहीं कर रहे थे। उसके बाएँ पैर की पायल टूट गई थी और मैं सुनार से जुड़वाने के लिए उसे खोल रहा था। पूरे एक साल तक प्रेम को छिपाने के लिए संसार भर की सावधानियाँ और चालाकियाँ बरतने के बावजूद यह इस तरह सरेआम होगा, बहुत अफ़सोस हुआ। अफ़सोस हुआ कि जब हम कुछ नहीं कर रहे थे, कुछ नहीं, तब पकड़े गए। उसके बाद मुझे भयंकर ज़लील किया गया। गालियाँ दी गईं। कमरा छूटा। जान की धमकियाँ मिलीं। आइन्दा आसपास भी नहीं फटकने के लिए चेताया गया। हालाँकि यह सब कुछ नहीं था। सब ठेंगे पर रखनेवाली बात थी। प्यार में डरता कौन किससे था, पर सबसे ख़राब बात हुई कि स्वीटी का मन बदल गया। उसने मुझसे साफ़ कह दिया, वह मुझसे प्रेम नहीं करती। अब उसके पीछे न पड़ूँ। उसके रास्ते में बाधा न बनूँ। बस, सब ख़त्म। मैं लगभग एक महीने तक उसके सामने बेहिसाब रोता रहा। मैं

रोता रहा और वह चिल्लाती रही। जीवन में इतना कभी नहीं रोया था। तब भी नहीं, जब बहन ब्याह कर गई थी। इतनी क्रूर, इतनी निष्ठुर यह कोई भी थी, मेरी स्वीटी तो क़तई नहीं थी।

उसके बाद वह पढ़ने के लिए कलकत्ता चली गई कि ढाका, कुछ पता नहीं।

बुढ़ापा साथ बिताने का हमारा साझा सपना नष्ट हो चुका था।

इतनी कम उमर में भीतर बहुत टूटन भर गई थी। हरदम रुलाई के साथ उबकाई निकलती थी। मेरी सारी ऊर्जा ख़ुद को यक़ीन दिलाने में ख़र्च हो रही थी कि स्वीटी अब हमेशा-हमेशा के लिए जा चुकी है। बावजूद यह मानने में मुझे बड़ी दिक़्क़त हो रही थी कि उसने, स्वीटी ने, मेरी प्यारी स्वीटी ने, संसार की सबसे दयालु लड़की स्वीटी ने, जिसके लिए अपनी पूरी सीमा और क्षमता भर कोशिशें कीं कि वह आसमान की बुलन्दियों को छुए, मुझसे कह दिया था, मैं उसके रास्ते का बाधक हूँ। प्रेम का रहना या ख़त्म हो जाना समझ में आनेवाली बात है, पर यह एक असाधारण अपमान था, बेहद अप्रत्याशित, जिसने मुझे हाहाकारी तरीक़े से तोड़कर रख दिया था।

स्वीटी और बहन स्मृतियों में दिनभर उमड़ते-घुमड़ते रहते। मैं रात में कुत्ते की तरह चौंककर जाग जाता था। कब बारह बजे, कब दो, कब चार और कब सुबह, सब मेरी आँखों के सामने घटता। दो क़दम चलता तो लगता, पैर शरीर का बोझ उठाने से इनकार कर रहे हैं। जी करता, हल में जुते पस्त बैलों की तरह कहीं भी बैठ जाऊँ।

स्वीटी का अचानक इस क़दर बदल जाना मुझे भीतर से खोखला कर गया था। शरीर की सारी शक्ति निचुड़ गई थी। एक हूक-सी उठती थी भीतर। हर वक़्त मन करता कि अब बस, अब सच में मर जाना चाहिए। मेरा पूरा वजूद ही हिल गया था। उसके इस तरह चले जाने के बाद से पूरी दुनिया मेरे लिए सन्दिग्ध हो उठी थी। मुझे किसी पर यक़ीन नहीं होता था। दोस्त-यार थोड़ी भी सहानुभूति जताते तो रो पड़ता। अचानक से मैं किसी सूखे तालाब की तरह ख़ाली हो गया था। कुछ भी याद नहीं रहता। शौचालय में यही सब

सोचते हुए घंटों बैठा रहता और जब बाहर निकलता, हाथ धोना भूल जाता। कमरे से निकलता साबुन ख़रीदने, स्मृतियों के बवंडर के साथ बाज़ार में भटकता रहता। पता नहीं क्या-क्या ख़रीदता? बस, साबुन ख़रीदना भूल जाता। लगता, किसके पास पछाड़ खाकर रोऊँ? बहन होती तो उसके कन्धे पर सर रखकर रो भी लेता, पर सहारे के लिए अब वह भी नहीं थी।

ज़िन्दगी किसी ब्रांडेड पुराने जूते की तरह हो गई थी
जिसे न पहना जा रहा था, न फेंका

दूर तक फैली निस्सारता के साथ मैं बेहद अकेला हो गया था। खाड़ी नहीं निकल जाता तो यहाँ रहकर पक्का बरबाद हो जाता। नष्ट होने का पूरा इन्तज़ाम हो गया था। घर से चला था तो बी.ए. के पहले साल में था। बहन की नकल करते हुए भूगोल पढ़ रहा था कि आगे मुझे भी समुद्र विज्ञान पढ़ना है। बहन के साथ जलपोतों की सैर करनी है, लेकिन धनबाद आकर सबसे पहले इसी फ़ितूर को विदा किया और संगी-साथियों के कहने पर आई.टी.आई. करने लगा। स्वीटी से जुदा होने के दो महीने बाद ही परीक्षा थी। ज़ेहन में मचे हड़कम्प के बीच मैंने जैसे-तैसे परीक्षा दी। और आख़िर में जब धनबाद स्वीटी के बग़ैर गाँव के टाँड़ की तरह लगने लगा, रहना मुश्किल हो गया तो इसी डिग्री के सहारे कुछ दोस्तों के साथ आबूधाबी निकल गया।

वहाँ एक कम्पनी में वेल्डिंग का काम था। मैंने वहाँ असीम कष्ट झेले—मानसिक भी, शारीरिक भी। गर्मियों में शहर का तापमान अड़तालीस डिग्री सेल्सियस के पार चला जाता। इसी धधकते मौसम में आग के बीच काम करना था। वेल्डिंग की चिनगारियों से चमड़ी जल जाती। बाहर लोहे से चिनगारियाँ निकलतीं, भीतर बहन और स्वीटी की स्मृतियों से। चैन कहीं नहीं था।

कैलेंडर के साल बदल रहे थे। कई सालों तक बाहर रहने और कमाने से मेरी हैसियत बदल रही थी। जीवन अब तालाब के पानी-सा स्थिर हो

चला था। किशोर उम्र की बदमाशियाँ और लड़कपन, सब बीते दिनों की बातें हो गई थीं। मैं एक ज़िम्मेदार और गम्भीर वयस्क माना जाने लगा था।

मुझे विदेश रहते हुए कई बरस हो गए थे। बीच में मम्मी से बहन का समाचार मिलता—'मीनू ठीक है। मीनू ठीक नहीं है। मीनू मोटी हो गई है। मीनू दुबली हो गई है। मीनू को एक बेटी हुई है। बेटी के कारण मीनू की पढ़ाई छूट गई। जो बेटी हुई थी, वह चार महीने की होकर पीलिया और बुखार से मर गई। बाबू (मेरा जीजा) के पिताजी का ऑपरेशन होना है। बाबू के पिताजी स्वस्थ हैं। मीनू और बाबू किसी बात को लेकर झगड़ गए हैं। मीनू ग़ुस्से में घर आ गई है। बाबू उसको वापस लेने आए हैं। बाबू मुखिया का चुनाव लड़ेंगे। बाबू मुखिया का चुनाव नहीं लड़ सकते। मीनू को खड़ा कर रहे हैं। मीनू जीत गई है। मीनू मुखिया हो गई है। बहुत अच्छा काम कर रही है। स्कूल चमका दिया है। सड़कें बनवा रही है। अपने एरिया में पोस्ते की खेती बन्द करवा दी है। पेपर में नाम छपा है। बेस्ट मुखिया का प्राइज़ मिला है।'

आठ सालों में मैं कुल जमा तीन बार घर आया था और बहन की मौत पर आने को मिलाकर यह चौथी बार। भीतर किसी कोने में पसरती जा रही ज़िम्मेदारी को महसूस लेने के बाद सोचा था, चौथी बार घर जाऊँगा तो शादी कर लूँगा। सब कब से ज़ोर दे रहे हैं, पर कौन जानता था, चौथी बार आना ऐसी मनहूसियत वाली ख़बर के साथ होगा। कम्पनी के ऑफ़िस में पापा का फ़ोन आया था, "मीनू नहीं रही। हो सके तो आ जाओ।" हो सके क्यों, मुझे तो आना ही था।

कई बार किसी की मौत का यक़ीन उसकी मृत देह देखे बग़ैर नहीं होता है, जब तक उसे छूकर उसकी निष्क्रियता का यक़ीन न कर लिया जाए। जब तक उसकी बन्द आँखों के खुलने के इन्तज़ार में उसे घंटों निहार न लिया जाए। जब तक गरमाहट की उम्मीद में उसकी हथेलियों का निराशाजनक ठंडापन महसूस न कर लिया जाए, तब तक क़तई नहीं। मैं अपने यक़ीन की ख़ातिर यह सब नहीं कर पाया था। मुझे भरोसा करने में काफ़ी तकलीफ़ हो

रही थी। जब तक पहुँचा, बहन की अस्पताल से श्मशान की यात्रा पूरी हो चुकी थी। अब मेरे लिए केवल कहानियाँ बच गई थीं और कुछ दुःख और बहुत सारा अफ़सोस।

टी बैग की तरह बेस्वाद हो जाने से पहले
चाहता हूँ अपनी आख़िरी इच्छा दर्ज करवाना
तो लिखो कि जो घटा है रातोंरात
उस पर यक़ीन दिला दिया जाए, बस

जब आबूधाबी से लौटा, कितना कुछ बदल गया था? मम्मी-पापा सिकुड़ गए थे और उनसे भी ज्यादा सिकुड़ गया था घर। वहाँ पहुँचते ही दूसरे दिन मैं मीनू के ससुराल के लिए निकल पड़ा, जैसे अब भी कुछ बचा हो।

यह दूसरा मौक़ा था जब मैं बहन के ससुराल आया था। पहली बार उसके साथ उसकी शादी में और दूसरी बार उसकी मौत पर। जीजा को अपेक्षा नहीं थी कि मैं आऊँगा। इसलिए प्रणाम किया तो कोने में कुर्सी पर दुबककर शोक की पोटली बना वह आदमी कृतज्ञ-सा हो गया और उसकी इसी ख़ामोश कृतज्ञता ने मुझे एकदम से रुला दिया। कल तक जीजा के लहराते बाल उड़ गए थे और वो आदमी अब कहीं से भी आकर्षक नहीं बचा था। पेट निकल रहा था। आँखें अन्दर धँसी जा रही थीं। होंठों पर सिगरेट के धुएँ से उपजा एक कालापन उभर आया था।

मुझे दुःख से भहराता देख जीजा आँसू की लड़ियों में डूब गया था। कैसे, यह तो नहीं पता, पर मैं उसके सामने सान्त्वना की नदी बहा देना चाहता था। मातमपुरसी में सान्त्वना के नए असरकारी बोल चुनना और चेहरे पर मौत के आसपास का कोई रंग लाना संसार के कठिनतम कामों में से एक है और उस वक़्त मैं इसी से जूझ रहा था।

मैंने बहन-जीजा दोनों के साथ माफ़ी लायक व्यवहार नहीं किया था। हो चुकी ग़लती के लिए मेरे मन में बहुत पवित्र क़िस्म का यज्ञ चल रहा था।

बहन नहीं रही, लेकिन उसकी निशानी, मेरा जीजा, उसको मैं बाढ़ से बचे किसी छौने की तरह सहेज लेना चाहता था। उस वक़्त फूट-फूटकर रोता हुआ मेरा जीजा मुझे बहन जितना ही प्यारा लगा था। घर के लोग साले-बहनोई के इस अप्रत्याशित रुदन को आश्चर्य से देख रहे थे। रुलाई से मैं मवाद निकल जानेवाले घाव की तरह हल्का और पीड़ारहित हो गया था।

मैं जीजा के यहाँ दो दिन से था और बहन की स्मृतियों को जीने में जुटा था। जीजा मुझे बहुत प्यार करने लगा था। वह मेरा हर तरीक़े से ख़याल रखने की कोशिश करता। यहाँ रहना मुझे बहन के बहुत क़रीब होने की तरह लग रहा था, वैसे ही जैसे तीर्थ स्थानों पर अपने ईष्ट के क़रीब होने पर लगता है। बहन जिस कमरे में रहती थी, वह किताबों से भरा था। स्टूडियो में खिंची गई बचपन की हमारी दो तस्वीरें दीवार पर टँगी थीं। मैं नीचे बैठा था, वह कुर्सी पर बैठी मेरे बालों में उँगली फिरा रही थी। उसकी मोहिनी नाक देख मुझे रोना आ गया।

मैं दिन भर बहन के कमरे में पड़ा रहता। शाम होती तो खेत-खलिहान की तरफ़ भटकने निकल पड़ता। गाँव अजनबियों को झट-से पहचान लेता है और फिर परिचय और चाय-पानी के बाद अजनबी नहीं रहने देता है। गलियाँ छानते-भटकते मुझे लोग जान गए थे, मैं मीनू मुखिया का भाई हूँ। वे मुझे सजल सहानुभूति से देखते और अभिवादन में हाथ जोड़ लेते। मैंने उनकी आँखों की गहराइयों में भरे आदर के स्तर को देखकर जाना था, उन्हें बहन से कितनी मोहब्बत थी?

तीसरे रोज़ शोर मचाती चिड़ियों से भरी एक शाम मैं गन्ने का रस पीने खेतों की ओर निकल पड़ा था। चौतरफ़ा फैली कचक हरियाली से मन को बड़ा सुकून मिल रहा था। जिस कोलसार में मैं गया, उन्होंने बड़े मन से मेरे लिए पुदीने, नीबू और मिर्च को गन्ने के साथ मिलाकर रस निकाला। मैं बैलों की घंटियों की टुनटुनाहट के बीच जाने क्या-क्या सोचता तीन गिलास रस गटक गया। फिर उन्होंने गर्म कड़ाह का लावे की तरह बहता गुड़ गन्ने की मुलायम डंडियों में लपेट कर दिया कि इसे

घूमते हुए खाता रहूँ।

शादी के समय देखा हुआ गाँव अब काफ़ी बदल गया था। सड़कें बन गई थीं। सड़कों के किनारे पेड़ लग गए थे। निचली बस्तियों के कच्चे घरों की जगह छोटे-छोटे पक्के घर बन गए थे। प्राथमिक विद्यालय का उजाड़ भवन सुन्दर और रंगीन दीवारों वाला हो गया था। उन सड़कों पर चलते हुए लग रहा था, बहन के पदचिह्नों को ढूँढ़ता हुआ चल रहा हूँ। इनसे होकर जाने वह कितनी दफ़े गुज़री होगी, अपने गाँव-घर घूमने, अपने लोगों से मिलने। वह आख़िर इधर की मुखिया जो थी।

टहलता हुआ मैं दूर निकल गया था। बग़ीचों, तालाबों से होता हुआ एक सूखी नदी पार कर लगा कि अब लौटना चाहिए। यह क्षेत्र दूर तक उजाड़ था। खेत परती पड़े थे। हरियाली के नाम पर एक लटकती जड़ोंवाला विशाल बरगद का पेड़ खड़ा था। मैं उसी के नीचे गुड़ चुभलाता हुआ बैठ गया। हवा अच्छी चल रही थी। लौटने का मन नहीं कर रहा था, लेकिन अँधेरा घिर आया था। पेड़ के पास एक पुराना हैंडपम्प था, जिसे देखकर लगता था, बरसों से इसे चलाया नहीं गया है। सुस्ताकर उठा तो हाथ-मुँह धोने के लिए हैंडपम्प को ज़ोर से पटककर चलाने लगा। पानी अभी निकला नहीं था। कि अचानक मैंने देखा, एक आकृति मेरी ओर चली आ रही है। डंडे की टेक लेता हुआ वह एक नेत्रहीन बूढ़ा था। मैं हैंडपम्प चलाना छोड़ उसी को देखने लगा। मुझे लगा, शायद हैंडपम्प को ज़ोर से पटकना उसे पसन्द नहीं आया हो।

"इसका पानी ज़हरीला है।" उसने पास आकर ऊपर की तरफ़ देखते हुए कहा। "नए आदमी लग रहे हैं। किनके घर आना हुआ है?"

"नरेंद्र जी के यहाँ। वो मेरे बहनोई हुए।" मुझे आश्चर्य हुआ। उसे बिना देखे पता चल गया था, मैं नया हूँ।

"तो मुखियाइन के भाई हुए आप। बहुत भली औरत थी।" वह तनिक ठहरा और मेरी आवाज़ की दिशा में ग़ौर से देखता हुआ बोला, "जो जितना बढ़िया आदमी रहता है, उतनी ही जल्दी हमारे बीच से चला जाता है। मुखियाइन

बढ़िया इनसान थी। उनको इस तरह इतनी कम उम्र में नहीं जाना था।"

हड़बड़ाकर ढेरों बर्तन गिरने की तरह उसने मुझे चौंका दिया था।

"आप उन्हें जानते थे?" मेरे इस बेतुके सवाल पर वह अजीब तरह से दाएँ-बाएँ सिर करता हुआ हँस रहा था। फिर अचानक शान्त हो गया। बोला, "मुखियाइन बहुत काम करवाई। दो साल में ही गाँव का नक्शा बदल गया। ग्राम सभा की बैठक हर महीने होती थी। मुखियाइन वहीं पर सबको बताती थी, कितना पैसा आया है और कहाँ-कहाँ लगना है। इसी कारण रोड बन गए। बिना बेईमानी के राशन बँटने लगा। आसपास पोस्ते की खेती बन्द हो गई। अभी उन्हें लम्बे समय तक मुखिया रहना था, लेकिन उनको पहले ही जगह पकड़ा दिया गया।" उसने अपने आख़िरी वाक्य को धीमे-से पारभाषी कोहरे में लपेटकर रहस्यमयी अन्दाज़ में कहा था। वह मुझे बीती सदी के येरूशलम के किसी ईसाई संत की तरह लग रहा था। उसकी दाढ़ी और ललाट तस्वीरों में लटके ईसा से मेल खा रहे थे।

"जगह पकड़ा दिया गया मतलब?" मेरी आँखें सिकुड़कर छोटी हो गई थीं।

"मतलब मुखियाइन कैसे मरी?" उसने उल्टा मुझसे सवाल किया।

"गुर्दा गल गया था। साँस लेने में परेशानी हो रही थी।" मैंने दुखी स्वर में जानकारी देने की तरह कहा।

"और ये कैसे हुआ?"

कैसे हुआ, यह तो मैंने भी जानने की कोशिश नहीं की थी। उसके ताबड़तोड़ सवालों से मुझे उलझन होने लगी थी। शाम के धुँधलके में एक अन्धे बूढ़े का यूँ प्रकट होना और सीधे बहन की बात करने लगना मेरे लिए अजीब और थोड़ा डराने वाला था। मुझे बहन की बात याद आ रही थी, वह मरने के बाद बूढ़ा बनकर मुझे डराने आएगी। यह सोचकर मेरे समूचे शरीर में एक सिहरन-सी दौड़ गई।

"मुखियाइन का मर्डर हुआ है।"

एकाएक जैसे मेरे ऊपर पहाड़ से पत्थर गिरने लगे थे।

"किसने किया?" मेरे शब्द बूढ़े होकर मरते बैल की तरह लाचार थे।

"आपके बहनोई ने।" बूढ़ा बोलकर चुप हो गया था, जैसे मेरी थाह लेना चाहता हो।

"ये जो परती खेत देख रहे हैं, इनमें पहले पोस्ता लहलहाता था।" बूढ़े ने आसमान की तरफ़ देखते हुए हाथ से खेतों की तरफ़ इशारा कर कहा। "मुखियाइन ने पोस्ते की खेती बन्द करवा दी। पुलिस का छापा पड़ने लगा। माल ज़ब्त हुआ। पोस्ते की खेती ट्रैक्टर से रौंद दी गई। पहले आसपास के सारे ठेके आपके बहनोई को मिलते थे। मुखियाइन के हस्तक्षेप से ठेके में उसकी धाँधली बन्द हो गई।"

"यह सीट महिला के लिए आरक्षित थी। आपके बहनोई ने मुखियाइन को खड़ा कर दिया, लेकिन उसको अनुमान नहीं था कि मुखियाइन उसकी एक नहीं चलने देगी।"

मैं अविश्वास और स्तब्धता से कटे बकरे की खुली आँख हो गया था।

"फिर?" मैंने पूछा।

"फिर क्या? मुखियाइन को रास्ते से हटाना ही था।" बूढ़े ने कहा।

"लेकिन बीमारी से मरनेवाली बात?" मैंने एक दुबला-सा अविश्वास जताया।

बूढ़े ने अपने डंडे से हैंडपम्प पर हल्की चोट की। "वहाँ देखिए, कोई निशान बना है?" उसने सामने पेड़ की तरफ़ मुँह करके पूछा। मैं उधर ही देखने लगा। "कहाँ? पेड़ पर?" मैंने पूछा।

वह मुस्कराया और अबकी नीचे देखते हुए बोला, "नहीं, हैंडपम्प पर।"

मुझे कहीं कोई निशान नहीं दिख रहा था। मैं यह बात कहने ही वाला था कि ग़ौर से देखने पर वहाँ धूसर लाल रंग का एक क्रॉस का निशान बना हुआ दिखा, जो काफ़ी हल्का पड़ चुका था। क्रॉस के निशान के नीचे लिखा था, 'अत्यधिक ज़हरीला पानी।'

"नदी के इस तरफ़ का पानी बहुत ज़हरीला है। इस ओर के सारे हैंडपम्प पर आपको यह निशान मिलेगा। इनसे आर्सेनिक वाला जानलेवा पानी निकलता है। सरकारी कर्मचारी सबके घर जाकर ये बता चुके हैं। कई बार

पेपर में भी छपा है।" वह रुका और ऐसा लगा, जैसे पहली बार एकटक मेरी ओर देख रहा हो। "मुखियाइन को लम्बे समय तक इसी हैंडपम्प का पानी पिलाया गया है।"

मैं ऐसे चौंका था, जैसे एकाएक हज़ारों मीटर गहरे खाई को क्षणांश में झाँक आया हूँ।

"पिछले कुछ महीनों से आपका बहनोई यहाँ से पानी ले जा रहा था। वह शाम होने के पहले आता और बड़े-बड़े प्लास्टिक बोतलों में पानी भरकर ले जाता। हैंडपम्प चलने की आवाज़ आती तो मैं इधर देखने चला आता। वह मुझे देखता तो एक पल के लिए ठिठक जाता। फिर उसे मेरे अन्धे होने की बात याद आती। वह आराम से पानी भरता और गाड़ी स्टार्ट कर चला जाता। मैं अन्धा हूँ, पर उसे नहीं मालूम, मैं धुँधला-सा देख सकता हूँ।"

"तो आपने जिस दिन देखा, उसे रोका क्यों नहीं?" मैंने यह बात इतनी छटपटाहट के साथ कही, जैसे उसे अभी भी यह करने से रोका जा सकता है और बहन की जान बचाई जा सकती है।

"तब इतना हिसाब कौन लगाया था कि वो ऐसा करने वाला है? जब मैंने मुखियाइन के मरने की बात सुनी और वो भी कै-पैखाना से, तब मुझे शक़ हुआ। लोग बताते हैं, मुखियाइन की चमड़ी काली पड़ गई थी। खाना नहीं पचता था। साँस लेने में दिक़्क़त हो रही थी। सब इसी ज़हर का नतीजा था।"

"लेकिन बहन को यह पानी पिलाया कैसे गया? ज़बर्दस्ती तो सम्भव नहीं है कि कोई रोज़ पिला दे?" मैंने उत्तेजना के मारे असंयत होकर कहा।

"अब कैसे पिलाया, यह सब आप पता कीजिए।" उसने कहा।

पहली बार वह मुझे किसी सनकी और नीमपागल की तरह लगा था। मैंने उसकी बातें सुन ज़रूर ली थी, पर दु:ख से भरे जीजा के चेहरे का ध्यान आते ही दिमाग़ यह सब मानने को तैयार नहीं था।

मैंने उसे गहन अविश्वास से देखा। वो कभी ज़मीन तो कभी आसमान की तरफ़ देखता हुआ अपना सिर हिला रहा था।

"सब फ़ालतू की बात है। मैं घर जा रहा हूँ।" मैंने अचानक अपनी ओर से बात ख़त्म कर दी और चल पड़ा।

चाँद का गोलापन कल ही ख़त्म हुआ था और काला अँधेरा पसरने लगा था। मुझे अजीब-सी झुँझलाहट हो रही थी। डर लग रहा था। शौच का दवाब महसूस हो रहा था। ठीक कानों के पास एक साथ जैसे कई सुतली बम फट रहे थे। वह मेरे पीछे आता हुआ कह रहा था, "मेरी बात पर भरोसा नहीं है? गाँव में किसी भी बच्चे से पूछ लीजिए, 'आर्सेनिकोसिस' क्या होता है? सब बता देगा। बस, अपने बहनोई से पूछने की ग़लती मत कीजिएगा। ख़तरनाक आदमी है। आप परदेशी आदमी हैं। जितनी जल्दी हो, यहाँ से निकल जाइए वरना मार देगा।"

"चोप्प।" मैं उस पर चिल्लाता हुआ पीछे पलटा, पर वहाँ अँधेरे में कोई नहीं था। भय से मेरी समूचे देह में एक झुरझरी-सी दौड़ गई और मैं बेतहाशा भागने लगा।

लोहे का बक्सा और बन्दूक़

एकाकीपन में डूबते-उतराते मारकुश का पुलिसिया लाइन में यह तीसरा साल था। तीन साल, जैसे तीन पूरी सदियाँ, लोहे के बक्से और बन्दूक़ के साथ। लोहे के बक्से में बन्द ज़िन्दगी घिसटती जा रही थी। यह घिसटना इतनी दूर तक नहीं होता यदि मारकुश के पिता जंगल-पहाड़ छोड़ मजूरी के लिए इतनी दूर तक नहीं आते।

कहते हैं, जिस गाँव में मारकुश के पिता मजूरी के लिए आए थे, वह धान-गेहूँ की पैदावार के लिए जन्नत था। फ़सलें हवा चलने पर भारत के झंडे की तरह लहलहाती थीं। पहले उस गाँव में एक बाहरी टोला हुआ करता था, जिसके बल पर यह जादू सम्भव हुआ था। वे इतिहास के जाने किन पन्नों से बँधुआ मज़दूर बनकर आए थे और खटे चले जा रहे थे। उस टोले में कोई बच्चा पैदा होता तो टोले से ज़्यादा ख़ुशी गाँव में मनाई जाती। हर बच्चे की पैदाइश पर सामन्तों को लगता, उनकी खेतों में सोना बोनेवाला एक और बैल पैदा हुआ है, लेकिन एक सुबह गाँव ने देखा, समूचा टोला ख़ाली था। नई पीढ़ी को बँधुआ मज़दूरी के जाल से निकालने का मज़दूर पालकों के पास एकमात्र यही रास्ता था—पलायन। कमाने के लिहाज़ से दुनिया बड़ी थी। कहीं भी खो जाया जा सकता था। जन्म स्थान का मोह त्याग वे रातोंरात उस जगह को छोड़ ग़ायब हो गए थे। गाँव में हाहाकार मच गया था। पकी

फ़सलें झरकर वापस खेतों में जनम रही थीं।

फिर आए थे आदिवासी, तारणहार की तरह। किसी ने उन्हें ख़ाली हुए मज़दूर टोले में बसाने का सुझाव दिया था।

और उसके बाद से आदिवासियों को लाने का सिलसिला शुरू हो गया था। बुवाई-कटाई के समय जंगलों-पठारों से आदिवासियों को ट्रकों में भरकर लाया जाता। कई कमाकर जंगल लौट जाते, पर कइयों ने उसी टोले में अपनी गृहस्थी आबाद कर ली थी।

मारकुश के पिता उस गाँव में मजूरी के लिए आनेवाले पहले आदिवासी थे। उस समय वहाँ की परिस्थितियाँ बड़ी प्रतिकूल थीं। न रहने का ठौर न खाने का पता। तिस पर बिगड़े मुँह वाले अक्खड़ और सख़्त हुक़्मरान। मारकुश के पिता खेतों में खटते और उन्हें कोसते, "बहला-फुसलाकर लाद लिया था ट्रक में। कैसे चीभ-चीभ कर बतियाते थे ऐसी जगह है, वैसी जगह है। कोई दिक़्क़त नहीं होगी। और मजूरी के लिए तो सोचना ही नहीं है। इतना दूँगा, उतना दूँगा और यहाँ सब ग़ायब। ख़ाली धोखा जबकि पेराई ज़बर्दस्त। मत मारी थी जो अपने जंगल-पहाड़ को छोड़कर चले आए।"

वह अफ़सोस करते, लेकिन अब लौटेंगे, तब लौटेंगे के चक्कर में दो साल इसी तरह ऊबड़-खाबड़ परिस्थितियों से तालमेल बिठाते कट गए। सख़्तजान मारकुश के पिता अपने सहिया के साथ डटे रहे। धीरे-धीरे रेंगती इसी टोले की ज़िन्दगी में सिपाही मारकुश लकड़ा ने अपनी कुनमुनाई आँखें खोली थीं। उस समय मारकुश केवल तीन साल का था, जब उसके पिता को पूस निगल गई। वे अपने पीछे मारकुश के लिए फूस से बनी एक दड़बेनुमा झोंपड़ी, एक बकरी और लगभग झर चुकी एक साइकिल छोड़ गए थे। बीच ज़िन्दगी मुस्कराहटें खो देनेवाली माँ, फूस से बनी झोंपड़ी, पुरानी साइकिल और एक बकरी, इन्हीं चारों के सहारे अब मारकुश को अपनी आगे की उम्र बढ़ानी थी।

माँ खेतों में काम करती और वह उनके पीठ पर एक गमछे में बँधा लटकता रहता। गाँव के लोग उसे कौतूहल से देखते। उसने माँ की पीठ पर लटकते हुए भी बीजों का अंकुरित होना देखा। फसलों को लहलहाते देखा।

उन्हें कटते देखा। और जब थोड़ा बड़ा हुआ और माँ की पीठ से उतरा, मेड़ों पर बैठा तितलियों से खेलने लगा। थोड़ा और बड़ा हुआ तो गिरता-पड़ता चिड़ियों के पीछे भागने लगा। थोड़ा और बड़ा हुआ तो सियारों के पीछे भागने लगा। काम करती माँ के लिए उस भागते लड़के पर नज़रें रखना कठिन था, इसलिए उन्होंने उसे स्कूल में बिठा दिया।

प्राथमिक विद्यालय पास के गाँव में ही था। मारकुश तब सात साल का रहा होगा जब काली स्लेट को उजले चॉक से रँगने लगा, बोरे पर बैठकर, बिलकुल अलग एक कोने में। टोले से वह अकेला जाता। बाक़ी गाँव के बड़े लोगों के बच्चे बैलगाड़ियों में लदकर जाते। मारकुश उछलता-कूदता उनके पीछे हो लेता। आधी दूर तक माँ उसके साथ होती। फिर माँ खेतों में खो जाती और वह बैलगाड़ियों की चरमराहट में।

वह कभी डटकर स्कूल नहीं गया। हालाँकि वह सुबह ही अपनी झोंपड़ी छोड़ देता, मौसम कोई भी हो। स्कूल जाता या इधर-उधर घूमता रहता। माँ के साथ औरतों-मर्दों के झुंड में खेतों में जाना अब उसे पसन्द नहीं था, लेकिन माँ के कामों में हाथ भी बँटाना था। सो, पाँचवीं के बाद मारकुश क़स्बे के 'मजूर स्टैंड' में खड़ा होने लगा था। वह किसी भी राजमिस्त्री के साथ हो लेता, मसाला-ईंट में सहायता के लिए। दिन भर बड़ी सहजता और इत्मीनान से काम करता। शाम को मिले पैसे माँ के पास जमा हो जाते।

यही क्रम चार-पाँच सालों तक बिना किसी बदलाव के साथ चलता रहा। पति की असमय मृत्यु और दिन-रात खटने से समय से पहले अधेड़ हुई माँ बुढ़ाने लगी और वो खिलता गया। क़स्बे के उच्च विद्यालय ने गाँव के प्राथमिक विद्यालय का स्थान ले लिया। उसने 'अ.ज.जा.' वाले कॉलम को सचेतता से चिह्नित करना शुरू कर दिया। पहले बच्चे सिर्फ़ उसके काले शरीर और पुराने कपड़ों का मज़ाक़ उड़ाते थे, अब उसमें उसका 'अ.ज.जा.' होना भी जुड़ गया था।

देर से पढ़ाई शुरू करने की वजह से वह अपनी कक्षा में उम्र में सबसे बड़ा दिखता था। गहरा काला शरीर धीरे-धीरे पुष्ट हो रहा था। मारकुश स्कूल

जाना अचानक छोड़ दिया करता। रुपये-पैसे की बात नहीं थी, क्योंकि स्कूल सरकारी था। स्कूल में पढ़ाई कम होती और बदमाशियाँ ज्यादा। कभी कुछ पढ़ाया भी जाता तो इतना-सा के लिए इतनी दूर जाना उसे फ़िजूल लगता। सफ़ेद मोटे धागों से सिली हुई प्लास्टिक की चप्पल, उटंग पैंट और मुड़ी-तुड़ी धूसर क़मीज़ भी उसे दिन भर स्कूल में असहज रखते। भुजाओं पर उग आई मछलियाँ अब उसे पढ़ाई की बजाय वयस्कों की मजूरी में खींचने लगी थीं। झोंपड़ी में अब उसके ख़याल अँट नहीं पाते थे। वह झोंपड़ी का टाट सरकाता और लगभग झर चुकी साइकिल पर अपने ख़यालों को लादे निकल पड़ता।

साइकिल की पीठ पर सवार मारकुश आत्मविश्वास के मारे अकड़ जाता। उसे लगता, वह औरों के बराबर हो रहा है। लोगों की नज़रें उसे स्वीकार रही हैं। यही कारण था, वह हमेशा साइकिल से चिपका रहता। ख़ूब घिसी मेड़ पर 'ब्रेक' और 'पैडल' से खेलते हुए अपने हमउम्र यारों से कहता, "मेड़ों पर साइकिल चलाना खेल नहीं है। बड़ी कला है इसमें। सबके बूते का नहीं है। फिर एकदम से अपनी साइकिल होनी चाहिए, माँगी हुई नहीं। अपनी हो तो हाथ बैठा रहता है। काली सड़कों पर साइकिल चलाया तो क्या चलाया? कोई मज़ा नहीं। ऊपर से चार-चकियों की लाटशाही। ग़लती न करो तब भी चढ़ा दें। असली ड्रायवरी यही चलाने में है।"

मारकुश पढ़ा। छोड़-छोड़कर पढ़ा। जैसे-तैसे पढ़ा। फिर भी मैट्रिक वाला 'आयरन गेट' फाँद गया। पूरे जवार के लिए घोर आश्चर्य, पर टोले के लिए यह भारी उपलब्धि थी। आश्चर्य इसलिए कि उस समाज में पढ़ाई का कोई इतिहास नहीं था, और उपलब्धि इसलिए कि मजूर टोले का अपना इतिहास बनना शुरू हो गया था।

1

अबकी तबादला दीनसराय में हुआ था। निहायत सिकुड़े हुए स्टेशन से सिकुड़ा हुआ क़स्बा था दीनसराय। दिन-रात मिलाकर पाँच सवारी गाड़ियाँ यहाँ

रुकती थीं। बाक़ी एक्सप्रेस झन्नाटे से पीछे पटरियाँ छोड़तीं, ग़रीब दीनसराय वासियों और उनके मेहमानो को भकुवाए धाँय-धाँय निकल जातीं। मुख्यतया माओवादी क्षेत्र होने की वजह से पूरा दीनसराय छावनी में तब्दील था। दूसरी जगहों पर कभी न दिखने वाली बख़्तरबन्द गाड़ियाँ यहाँ धड़ल्ले-से सड़कों पर दौड़ती दिखतीं। हर आधे किलोमीटर पर पुलिस चेकिंग पॉइंट बने हुए थे, जहाँ दोपहिए, चारपहियों को रोक कर कभी भी तलाशी ली जाती। पूरा क़स्बा शान्त पड़ा था। चहल-पहल के नाम पर बुधवार को लगने वाले साप्ताहिक बाज़ार के रौनक़ से क़स्बे की अस्मिता बची थी। शेष दिनों में बाज़ार आदमियों से भरा एक मोहल्ला हुआ करता, वह भी शाम चार-पाँच बजे तक। उसके बाद सबको मुर्दा बनना होता। सूनी रात को अपने पहियों तले कुचलती, घरघराती बड़ी गाड़ियाँ और जीपें उन गलियों में सरपट भागा करतीं। दीनसराय के अगल-बगल के गाँवों में सूर्य डूबने के पहले ही रात हो जाती। मवेशी से पंछी तक इस समय का पालन कर अपने डेरे में लौट आते। फिर रात अकेली हो जाती, गाँवों के साथ, गाँवों के बाद शुरू होने वाले जंगलों के साथ।

मारकुश को इन्हीं गाँवों में साथी सिपाहियों के साथ दिन में दो बार और रात में एक बार गश्त पर जाना होता। गाँवों से गुज़रते हुए दिन की गश्त में वह अपने टोले की ज़िन्दगी तलाशता। जीप गुज़रने पर डीज़ल की गन्ध सूँघने को लड़ते-भिड़ते दिन-दुनिया से बेख़बर फटेहाल बच्चे; मुर्गियों, बत्तखों, बकरियों और सूअरों की चिल्लम-पों; तुरन्त जवान हुए अकेले बैठे रेडियो के साथ हल्के-हल्के गुनगुनाते लड़के को छोड़ शेष चारों ओर कब्रिस्तानी शान्ति लिये धूलिया हवाएँ भटकती रहतीं।

गश्त से लौटने पर वही मुर्दनी मारकुश के चेहरे पर छा जाती। ड्यूटी के बाद ख़ाली समय में तीन बराबर और एक अपेक्षाकृत छोटे पाये वाली कुर्सी पर अपने को सन्तुलित करता मारकुश ऐसे झूलता रहता, मानो बीच आकाश में थिर टँगना चाहता हो। उसे अपने टोले में मिलने वाली दालमोठ की तलब होती और वह उठकर स्टेशन की ओर चल पड़ता। स्टेशन के लोहेवाली बाड़

से होता हुआ आख़िरी गुमटी पर पहुँच जाता। दालमोठ फाँकता और चाय पीता। ख़त्म हुई दालमोठ के काग़ज़ को सीधा कर सरसरी तौर पर देखता। आज से तीन साल पहले इसी तरह दालमोठ के काग़ज़ पर उसने पढ़ा था, 'फलाँ राज्य गृहरक्षक वाहिनी भर्ती सेवा, रिक्तियों की संख्या—'इतनी', पात्रता—'इतनी', शारीरिक दक्षता—'इतना', सीना—'इतना', फुलाकर—'इतना'।

काग़ज़ के गन्दे और फटे होने से महज़ इतनी ही सूचनाएँ वह देख पाया। शेष पता करने के लिए वह तुरन्त क़स्बे के लिए निकल पड़ा। क़स्बा पहुँचकर उसे दो बातें पता चलीं। एक–आवेदन निकले अब महीना होने को आया है। दूसरी–आवेदन प्रपत्र के लिए उसे शहर जाना होगा और वह उसी क्षण शहर के लिए निकल गया था। आनन-फानन में वहाँ उसने आवेदन प्रपत्र भरा था और तमाम शंकाओं के बीच डाक छोड़ आया था।

जबसे मारकुश ने फ़ॉर्म भरा था, उसके ज़ेहन में हर पल यही घूमता रहता था। वह रोज़मर्रा के कामों में अपनी तैयारियाँ ढूँढ़ता। कुदाल या लाठ चलाते हुए बाँहों और सीनों के पुष्ट होने की बातें सोचता। कहीं दौड़ते-कूदते जाना अब उसकी तैयारियों में शामिल था। पेड़ों की डालियों से लटककर छाती चौड़ी करना, घंटों भैंसों से भरे गन्दे तालाब में तैरना, ईंट या सीमेंट-बालू से भरी कठौतियों को उठाने जैसे कई काम थे, जिन्हें करते हुए वह शारीरिक दक्षता जाँचने वाली चुनौतियों के लिए ख़ुद को तैयार कर रहा होता।

बावजूद दौड़वाले दिन उसे कँपकँपी छूट रही थी। वह माँ को साथ ले जाना चाहता था, लेकिन काम का हर्ज़ समझाकर माँ खेतों में ही रह गई थी। हालाँकि वह अकेला नहीं था। बस की छत ऐसे बेरोज़गारों से पटी थी। बेरोज़गारी का कलंक माथे से मिटाने को आतुर ये नौजवान काफ़ी उत्साहित थे, साथ में सशंकित भी। बेरोज़गारी के दंश से इन्हें मौत तो नहीं आई थी, किन्तु इनके जीवन के एक बड़े हिस्से का अमूल्य उछाह ज़रूर मर गया था। भागती बस पर इनकी स्थिर, पारदर्शी आँखों में आगामी कल का भविष्य भाग रहा था।

दौड़ बारह बजे दिन से शुरू होनी थी, लेकिन लोग सात बजे सुबह से जुटने लगे थे। काग़ज़ों की छानबीन होते-होते दस बज गए। फिर शुरू हुई नपाई-जोखाई। सबको अंडरवियर छोड़ बाक़ी कपड़े उतारने को कहा गया। मारकुश सकुचा गया। असहज हो इधर-उधर देखने लगा। तभी पीछे से किसी ने उसे हल्का धक्का दिया। "बैनचो फटाक् से चड्ढी उतार और सटाक् से यहाँ लाइन में बैठ। इधर-उधर क्या देख रहा? मरवाने आया है?" यह वर्दी पहने बड़ी तोंदवाला कोई छोटा अधिकारी था।

उसे विश्वास नहीं हुआ, यह उसके लिए था। आसपास के उम्मीदवार उसे ही देख रहे थे। उसे स्कूल के दिन याद आ गए, जब बच्चे उसे ऐसे ही घूरते थे। उसने आँखें नहीं उठाईं। वह ऊँचे स्वर और गाली की तीक्ष्णता से भीतर तक कलप गया था। उसे अपना ही शरीर बहुत भारी लग रहा था। आसपास की भीड़ जैसे ग़ायब हो गई थी। उसे लग रहा था, जैसे कपड़े उतारते उसके हाथ उसके अपने नहीं हों। धरती घोड़े वाले झूले की तरह गोल-गोल घूम रही थी। वह चक्कर से गिरकर ख़ुद को बचाने के लिए बैठ गया।

घंटे भर में वहाँ मौजूद सिपाहियों की वजह से मैदान की आबोहवा में इतनी गालियाँ भर गईं कि मारकुश के कान इसके अभ्यस्त होते चले गए। उसका बुझा मन धीरे-धीरे सामान्य होने लगा। तक़रीबन एक बजे दौड़ शुरू हुई। उस मँझोले मैदान में अपने पैरों तले बेरोज़गारी को रौंद देने को आतुर सैकड़ों मानव कपालों का रेला सीटी की आवाज़ के लिए कान बिछाए बेचैन खड़ा था। बेरोज़गारी के दंश ने इनके मस्तिष्क को सहज रूप से विकसित नहीं होने दिया था। स्कूल की नैतिक शिक्षा की किताबों से इतर समाज और राज्य की परवाह किए बिना, कोई भी वैध-अवैध विकल्प तलाशते इन युवकों के पास ख़ुद पर लगे 'अवांछित' का टैग उतार फेंकने का यह एक अहम भौक़ा था।

सीटी बजी नहीं कि लोग दौड़ पड़े। नौकरी को पहले छू लेने की होड़ में कौन गिरा, कौन मरा, कोई माँ-बाप नहीं। उत्तेजना, जोश और बदहवासी ने मारकुश को भी ख़ूब दौड़ाया। उसके लिए यहाँ श्रम का बस तरीक़ा बदल

गया था। शेष ख़ून की खपत पहले की तरह ही हुई थी। बहुत कुछ भुलाकर और बहुत कुछ याद कर उसने ज़बरदस्त दौड़ लगाई। छँटने का सवाल ही नहीं था।

इस बीच भागदौड़ बनी रही। लिखित परीक्षा, फिर मेडिकल। लिखित परीक्षा में तो नहीं, मेडिकल के दौरान ज़रूर परेशानी हुई। पहले दिन की तरह गाली-गलौज नहीं, पर कुछ ऐसा हुआ कि वह ख़ुद शर्म के मारे गड़ गया। अन्य अभ्यर्थियों के साथ मारकुश ऐसे नंगा खड़ा था, मानो प्रयोगशाला में किसी प्रयोग के लिए खड़ा हो। हाथों में दस्ताने पहने चिकित्सक आदमी नहीं, मशीन लग रहे थे। वे गुदा तक में उँगलियाँ डालकर देख रहे थे। मारकुश को साप्ताहिक हाट के वे व्यापारी याद आ गए जो खस्सियों के अंडकोषों को टटोलकर उनकी उम्र का अन्दाज़ा लगाते थे।

धीरे-धीरे मजूर टोले का मौसम बदल रहा था। सूरज ने अपनी गर्मी घटा ली थी। सूखी हवाओं में एक महक के साथ नमी आ गई थी। पूरे वातावरण में उत्सवी फ़िज़ा तैरने लगी थी। लोग मन-ही-मन पुलकित रहते थे। उनके हाथ, पैर, मुँह चलते हुए किसी पर्व का भान कराते थे। मारकुश के पुलिस बनते ही टोले के लोगों ने गौरवान्वित होना शुरू कर दिया था। उन्हें लग रहा था, थाना-पुलिस में अब उनका भी कोई आदमी है। ख़ाकी कपड़े पहनते ही मारकुश की ग़रीबी और 'अ.ज.जा.' का तमगा उन कपड़ों के पीछे छिप गया था। कुछ हज़ार रुपयों की मासिक निश्चितता ने उसकी निश्चिन्तता बढ़ा दी थी।

मारकुश अब इस व्यवस्था का हिस्सा था। खेतों में खपती ज़िन्दगी का यूँ करवट बदलना उसे ख़ासा उत्साहित कर रहा था। हालाँकि यह प्रारम्भिक उत्साह ट्रेनिंग के दुरूहतर पलों के नीचे दबकर जल्द ही खाँसने लगा था। कैम्प में काम की परिभाषा बदली हुई थी। उससे उसका समय और शरीर ले लिया गया था। अब उसका कोई दिन अपना नहीं था।

मारकुश की नौकरी की शुरुआत बैंक में पहरेदारी से शुरू हुई। टोले के समाज के लिए यह एक 'मील का पत्थर' था और नए पैदा लेने वाले बच्चों

के लिए मारकुश एक ज़िन्दा मिसाल। टोले के माँ-बाप को अपने बच्चों को बताने के लिए मारकुश के रूप में एक नायक मिल गया था। उनकी नज़र में मारकुश सबसे सफल आदमी था। वे बच्चों से कहते, उन्हें बड़ा होकर मारकुश की तरह बनना है। यही कारण था, बच्चे मारकुश को पसन्द नहीं करते, क्योंकि उनके नहीं पढ़ने पर पीटे जाने का सीधा ज़िम्मेदार वही था।

माँ ख़ुशी के मारे अब दुगुने उत्साह से काम करती। सब कहते, "अब क्यों खट रही हो?" वह मुस्करा देती। ख़ुशी ने उसकी उत्पादकता और क्षमता बढ़ा दी थी। शाम में सिर पर सुकून की थकान लादे माँ उधर सोने जाती, इधर बेटा कांधे पर बन्दूक़ लटकाए गेट ढन-ढुन होने पर ज़ोर से चिल्लाता, "कौन है...?" बैंक के ठीक सामनेवाले मुहल्ले के बच्चे रात-बिरात अचानक डरकर जाग पड़ते। उनके बीच यह कहानी प्रचलित थी कि पुलिस के तीन बार 'कौन है' कहने पर भी यदि सामने वाला जवाब दिए बिना अन्दर घुसा चला आता है तो पुलिस उसके पैरों की ओर गोली चला देती है। उनके पास उदाहरणस्वरूप एक कहानी भी थी, जिसमें एक सिपाही तीन मर्तबा 'कौन है' कहता है और प्रत्युत्तर न मिलने पर गोली चला देता है। उसका निशाना पैरों से चूककर कलेजे की तरफ़ चला जाता है। मृतक उसका पिता निकलता है।

दो साल तक मारकुश बन्दूक़ थामे बैंक में जमा गाढ़ी और पनीली कमाई की रक्षा करता रहा। वर्दी के साथ गोलियों की पट्टियों को बेल्ट की तरह लगा कर, वजनी रायफल को कभी इस हाथ तो कभी उस हाथ लेकर वह लगातार चहलक़दमी करता रहता। आते-जाते लोगों की आँखों में झाँकता रहता। ऊबा देनेवाले इस काम ने उसकी आँखों को बेहद सूक्ष्म बना दिया था। वह देखता, रुपए बैग-सूटकेस में भी आते और आँचल, गमछों और लुंगियों के कोरों में भी। बाद में बैंक में सारे पैसे मिलकर एकमेक हो जाते। साफ़ और निर्मल पैसे। बैग-सूटकेस वाले लोग हँसी-ख़ुशी आते और हँसी-ख़ुशी जाते। उनके लिए बैंक उनके घर का आदमी था, जो न केवल उनके पैसे सुरक्षित रखता था बल्कि क़ारोबार में उनकी हर तरह से मदद करता था। दूसरी ओर वे थे जो हमेशा दुःख में डूबे चेहरे के साथ बैंक आते। पैसे निकालना हो या जमा

करना, दुःख उनके साथ वैसे ही वापस जाता। इनमें किसी को बेटी ब्याहनी होती। किसी को अपने दो कमरोंवाले दो बरस से छूटे मकान को ढालना होता। किसी को बेरोज़गार बेटों-पोतों वाले परिवार के लिए पेंशन निकालनी होती। कुछ कर्ज़ की तलाश में आते तो कुछ सालों से चलते आ रहे कर्ज़ की रकम भरने। मारकुश इन सब चेहरों को अच्छे-से पहचानता था। लोगों के कपड़ों, जूते-चप्पलों और चेहरे के भाव से वह इनके पासबुक के भार का पता बता सकता था।

शुरुआती जोश और मौज के बाद मारकुश के लिए नौकरी का आकर्षण मलिन होता जा रहा था। एकरसता से भरी इस ड्यूटी के लिए उसका उत्साह क्षीण पड़ने लगा था। टोले की खिलन्दड़ ज़िन्दगी और प्यारी माँ से दूर मारकुश को एकरेखीय दिनचर्या में बँधे ये दिन उजाड़, नीरस और कठोर लगते। बस, फालतू का गोली-बन्दूक़ लिये झबरा कुत्ते की तरह हाते में घूमते रहो। रात में बिना मतलब का 'कौन है, कौन है चिल्लाते रहो। कोई रहता नहीं है। गली के कुत्ते होते हैं, जो रात-बिरात गेट से अपनी पीठ खुजा रहे होते हैं।

रात की घोर नीरवता में अकेले जीते मारकुश की आँखों में निराशा और पीड़ा से भरे वे सारे चेहरे नाचते रहते, जो दिन में दिखते। कोई घिघियाकर कहता, "बाबू, फ़ार्म भर दो।" कोई किसी योजना के पैसे के बारे में पूछता तो किसी को वृद्धावस्था पेंशन के कुछ सौ रुपयों के बारे में जानना होता। मारकुश को लगता, शायद उसका चेहरा उनके बीच का चेहरा है। इसलिए वे किसी झुँझलाए क्लर्क की बजाय कुछ पूछने के लिए उसे चुनते हैं। वह सबकी मदद करना चाहता, लेकिन बैंकवाले उसे डाँट देते, "अपने काम से काम रखो। तुम्हारी वजह से एक साथ काउंटर पर ज़्यादा भीड़ हो जाती है।" साथी सिपाही हड़काते, "कोई इन्हीं में से एक दिन तुम्हारी बन्दूक़ छीनकर बैंक लूट लेगा।" मारकुश सोचता, उसके टोले में भी तो ऐसे ही लोग हैं। क्या ये लोग उनसे भी ऐसे ही सशंकित रहते होंगे?

टोले के लोगों के पास पैसे नहीं थे। वे कभी बैंक नहीं जाते। मारकुश उन्हें सपने में देखता। सपने में उसके पसीने छूट रहे होते। मजूर टोले के लोगों

के साथ दु:ख से सने दिन में दिखनेवाले चेहरे भी बैंक के लोहे वाली गेट में लटके रहते। मारकुश ढन-ढुन की आवाज़ सुनकर लपकता और 'कौन है' की ज़ोरदार आवाज़ लगाए बिना उनकी ओर गोली चला देता, पर गोली बन्दूक़ में ही 'फुस्स' होकर रह जाती। वह बुरी तरह डर जाता। भागकर कमरे में छिप जाता। जब 'मारकुश-मारकुश' की आवाज़ों से गेट के टूटने का भ्रम होता, वह उनकी ओर चाभी उछाल देता और राहत की साँस ले उन्हें आराम से बैंक में घुसता देखता रहता। कुछ मिनटों की ज़रूरी तोड़-फोड़ के बाद वे नाचते-कूदंते हाथों में रुपए थामे जश्न मनाते बाहर निकलते। वह हाथ हिलाकर उन्हें 'शुभ रात्रि' कहता। मारकुश के पसीने सूख चुके होते। वह करवट बदलता हुआ लम्बी साँसें लेता और नींद में ही चुटकी भर मुस्करा देता। इसके बाद उसे किसी तरह के कोई सपने नहीं आते और पेशाब का दबाव आने तक वह सोता रहता।

2

इसी बीच उग्रवादी क्षेत्रों के लिए पुलिस की विशेष भर्ती योजना निकली थी। 'होमगार्डों' को प्राथमिकता दी जा रही थी। रिक्तियाँ अधिक थीं और वेतनमान भी। दौड़-धूप और लिखा-पढ़ी की औपचारिक प्रक्रियाओं के बाद मारकुश खाँटी पुलिसिया लाइन में शामिल हो गया था।

शहर बदल गया था। यह बैंकवाले से थोड़ा बड़ा शहर था। शहर के मुख्य थाने में उसकी तैनाती हुई थी। रहने के लिए परिसर में ही टेंट लगे थे। सिपाहियों की आपसी रजामन्दी और तालमेल से संयुक्त रसोई चलती थी। मारकुश को देखते ही उसे रसोई में शामिल कर लिया गया था। उसे सब्ज़ियाँ और गन्दे बर्तनों को धोने का ज़िम्मा मिला था। खाने की दिक़्क़त नहीं थी। किसिम-किसिम की चीज़ें बनतीं और लगभग मुफ़्त। रसोई का ख़र्चा न के बराबर था। सिपाही, हवलदार सब मिलकर शाम को बाज़ार करने निकलते। ये लोग बेहद ढीठता से हर ठेले से दो-चार आलू, टमाटर और हरी सब्ज़ियाँ

थैले में डालते जाते। सबसे थोड़ा-थोड़ा लेते थैले का मुँह तुरन्त भर आता। मुर्गे और मटन की दुकानों का दिन बँधा था। कोई किसी रोज़ तो कोई किसी रोज़। शाम में संयुक्त रसोई में इतनी चीज़ें आ जातीं कि तय करना मुश्किल हो जाता, आज कटहल बनेगा कि परवल? पूरा शहर अपना था। झालमुढ़ी का खोंमचा हो या चिनिया बादाम का, पास से गुज़रते हुए हाथ बढ़ाया, कुछ उठाया और चलते रहे। न पानी, न प्लेट, न पैसा। और तो और, रिक्शों पर भी इसी तरह चढ़े और उतर गए। किसी से कोई बातचीत नहीं। रिक्शे, ऑटोवाले को दूर से ही आँखें दिखाईं और आदमी हाज़िर। ऑटो ढंग से रुका नहीं कि आगे लद गए। ये अलग बात है, अगले मोड़ पर आगे सवारी बैठाने वालों से ख़ुद ही पैसे वसूलते हों। मारकुश सोचता, 'कितने छूद्दूर-कुक्कूर हैं... ग़ज़ब लूट-खसोट मचाते हैं।' यह दिन के उजाले में दिखनेवाली छोटे स्तर की लूट थी। अँधेरे कमरों में होनेवाली वसूलियों का हिसाब-किताब और उसका संसार अलग था। मारकुश की ट्रेनिंग चालू थी।

किसी थाने में उसकी यह पहली पोस्टिंग थी। दुनिया को जानने-समझने के लिए अब उसके पास दो तरह की नज़रें थीं। पहली, जो पैदाइशी उसे अपने टोले से विरासत में हासिल हुई थी, जिसमें निर्दोष और निश्छलता शामिल थी। दूसरी, जो उसे पुलिस लाइन में रहते हुए दी गई थी, जिसका वह उपयोग नहीं करना चाहता था।

थाने के भीतर का मौसम बिलकुल बंजर था, बेमारू और रंगहीन। मारकुश का साबक़ा ऐसे मौसम से पहली बार पड़ा था। हदसाया सूरज परिसर में मानो ज़बरदस्ती रौशनी की आपूर्ति के लिए बाध्य था। हवाएँ बन्दियों की तरह चहारदीवारी के अन्दर घूमा करती थीं। भय से हड़बड़ाकर जल्दी उग आए थाने के पेड़ बिना पूरी तरह हरे हुए पीले होकर सूख रहे थे। इन पेड़ों ने कोपलों को पैदा करना कब का छोड़ दिया था। मारकुश ने देखा था, थाने के फूल खिले हुए भी रोते दिखते थे। फूलों की दुर्दशा देखने के बावजूद कलियाँ प्रकृति के हाथों मजबूर होकर रोगी ही सही, खिलने को अभिशप्त थीं। शेष सभी चीज़ें निर्जीव थीं–जीप, मेज़, कुर्सी, लाठियाँ,

झंडा फहराने वाला लोहे का पाइप, पानी वाला घड़ा, गांधी, अम्बेडकर और भगत सिंह की तस्वीरें, बक्से और बन्दूक़। इस बेजान वातावरण में किसी का भी दम घुट जाए, लेकिन थाने में लोगों का आना-जाना दिन भर लगा रहता। कुछ अपनी मर्ज़ी से अपने धन्धे की बरक़त के लिए थाने आते तो कुछ ऐसे लोगों की राहों में बाधक होने की सज़ा के तौर पर थाने लाए जाते। पहले क़िस्म के लोगों की जूतों की आवाज़ मारकुश के बड़े साहबों की चमचमाती बूटों की ठक-ठक से मिलती थी। ये बड़े रहस्यमयी लोग होते थे, अचानक प्रकट होने वाले और तुरन्त छपित हो जाने वाले। बीच-बीच में लगने वाले ज़ोरदार अट्टहासों के अलावा मारकुश इनके बारे में ज़्यादा कुछ नहीं जानता था। वे जब आते, चाय-नाश्ते का इन्तज़ाम उसे ही करना होता। उसे आश्चर्य होता, यूँ तो खाने-पीने से लेकर हाथ मिलाने तक सब उससे एक धुँधली-सी दूरी बनाकर रखते, लेकिन उसके हाथों लाई हुई मिठाइयाँ, चाय, सिंघाड़े धड़ल्ले से खाते-पीते। उसे ग़ुस्सा आता कि उनके कप से एक घूँट चाय वह बाहर ही पी लेगा तो क्या आसमान भहरा कर गिर जाएगा कि वे मर जाएँगे?

किसी भुतहा बरगद से लग रहे थाने की सक्रियता उन लोगों से बनी रहती जो बैंक में पहरेदारी के दौरान मारकुश के सपनों में आते थे। घिसटते क़दमों से होने वाली इनकी मजबूर आवाजाही दिन भर लगी रहती। ये परेशान-से आते और अपने बोलने की बारी का इन्तज़ार करते हुए किसी कोने में दुबके चुपचाप बैठे रहते। ये बैंक में भी मरे-से लगते थे और थाने में भी। इनके बेबस चेहरों से लगता, दुनिया अगर जलमग्न हो रही हो और थाना आख़िरी इमारत के तौर पर बचा हो, ये तब भी उसकी छत पर पनाह न लें। थाने आने वाले हरेक पीड़ित की आँखों में बीती आँधी के बाद की मुर्दा शान्ति होती। छोटे-छोटे झगड़ों में फँसी कई आँखें उमड़ती नदी ओढ़े अपराधबोध, ग़ुस्से या बदले में नहा रही होतीं। बदहवासी और भय के चलते जल्दी-जल्दी एक ही कहानी कई मर्तबा सुनाने की वजह से उनके होठों के कोरों में सफ़ेद थूक फेनिल होकर चिपका रहता। उसे लगता, वह एक-एक

को जान रहा है—उनका घर-दुआर, जनी, बूढ़ा-बूढ़ी, बाल-बच्चा—सबको। कौन किस कारण से लड़ा-भिड़ा है, सब। वह जान रहा है, वे किसी समाधान, न्याय और शान्ति की तलाश में बड़ी उम्मीद से थाने आए हैं, पर यहाँ से वे किसी साहूकार से क़र्ज़ उठाने की तरह और अधिक उलझकर वापिस लौटेंगे। अपराध, थाना-पुलिस एक ऐसा जाल है जिसमें फँसकर गर्त से नीचे जा चुके उनके कन्धों में कल कुर्ते भी नहीं अटेंगे। शाम में चूल्हे में आग जलेगी तो तसले और उसमें खौलते पानी के अलावा तीसरी चीज़ भाप होगी। मारकुश यह सब पत्थरों के अन्दाज़ में देखता। धोती, साड़ी, लुंगी, गमछों की गाँठें खुलतीं, मुड़े-तुड़े नोट सीधे होकर अपना मूल्य बताते। तब जाकर राहत वाली हवाएँ चलनी शुरू होतीं। खुली गाँठों की सलवटें सब कुछ लूट-खप जाने के बाद बड़े हाहाकारी तरीक़े से एक निस्संगता के साथ हवा में डोलती रहतीं। लोग अपनी ही सलीब ढोने वाले क़दमों से थाने से बाहर निकलते। चिथड़ों में लिपटी देह की कँपकँपी, सिसकियाँ, गिड़गिड़ाहटें और इस पाश से सदा के लिए मुक्त होने की छटपटाहट धीरे-धीरे मारकुश के भीतर पैवस्त होने लगी थी।

दो साल से ऊपर हो आया था, पर मारकुश इस माहौल में नहीं ढल पाया था। ड्यूटी के बाद भी उसे इधर-उधर के कामों में ख़ूब खटना पड़ता। वह चुपचाप सबकी सुनता, जैसे गाँव में युवा हुक़्मरानों को सुना करता था। उसे लगता, शहर में सबसे नया वही है। बाक़ी जैसे सदियों से वहीं रह रहे हैं। टोले में जहाँ उसे दिन भर मजूरी के बाद भी थकान नहीं होती थी, अब वह हमेशा निढाल-सा दिखता, मानो कोई छू भर देगा तो बारिश से गीली हुई कच्ची दीवार की तरह भहराकर गिर जाएगा। अन्य सिपाही शाम होते ही ठेके से आई मुफ़्त की सस्ती शराब में डूब जाते। अपनी बन्दूक़ें झाड़-पोंछकर चमकाते रहते। गप्पों-क़िस्सों की बाढ़ आई रहती, लेकिन मारकुश को यह सब अच्छा नहीं लगता। उसे न जूते चमकाना पसन्द था, न चमकाकर कपड़े पहनना जबकि दूसरे 'ऑफ़ ड्यूटी' रहने पर भी रौब के लिए वर्दी पहनकर शहर की सड़कों पर घूमते रहते। पॉलिश का पोषण नहीं मिलने से उसके काले जूते गन्दे होकर

भद्दे लगते थे। यही हाल कपड़ों का था। वह वर्दी में भी ग़रीब लगता। मारकुश को छब्बीस जनवरी और पन्द्रह अगस्त को भी झूठ-मूठ का कुछ करने में अच्छा नहीं लगता। साल भर जो साहब दुनिया भर की धूर्तताएँ करते, इन दो दिनों में उनकी रीढ़ झंडे को सलामी देते वक़्त सबसे सीधी रहती। कल तक स्कूल में जो मारकुश सबसे तेज़ और बेसुरे होकर 'जन-गण-मन' गाता था, आज सचेतन ध्यान लगाने के बावजूद बावन सेकेंड भी मन को स्थिर नहीं रख पाता। परेड में जूतों की ठाप आगे-पीछे होती रहती। साथ के सिपाही और सीनियर उसे डाँटते और हँसते, "क्या कीजिएगा? ये लोग थोड़ा धीरे समझते हैं। समय लगेगा।" मारकुश को लगता, जैसे वह किसी घोंघे की खोल में है। साथ के चरफर सिपाही उसके कम बोलने पर थोड़े सशंकित रहते। वे उसका मज़ाक़ उड़ाते, लेकिन अपने ही साथियों पर गोलियाँ चला देनेवाले जवानों की ख़बरें पढ़कर मारकुश से सँभले भी रहते।

पुलिस आम आदमी नहीं होती, भीड़ नहीं होती जबकि मारकुश को भीड़ होना पसन्द था। थाना उसे अपनी जगह नहीं लगती। शहर की भीड़ के रेले उसे अपनी जगह लगते। ड्यूटी के तुरन्त बाद वह शहर की सड़कों पर भीड़ बनने के लिए निकल पड़ता। चिनिया बादाम फोड़ता। चाय पीता। भीड़ के चेहरे देखता और बाज़ार में खो जाता।

3

बक्से में बन्द ज़िन्दगी घिसट रही थी। उसे दीनसराय भेज दिया गया था। शहर के थाने से छूटते ही लोहे के बक्से में भरा अवसाद स्वतः उड़ने लगा था। दीनसराय की गँवई गन्ध उसे अपने टोले की हवाओं से मिलती-सी लगती, पर महीना-दो महीना होते जल्द ही सब पहले जैसा हो गया—एक तरह की दिनचर्या, एक तरह का अभ्यास, एक तरह के आदेश, एक तरह के लोग। पुराना अवसाद तीन बराबर और एक अपेक्षाकृत छोटे पायेवाली कुर्सी पर लौट आया था। विचारों को जमकर ठोस होने से बचाने के लिए मारकुश

इसी कुर्सी पर डोलता रहता। किसी मय्यत का मातम मनाते दीनसराय में सब कुछ ठीक नहीं था, मारकुश ने यह कुछ ही समयों में समझ लिया था।

दीनसराय तब भी कुछ आबाद था। इससे सटे गाँव दिन-ब-दिन अपना स्वरूप खोते जा रहे थे। इन गाँवों के मरणोन्मुख मौसम में सारी चीज़ें कराह रही थीं। ऊँघते पेड़-पौधों की बूढ़ी पत्तियाँ पुलिस की गाड़ियों से निकले धूल-धुओं और डर से भूरी हो गईं थीं। पेड़ों ने अपनी बची-खुची हरियाली ऊपर आसमान की ओर धकेल दी थी। फुनगियों को छोड़कर जीवन कहीं उल्लासित नज़र नहीं आता।

इन गाँवों में कुछ गतिशील था तो ब्लास्टप्रूफ़ गाड़ियाँ और जीपें थीं। यहाँ मिट्टी के सिर्फ़ ढूह दिखते थे, लोग नहीं। टुकड़ों में इधर-उधर दिखने वाले बच्चों और बुज़ुर्गों से गाँव का भ्रम होता था। एक विशेष आयु-वर्ग के लोग सिरे से ग़ायब थे—पुरुष ही नहीं, महिलाएँ भी। लोगों का इस तरह ग़ायब होना एक छद्म रहस्य हुआ करता। जानते सब थे, बोलना कोई नहीं चाहता था। ये या तो पकड़कर मार डाले गए थे या इन्होंने जंगलों का दामन थाम लिया था।

अख़बारों और विभागीय निर्देशों से यहाँ के भूगोल-इतिहास की विद्रूपता का भान धीरे-धीरे मारकुश को होने लगा था। गश्त पर जीप से झाँकती उसकी आँखें अब थिर और अभ्यस्त होने लगी थीं। भाँय-भाँय करते इन घरों के दरवाज़े पर उसे अपनी माँ बैठी दिखाई नहीं देती। खेतों के बीच मेड़ें दिखतीं, लेकिन दोनों तरफ़ की फ़सलें ग़ायब होतीं। उन पर साइकिल सन्तुलित करता कोई मारकुश लकड़ा नहीं दिखता। रोज़ाना की गश्त से उसने गाँवों के बच्चों, बूढ़े-बूढ़ियों को पहचानना शुरू कर दिया था। रोज़ एक ही कपड़ों में डूबे, एक ही जगह, एक ही काम में लीन इन भावशून्य चेहरे को पहचानना मारकुश के लिए कठिन नहीं था। रोज़-ब-रोज़ एक ही तरह के दृश्यों से गुज़रते हुए जल्द ही वह इस रेतीली ख़ामोशी से ऊबने लगा।

वसन्त को खिसकाकर गर्मी अपनी जगह बनाने लगी थी। दिन गर्म भट्ठियों में बदलता जा रहा था। लम्बी बन्द गाड़ियों में मारकुश का जी मिचलाने लगता। मन करता, पेट का सब उलट दे, पर थूक से ज़्यादा कुछ

निकलता नहीं। ये शहरी क़िस्म की बीमारियाँ एक ऐसे आदमी को हो रही थीं जो जून की चिलचिलाती दोपहरी में एक साथ तीस ईंटे ढो सकता था। गश्त से लौटता तो महीनों का रोगी दिखता। हाथ-मुँह धोकर कुछ देर सुस्ताता, फिर स्टेशन की राह हो लेता। उसे दिन या शाम में समय मिलने पर भी सोना पसन्द नहीं था। जागने पर उसे लगता जैसे दुनिया काफ़ी आगे निकल गई और इन कुछ घंटों में वह पहले से ज़्यादा पिछड़ गया।

स्टेशन की बेंच पर बैठा मारकुश दालमोठ कुटकुटाता यात्रियों की बदहवासी देखता रहता। अलबल सोचें आती-जाती रहतीं। रेलें धड़-धड़ाकर चली जातीं, वह उनके पीछे की दूर होती लाल बत्ती को ताकता रहता। वह देखता, अचानक उसका सिर पटरी के बीचोंबीच आ गया है। एक विशाल दैत्यनुमा रेल आई और लोहे के भारी चक्के से उसका सिर पिस गया। चटनी बना सिर दूर तक बिखरता, छितराता जा रहा है। वह दौड़कर छितराए लोथड़ों को इकट्ठा कर रहा है ताकि पोस्टमॉर्टम में परेशानी न हो, लेकिन बारीक़ टुकड़ों को उठाने में बहुत दिक़्क़त हो रही है। अपनी पूरी शक्ति से चीख़ती हुई तब तक एक और रेल आ गई है। पों...ओं...ओं...धड़धड़धड़धड़... कच्च...इस बार उसका समूचा शरीर पहियों की ज़द में आ गया है। वह रोता हुआ फिर से बिखरे हिस्सों को अपने कन्धे पर जमा कर रहा है कि फिर से पों...ओं...ओं...धड़धड़धड़धड़...कच्च।

मारकुश झटके-से सिर झटक देता और भर मुँह दालमोठ चबाने लगता। ऐसे ख़यालों के बाद उसे रेलों से बेतरह डर लगता। उसने दीनसराय आकर ही पहली दफ़ा रेलें देखी थीं। भागती पहियों पर उसकी नज़रें नहीं टिकतीं। रेल ही नहीं, ट्रकों की सूरत भी उसे बचपन से दानवी लगती थी। आठ-आठ चट्टानकाय चक्कोंवाले ट्रकों को देखकर उसे लगता मानो इन्हें सामनेवाले को कुचलने के लिए ही बनाया गया हो। आँख-मुँह बना देने से ट्रक और भी भयावह लगते। यही कारण है, उसे गश्त की बख़्तरबन्द गाड़ियाँ नहीं सुहाती थीं और असुरक्षित और ख़तरनाक होने के बावजूद उसे खुली जीप में बैठना अच्छा लगता था।

गश्त की गाड़ियाँ जहाँ से लौटतीं, वह गाँव के अन्तिम छोर की आख़िरी झोंपड़ी होती। वहीं से घना जंगल शुरू होता था। झोंपड़ी एक तरह से 'लाइन ऑफ़ कंट्रोल' की तरह थी। शाम की गश्त में झोंपड़ी के पास आते-आते धुँधली शाम गाढ़ी होकर काली रात में बदल जाती। लौटते वक़्त गाड़ियों की रौशनी और घर्र-घर्र की आवाज़ों से पूरा माहौल रहस्यमयी और डरावना हो उठता। सबकी साँसें थमी रहतीं। सब चुपचाप आँखें फाड़कर अँधेरे के पार देख रहे होते।

लम्बे और मोटे दरख़्तों से घिरे झोंपड़े को देखकर यह सहज ही अनुमान लगाया जा सकता था कि उसके अन्दर बेचारगी की ज़िन्दगी जी जा रही होगी। झोंपड़ी का मालिक पाँच बकरियों का मालिक था। वह दो-तीन दिनों पर अपनी बकरियों के साथ 'पैट्रोलिंग' वाली गाड़ियों की रौशनी में दिख जाता। औरों के लिए उसका दिखना 'रूटीन' दृश्यों से गुज़रने की तरह था, लेकिन मारकुश की नज़र जब भी उस पर पड़ती, उसे अपनी बकरी के पीछे चलते पिता याद आ जाते।

मारकुश ने उस अधेड़ को पहली बार उस दिन देखा था, जब वह अपनी बकरियाँ जीप के आगे से हटा रहा था। उन दुस्साहसी बकरियों को मार्ग में बाधा बनने की सज़ा के तौर पर किनारे हटाकर अधेड़ ने उन्हें पीटा भी था। हेडलाइटों के उजले-पीले प्रकाश में मारकुश ने देखा था, रग-रग में भूख समाई उस देह पर कपड़ों के नाम पर एक मटमैली लुंगी बँधी थी, जो बीच से सिकुड़कर गोल धारियाँ बनाती हुई नीचे से उटंग हो गई थी। धूल और पसीने से कड़की धूसर गंजी कन्धे पर लटकी थी। छाती की दोनों काली टिकुलियाँ घिसकर चमड़ी में खो गई थीं। आँखों और गालों के इर्द-गिर्द वर्षों की थकान परतों में जमी थी। कराहती ज़िन्दगी जीने को मजबूर अधेड़ रोज़ आनेवाली इन गाड़ियों की धौंसा देनेवाली आवाज़ों और लाइटों के प्रति बेहद उदासीन जान पड़ता। बैंक में पहरेदारी के बाद मारकुश जिस किसी को देखता, उसे लगता, वह बैंक में देखा हुआ चेहरा है। अधेड़ को देखकर मारकुश को ऐसा नहीं लगा था। ये वो चेहरे थे, जिनकी दुनिया में बैंक का कोई अस्तित्व नहीं था।

मारकुश का दीनसराय में यह सातवें महीने का तीसरा सप्ताह था; गाड़ी, वर्दी, बक्सा और बन्दूक़ के साथ। यहाँ बैंक की पहरेदारी से ज़्यादा वेतन था। गाहे-बगाहे माँ और टोले की ख़बरें भी मिल जातीं। एक पखवाड़ा पहले ही मारकुश ने माँ को पैसे भेजे थे। आज माँ की ख़बर आई थी कि पैसे मिल गए। दाल, चावल, सब्ज़ी खाते हुए उसे माँ के बनाए माड़-भात याद आ रहे थे। इतनी तरह की चीज़ें, अंडे, चिकन आदि खाने के बावजूद उसका ध्यान पोई पत्ते के छिलके, चकोड़-कोनार के साग और मुर्गे की ख़ाल और अँतड़ियों से बने झोर-भात पर अटका रहता। खाने के बाद अपनी कुर्सी पर पैरों के सहारे पेंगें लेता हुआ मारकुश सोच रहा था, टमाटर का झोर-भात खाए अरसा हो गया। अबकी घर जाएगा तो माँ को बनाने को कहेगा। मारकुश का सोचना अचानक बन्द हो गया था और तीन समान और एक अपेक्षाकृत छोटे पायेवाली कुर्सी का झूलना भी। तुरन्त तैयार होने का आदेश था। गुप्त स्रोतों से कुछ सूचनाएँ आईं थीं।

रास्ते भर मारकुश का मन ख़राब रहा। इस तरह एक-ब-एक दोबारा ड्यूटी पर जाने के लिए वह मानसिक रूप से तैयार नहीं था। गाड़ियाँ रोज़ के रास्ते पर ही थीं। वह एक चार सौ सातनुमा गाड़ी में बैठा था, जो पीछे की ओर से आधा खुली थी। गाड़ियाँ झोंपड़ी वाले मोड़ के पहले रुक गईं। दो गाड़ियों को पीछे रुकने के लिए कहा गया। मोड़ से कोई चार बाँस पीछे मारकुश की गाड़ी थी। सबको पोज़ीशन लेने का आदेश मिला। सबकी देखा-देखी और ट्रेनिंग के पाठों के अनुसार मारकुश आगे की ओर चोरों की तरह सरकने लगा। सूरज पश्चिम में अब-तब की स्थिति में था। इस रौशनी में चीज़ें धुँधली पड़ने लगती हैं। पेड़-पौधों का हरापन कालेपन में तब्दील हो जाता है। आहिस्ता-आहिस्ता आगे की गाड़ियों वाले सिपाही मोड़वाली झोंपड़ी को घेर रहे थे। साँझ ख़त्म होते-होते और अँधेरा पसरते-पसरते झोंपड़ी और उसके अगल-बगल के स्थान को पूरी तरह से घेर लिया गया।

सारे दम साधे बेहद सतर्क थे। कि अचानक कोई झुंड सन्नाटा ढोए झोंपड़ी की ओर चला आ रहा था। झोंपड़ी के क़रीब पहुँचते ही झुंड बलात्

बन्दूक़ों के घेरे में था। भीड़ को देखकर बकरियाँ दहशत के मारे इधर-उधर दौड़-कूद गईं। यह बकरियों वाला अधेड़ था, जो बन्दूक़ों के बीच अकेला खड़ा बुरी तरह काँप रहा था। आवाज़ डरकर उसका साथ छोड़ गई थी। कुछ नहीं समझ पाने की मनोदशा उसके चेहरे पर स्पष्ट झलक रही थी। घबराकर छोटी साँसें लेने की वजह से वह बुरी तरह हाँफ रहा था। वह बेजान ऐसे खड़ा था जैसे किसी के छूने भर से गिर पड़ेगा।

रात पूरी तरह से स्याह हो आई थी। अँधेरा आँखों में गड़ने लगा था। अधेड़ को गाड़ी में लाद दिया गया। इसी बीच दो और गाड़ियाँ पहुँचीं। उसमें मोटे रस्सों से बँधे दो और लोग थे। उन्हें भी अधेड़ के साथ गाड़ी में डाल दिया गया। लाए गए दोनों लोगों की उम्र उस विशेष आयु-वर्ग के दायरे की थी, जो गाँवों में सिरे से ग़ायब थे।

समूचा रेला आगे की ओर चल पड़ा। मोड़ के बाद सड़क क्रमशः सँकरी होती हुई आगे जंगल में खो जाती थी। बोल्डर और मोरम से बनी कच्ची सड़क पर पाँचों गाड़ियाँ हिचकोले खाती अँधेरे को काटती हुई बढ़ती जा रही थीं। चलते हुए लगभग बीस मिनट गुज़र चुके थे। 'कहाँ जा रहे हैं, क्यों जा रहे हैं' जैसे सवाल रस्सों में बँधे तीन लोगों के आलावे मारकुश और उस जैसे एक-दो रंगरूटों के पास ही थे। बाक़ियों के चेहरे ऐसे भावहीन थे मानो यह उनके लिए रोज़ की बात हो। मारकुश के दिमाग़ में बार-बार पुलिस अधिकारी के वे ज़ोरदार घूँसे, जो अधेड़ की पिचकी और निरीह पेट पर मारे गए थे, घूम रहे थे। अधेड़ के दोनों सूखे हाथों को बाँधने के बाद टॉर्च की चमकीली रौशनी उसके मुँह पर जमा कर पुलिस अधिकारी ने हौले-से पूछा था, "ये पोस्टर कौन लगाया पेड़ों पर?" एक घनी चुप्पी, घनी रात की तरह क़ायम थी।

कानों की जड़ तक पहुँचनेवाले साँय-साँय की आवाज़ के अलावा अधेड़ कुछ नहीं सुन पा रहा था। उसका थरथराना जारी था। पुलिस अधिकारी ने स्थिर भाव से अपना प्रश्न दुहराया। इस बार अधेड़ के जैसे होंठ हिले, "नै पता।" बात पूरी भी नहीं हुई थी कि भारी हथौड़ानुमा घूँसा उसके पेट और

कनपटी पर लगा। लगा, अधेड़ की आँखें दर्द से बाहर निकल पड़ेंगी। इसके बाद प्रश्न और घूँसे साथ-साथ चले। फिर उसे गाड़ी में डाल दिया गया था। मारकुश का काला चेहरा यह सब देखकर और भी काला हो गया था। उसकी उपस्थिति जैसे अँधेरे में विलीन हो गई थी। काँख का पसीना निकलकर उसके पैरों तक पहुँच रहा था। वह जल्दी-जल्दी मुँह से साँसें ले रहा था, अधेड़ की तरह, बिलकुल छोटी-छोटी।

गाड़ियों को रुकने और सिपाहियों को उतरकर पोज़ीशन लेने का आदेश मिला। पकड़े गए तीनों लोगों को बड़ी गाड़ी से उतारकर जीप में डाल दिया गया। जीप उन्हें लेकर क़रीब सौ मीटर आगे बढ़ गई। इधर गोली चलाने का आदेश मिलते ही सिपाहियों ने सड़क से समानान्तर खड़े पेड़ों की ओर अँधेरे में गोलियाँ चलानी शुरू कर दीं, जो जीप के लौट आने तक चलीं।

रेला अब थाने वापस लौट रहा था। कई अनुत्तरित सवाल मारकुश का सिर दर्द से फाड़े जा रहे थे। उसका चित्त असंयत था। उसे लग रहा था, उसके फेफड़ों को पर्याप्त ऑक्सीजन नहीं मिल पा रही। 'लोडेड' बन्दूक़ उससे अब सँभाला नहीं जा रहा। लग रहा था, उससे गोलियाँ 'फटाक-फटाक' अनियंत्रित होकर निकल पड़ेंगी। गोली चलाने के लिए गाड़ी की दीवार में बने छेद में उसने अपनी नाक घुसा दिया। ताज़ी और शीतल हवाओं के साथ रात की कालिमा भी उसके फेफड़ों में उतर आई थी।

डेढ़ घंटे के अन्दर गाड़ियाँ थाना पहुँच गईं। मारकुश की आँखें अब भी बन्द थीं। उसने सबको उतरने दिया। अन्त में जब वह अपने पैर गाड़ी के पायदान पर रखा, लगा, किसी ने उसके पैरों में हाथी बाँध दिया हो। वह टनों भारी क़दमों के साथ बन्दूक़ टेकते चल रहा था। जीप के सामने से गुज़रते हुए वह ठिठक गया। सामने तीनों देह ख़ून से सराबोर थे। ताज़े ख़ून ने हरे काई रंग के कपड़ों को जगह-जगह से भिगो दिया था। कपड़ों को छेदकर कई गोलियाँ शरीर का गोश्त बाहर झुला रही थीं। इतना ख़ून उसने जीवन में पहली बार देखा था।

मारकुश ने अधेड़ को पहचान लिया। "बाबा रे...।" उसका मुँह खुला

का खुला रह गया। एक पल यंत्रवत् खड़ा रहा, फिर पके कटहल की तरह धम्म-से बैठ गया। उसका माथा चकरघिन्नी बन गया था। हाथ से छूटकर बन्दूक़ नीचे गिर गई थी। थकान और स्तब्धता ने बारी-बारी से मारकुश के माथे को मथना शुरू किया। वह संज्ञाशून्य बैठा था, जैसे मस्तिष्क को कोई सूचना ही नहीं पहुँच रही थी। शनैः-शनैः वह निष्क्रिय और शिथिल पड़ता जा रहा था। वह अधेड़ की लाश के आगे बैठा था, किसी पत्थर की तरह, दो फटी आँखें लिये।

"बहुत ग़लत हुआ।" एक बुदबुदाहट के साथ जैसे भीतर से किसी ने कहा था।

"बेकार बात...गोलियाँ चलानेवालों में तुम भी थे।" भीतर से ही किसी ने पलट कर उसे फटकारा था।

"मैं लम्बी वाली गाड़ी में था। मैंने तो अँधेरे में गोलियाँ चलाईं थीं।"

"हाँ, लेकिन तुम्हें सब पता था।"

"मुझे नहीं पता था, इस तरह दिन-दहाड़े उठाकर उन्हें गोली मार देंगे।"

"झूठे आदमी। जब तीनों को जीप में डालकर अँधेरे में ले गए, तुम्हें समझ नहीं आया? क्या यह पहली बार हो रहा था? दुधमुँहे बच्चे हो?"

"आह्ह...मैं ठेठ गँवार आदमी, इतनी दूर तक नहीं सोच पाया।"

"वो लुंगी बाँधनेवाला आदमी, जिसके बदन पर कपड़े नहीं जुटते थे, तुम लोगों ने उसे नक्सलियों वाले कपड़े पहना दिए। दो और लड़कों को इसी तरह दूसरे गाँव-जंगल से उठाया, कपड़े पहनाए और मार दिया और कहते हो, तुम्हें कुछ नहीं पता?"

"च्...च्...बहुत बड़ा धोखा हुआ, माँ।" मारकुश की आँखें मवाद भरे घाव की तरह भर आईं।

"नकली टेसुए क्यों बहा रहे हो? भर-भरकर लूट का खाते हो, वेतन उठाते हो और अब छाती पीट रहे हो? जीप में तुम होते तो आदेश मिलने पर उन पर गोलियाँ नहीं चलाते?"

"मैं गोलियाँ चलाने से मना कर देता। बिना ख़ता-कसूर के कोई किसी को कैसे मार सकता है? च्...च्...बहुत बुरा हुआ माँ...बहुत बुरा।"

"वहाँ पोस्टर तो कोई भी चिपका सकता है। तुम्हारी झोंपड़ी के आगे अगर कोई ऐसा पोस्टर मिले तो तुम्हारी माँ को भी नक्सलियोंवाले कपड़े पहनाना चाहिए...? फिर जीप में बिठा कर ठाँय...ठाँय...यही न?"

"चुप...एकदम चुप...रेल के चक्के के नीचे चटनी बना दूँगा।" मारकुश जैसे किसी विक्षिप्तों की तरह बड़बड़ाने लगा था। वह अचानक सिर धुनता हुआ खड़ा हो गया। उसने बन्दूक़ की टेक ली और चल पड़ा।

लाशों को पोस्टमॉर्टम के लिए ले जाया जा रहा था। थाना व्यवस्थित होने में लगा था। वह हाथ-मुँह धोए बिना लेट गया। खाना भी नहीं खाया। लेटे-लेटे अपने टोले में गया। क़स्बे में निरुद्‌देश्य घूमा। पुल पर बैठकर नदी में ढेले फेंके। अकेले में कक्षाओं की डेस्कों पर दौड़ा। राजमिस्त्री को ईंटें थमाईं। माँ के साथ खेतों में गया। केंकड़े पकड़े। युवा हुक़्मरानों को ख़ूब गालियाँ दीं। बैंक में 'कौन है' कहकर तीन बार चिल्लाया, लेकिन किसी पर गोली नहीं चलाई, जाँघ के नीचे भी नहीं। शहर की सड़कों पर भटककर चिनिया बादाम खाया। थाने में फटेहालों को मार खाते और रोते-कलपते देखा। अधेड़ और अपने पिता को झरी हुई साइकिल पर साथ घूमते देखा। उसने अधेड़ की बकरियों की आँखों के नीचे रोने के निशान देखे। उनके सूखे आँसुओं को सहलाया। अधेड़ और दोनों लड़कों की देह में धँसी गोलियों को चुना। मेड़ों पर साइकिल चलाते हुए चीख़कर ख़ूब रोया और हवा में गालियाँ भांजीं। फिर लौटकर दीनसराय में रेल की पटरियों पर अपना सिर रख दिया।

पों...ओं...ओं...धड़धड़धड़धड़...कच्च। उसके परखच्चे उड़ गए।

सब कुछ पूर्ववत् हो गया था। सुबह हुई थी। सूरज निकला था। अख़बार निकले थे। पहले पन्ने पर बड़े और मोटे फॉण्ट में 'मुठभेड़ में तीन उग्रवादी ढेर' वाले शीर्षक से ख़बरों की शुरुआत हुई थी। 'दीनसराय तहसील के बिनोरा गाँव के समीप पलभनिया जंगल में उग्रवादियों के साथ हुई एक भीषण पुलिस मुठभेड़ में तीन उग्रवादी मार गिराए गए। मुठभेड़ स्थल से 'फलां' बोर रायफल, 'इतना' कारतूस, 'इतना' पिट्ठू और कुछ पोस्टर, पर्चे तथा

आपत्तिजनक साहित्य बरामद किया गया है।'

ख़बर के बीच में लिखा था—'गुप्त सूचना पाते ही पुलिस बल के साथ विशेष अभियान दल गश्त के लिए रवाना हुआ। वहाँ दल-बल के पहुँचते ही घात लगाकर बैठे उग्रवादियों ने उन पर ताबड़तोड़ गोलियाँ बरसानी शुरू कर दीं। पुलिस की जवाबी फायरिंग में तीन उग्रवादी घटनास्थल पर ही मारे गए।'

सभी अख़बारों में पुलिस की यह बड़ी उपलब्धि बताई गई थी। 'बॉक्स' में तीनों की टिकट साइज़ तस्वीर छपी थी। साथ ही बगल में तमाम बरामदगियों के साथ पुलिस अधिकारी और अन्य सिपाही एक चमकती तस्वीर में छाती पर हाथ बांधे रीढ़ सीधी किए खड़े थे। सिपाही मारकुश लकड़ा उसमें नहीं था। वह कैम्प में भी नहीं था। बन्दूक़ के सहारे वर्दी टँगी थी और लोहे का बक्सा खुला था।

●●●